白山麓　虚空蔵山を望む

谷口善太郎小説集

もうひとつの加賀物語

谷口善太郎を顕彰する石川の会 編

はじめに

谷口善太郎（たにぐち・ぜんたろう）は、生涯を社会を変革することにつくした人です。谷口は、一八九九年（明治三二年）九月一八日、石川県能美郡国造村（現在の能美市）に生まれました。学校を卒業した後東京に一時期住んでいましたが、それから京都に移り、一九七四年（昭和四九年）六月八日に亡くなるまで、京都を中心にして社会を変えるための活動をしていました。衆議院議員も務めて、「谷善（たにぜん）」と周囲の人びとから慕われていたとのことです。この文章でも、「谷善」を使います。

今年、二〇二四年（令和六年）は、谷善の没後五〇年にあたります。それを記念して、谷善についての本を出そうということになりました。

実は、谷善は、衆議院議員になる前に、作家としても世間に知られていました。「須井一（すい・はじめ）」や「加賀耿二（かが・こうじ）」というペンネームを使い、著書も何冊かあります。谷善を記念するならば、かれの作品そのものを読んでもらいたい、そういう気持ちで、この本はできあがったのです。

谷善の書いた小説は、かれの生活と深くかかわっています。そこでまず、かれの生涯を追っていきましょう。

国造村和気（現在は能美市和気）に生まれた谷善は、和気小学校に通います。かれが育った二〇世紀のはじめには、義務教育は小学校の六年間だけで、その先の学校に通うためには、経済的負担に堪えられる必要があったのです。谷善の家は決して裕福とは言えませんでした。小学校に通いながら、家の近くの製陶工場で働き、その収入が一家の経済を支えていました。それでも、成績優秀だった善太郎少年が学業を続けられないことは惜しいことだと考え、学校の先生はかれを高等小学校（小学校の課程を終えてから進学する二年制の学校で、義務教育ではありません）に進学させたいと願い、援助もしながらかれを進学させたのです。このころ、谷善は短歌を作り、金沢や京都の仲間と競い合っていたということです。

高等小学校を卒業した谷善は、製陶工場で働きながら、お金をためてもっと勉強したいと思っていました。しかし、第一次世界大戦のあと、日本は不景気になります。工場は倒産し、谷善は故郷を離れて働く道を選ぶことになるのです。一時期は東京で暮らしましたが、帰郷して父を看取り、姉の結婚を見とどけて、京都へ出ます。この辺は、彼の作品「或る百姓」に年代を変えて描かれています。

京都に移ると、京都名産の清水焼と呼ばれる陶器の製作にたずさわることになりました。そのかれを、不景気の波がさらに襲います。働きながら蓄えたお金を預けていた銀行が倒産し、そこの預金が全くなくなってしまったのです。二一世紀の現在では、かりにそうした事態になっても、預金の一定額が保障される仕組みがありますが、一〇〇年前にはそうした制度などありません。将来はもっと勉強して弁護士を目指そうとしていた谷善の夢は消えてしまったのです。

ちょうどその頃、陶器職人たちの抗議集会に参加した谷善は、その集会に飛び入り参加した労働組合の幹部の演説に強い感銘をうけました。

作業服姿の労働者の演説におもわず拍手を送っていた彼は、自分一人が立身出世をはかるのではなく、働く人が報われるために、労働者の生活を守り、さらには国民全体の幸福のために行動しようと考え、労働組合運動に取り組むようになります。しかし、当時の日本では組合運動に制限がつけられていました。さらには、治安維持法という法律も作られ、社会を変えようとする運動を取り締まることもできたのです。谷善もその法律のために、自由な活動ができなくなってしまいました。政治犯として罪に問われた彼は、獄中で結核のために危篤状態におちいり、身柄を自宅に移されます。私服警官に見張られながらの監禁生活の中で療養していました。

そうした谷善の姿をみて、作家の貴司山治（きし・やまじ）は小説を書くことを勧めます。小説を書いて、働く人びとの実態を世に知らせることも、社会を変える方法の一つだというのです。その勧めに従い、一九三一年（昭和六年）、谷善は小説を書き始めます。かれは故郷の村を舞台にして、地主が村に影響力を与えている状況を作品にしたのです。

その作品「綿」（本巻収録）は、当時の人たちから好評を得ました。谷善はそのあと、故郷の村や、自分が働いていた京都を舞台にして、働く人たちの様子を次々と小説にしていきます。当時の事情から、本名での作品発表はできなかったのですが、それでも、「須井一」や「加賀耿二」名義での書籍も何冊か刊行することができました。

けれども、一九三一年（昭和六年）の「満州事変」から一九三七年（昭和一二年）の日中戦争の開始という時代の中で、労働者や農民の生活やたたかいを描き、社会の矛盾を告発する「プロレタリア文学」の作品を発表することは困難になってきます。谷善も、作品発表の場が狭まり、映画のシナリオを書いたり、ときには出版社の依頼で中国において日本軍が占領している地域を訪問し、その様子を報告したりと、みずからの書きたいことを自由に書くということはできなくなってきました。それでも、「土地はだれのものか」（本巻収録）のように、農村を襲った水害の状況を書いた作品など、人びとの生活の現実を見つめようとしていたのです。

一九四五年（昭和二〇年）、戦争が終わると、谷善は再び社会を変える運動の前面に立ちます。かつて書いた作品を復刊するという、作家としての活動も続けましたが、一九四九年（昭和二四年）には、京都から衆議院議員選挙に当選、国会議員としての活動を始めることとなりました。国会では本名で活動するのですが、作家としての知名度もあって、国会に登院したときには、他の議員から「須井一さんですか」「加賀耿二さんですか」と声をかけられることもあったといいます。

その後、途中落選していた時期もありましたが、一九七四年に死去するまで現職の国会議員として活躍しました。長く京都府知事をつとめた蜷川虎三と二人三脚で「憲法を暮らしに生かす」ことをスローガンに掲げた民主府政を牽引したといいます。

このような、作家としても、政治家としても業績を残した人ですが、この本では作家としての谷善の側面に注目してほしいと思い、作品を選びました。

谷善の作品には、大きく分けて二つの系列があります。一つは、「綿」など、自らが生まれ育った石川県の農村を舞台にして、そこに生きる人びとの生活を描いたもの。もう一つは、「清水焼風景」など、労働運動に参加してから活動の拠点とした京都とその周辺を舞台にして、さまざまな制約のなかでよりよい生き方を模索する人びとをえがいたものです。もちろん、どちらの系列に入れられない作品もありますが、大まかにわけると、この二つの流れをみることができます。そのすべてを収録することはできませんので、この本では、前者の、石川県を舞台にして、農村の生活を描いた七作品を収めることにしました。

二〇世紀の前半は、日本が近代化していくなかで、さまざまな矛盾が見えてきた時代です。江戸時代にはほとんど自給自足でやっていくことができた農村に、近代化は商品経済という形で農村の構造を変えてゆきます。衣食住やさまざまな生活雑貨が、「家で作るもの」から「買うもの」に変わっていきます。その一つの例が、照明でしょう。自分の畑で栽培したナタネから採れる油を灯火にしていたのが、石油のランプになり、電灯に変わっていく。石油も電気も、自分の家では作れません。お金を出して買わなければならないのです。このように、農家は現金収入を確保しなければ生活が成り立たなくなっていったのです。けれども、当時の農村では、地主が多くの土地を所有し、小作人に耕作させて、小作料として収穫物を直接納めさせる制度をとっていました。ですから、直接耕作する小作農は、それ以外の方法で現金収入を確保しなければならなかったのです。谷善の生まれ育った地域では、近郊の農家がおこなう養蚕を基盤とした零細企業の製糸業や、九谷焼に代表される製陶工業（和気には製陶工場がありました）と、近隣に点在する鉱山（和気から山を一つ越えたところには、遊泉寺銅山という鉱山がありました）での労働が、現金収入を得るための主な手段となっていました。農業をやるだけでは暮らしてゆけない状況だったのです。

この地域の産業は、いずれも小さなものです。その頃の九谷焼は海外でもてはやされ、輸出により隆盛を極めていましたが、工場での労働は手工業に徒弟制というおくれたもので、働く者たちにとっては人権無視や低賃金があたりまえの過酷な職場でした。

一家の主な生業は農業ですから、工場などでの現金収入はしょせん副業だ、それならば収入が少なくても大丈夫だろう、そうした考え方が、雇う側にも広がって、その結果ますます賃金は抑えられる、ということになっていきます。さらに、不況の波がおしよせる中で、競争に勝てないと会社は倒産する。谷善は地元の製陶工場の倒産や、銀行の閉鎖という経験をしていますが、そうした生活をおびやかす危険と常に隣り合わせになっている時代だったのです。

もちろん、農民もだまっていません。工業地帯で労働組合が結成され、労働者の待遇改善や雇用の保障のために行動したのと同様に、農村でも農民組合が結成され、小作人の権利の保障や小作料の引き上げに反対する動きが全国各地で見られました。「綿」の最後の場面で、帰省した主人公を農民組合が歓迎する場面がありますが、この本に収録できなかった谷善の作品の中には、「恐慌以後」のような、農民組合ができる過程を描いたものもあります。しかし、谷善のやっていた労働組合運動が弾圧されたように、農民組合も警察から監視されます。主だった指導者の人たちが治安維持法によって押さえつけられることもありました。谷善には農民組合が解散させられた故郷に帰省した経験を素材にした「帰郷」という作品もありますが、そこでは主人公が帰省の際に近所の人たちに配ったおみやげさえ、警察が何を配ったのかを聞きこむという場面が描かれています。そのような形で、生活のすみずみにまで警察の監視が入りこむことで、社会を変えようとする運動を抑えこもうとしたのです。

ところで、幕末の開国をきっかけとする日本の近代化は、日本人の目を世界に広げる機会にもなりました。欧米諸国のさまざまな制度が日本に取り入れられることで、江戸時代までの封建的な、生まれながらにして身分が決まっていた時代から、個人の努力によって生活を広げられるようになっていったのです。そうすると、それぞれの個人が、自分の存在について考える機会も増えてきます。立身出世やお金もうけだけでなく、文学や芸術の世界で自己を表現することで、自分の世界を広げようとする人たちもあらわれてきます。二〇世紀のはじまったころには、文学の世界で自己実現をめざすことが、職業として成立できるようになってきました。また、学校教育も全国に広がり、最低限の読み書きはできるという人たちが多くなります。その二つが組み合わさって、一九二〇年代には、はたらく人びとの生活を題材にした作品や、はたらく人びと自身が自分たちの自己実現のために文学表現を使うことができるようになっていきます。当時、そうした文学は「プロレタリア文学」と呼ばれていました。北海道の銀行員だった小林多喜二はオホーツク海で操業する蟹工船を舞台にして、そこで起きたストライキに取材して「蟹工船」という作品を書きます。東京の印刷労働者だった徳永直は、みずからが経験した共同印刷のストライキを題材として「太陽のない街」を書きます。このように、実際の労働者のたたかいを舞台にした作品が、それまでの専業の作家ではなかった人たちによって書かれ、文学の世界を広げていきました。そのような時代の状況の下で、貴司山治は谷善の労働運動のキャリアを認め、それを文学の世界で生かすようにと勧めたのです。

治安維持法で罪に問われたため、本名で作品を発表することはできなかったのですが、ペンネームの「須井一」は、プロレタリア文学の新しい書き手として脚光を浴びました。農村を舞台にした作品だけでなく、都会の労働者を主人公にした作品「清水焼風景」や、社会の矛盾に直面する子どもたちの現状に悩む若い教師を主人公にした作品「幼き合唱」などがこの時期の作品として注目されています。けれども、そうした作品が現実の矛盾を鋭くついていたからこそ、かれの作品は妨害を受けます。作品集『清水焼風景』は、当時の出版物を取り締まっていた内務省から、発売禁止の命令を受けてしまいました。また、「須井一」とは誰なのかという追及を警察は始めます。当時の権威ある総合雑誌（小説家にとっては、総合雑誌に作品を発表することが、世間的にも一人前の作家として認められるステータスだったのでした）に作品を発表するときには、事務的な手続きなどの必要から、本名を知らせることが求められていました。谷善は、その連絡先になることを、ある友人に依頼していたのです。警察はそれを察知し、その友人をつかまえて、「もう『須井一』として小説は書きません」ということを無理強いさせたのです。それでも、谷善はペンネームを「加賀耿二」に変えて、小説を書くことにします。その事情は、当時の総合雑誌の編集に携わっていた人も、プロレタリア文学だけでなく、作風のちがう作家の仲間たちも、それとなく知ったようです。谷善は作品を書き続け、「加賀耿二」の名義で著書も出すことができました。その中のいくつかの作品も、この本に収録しました。しかし、戦争が本格化すると、かつてプロレタリア文学の作品を書いた人の多くに、圧迫が加わります。それ以前から、作品の中で警察などが不都合だとみなすと想定される部分は、それを口実にした発売禁止などの処分を避けるために伏字（たとえば原稿に「革命」とあるのを「××」という形で表現すること）という手段を使って発表することをしていたのですが、戦争が本格化すると、伏字の範囲も多くなり、今までのような形で社会を変えるために活動する人たちの姿を書くことは困難になりました。さらには宮本百合子や戸坂潤など、個別の発売禁止だけでなく執筆禁止の処分を受けた人もいました。そうした中で谷善も作品を書くことができなくなってしまいました。

　戦後になると、治安維持法は廃止され、自由な政治活動や執筆活動ができるようになりました。その時代の中で谷善は本格的な政治活動にたずさわるようになり、執筆活動は少なくなりました。そのため戦後に書かれた作品はわずかです。

　結果的に、谷善が小説家として活動した時期は、一九三〇年代からの一〇年ほどだったということになります。けれども、その一〇年ほどの間に谷善が書いた作品は、その時代のはたらく人びとの姿を多面的に描き出した、時代の証言といえるものになっています。

　今回この本に収めた作品は、二〇世紀前半の石川県を舞台にしたものです。これらの作品は、それぞれの時代の農村の姿を、地主と小作という土地の関係や、商品経済の進出という時代背景を含めて全体的に描き出しました。二〇世紀初めの日本の姿を農村から描いた貴重な作品であり、この本を手に取っていただいたみなさんが、当時の生活を考え、現在と比べてみることができるものだと思います。

　作品の題材になったさまざまな「事件」が起きてから、一〇〇年近い年月が経っています。作品の舞台となった石川県でも、二〇二四年には北陸新幹線が敦賀まで開通して、県内を貫通するようになりました。一方で、自動車交通の発達によって、現在の能美市の地域を通っていた、谷善の作品にも登場した北陸鉄道能美線の電車は廃止されてしまいました。鉱山も閉山となりましたが、新しい産業がこの地に生まれています。まちの風景も変化していることでしょう。

　けれども、そこに描かれた人びとの姿は、二一世紀の現代にも通じるようなものがあります。小さな村の中で、地主の意向を忖度して行動する村の人たちや、それに反発して率直に意見を述べたがために村で孤立する青年、表向きには雇用している人を大切にするような形を取りながらも、実際は私利私欲を追求する工場の経営者、真偽のわからないうわさに振り回されて相手を見下す人びと、そうした人たちは、今の時代にもきっとどこかにいるでしょう。決して一〇〇年前に克服できたものではありません。そうしたことを考えながら、作品の世界にふれてほしいと思います。

日本民主主義文学会　常任幹事　岩渕　剛

目次

綿

一

　白山[1]山岳地帯へ加賀平野[2]の東端が所々で芋虫のように食い込んでいた。その芋虫の一つにわたしの生まれた部落があった。西から食い込んで来たこの猫の額ほどの平地は、南と北とに山を持ち、東方へゆるい傾斜をもって高まりかつ狭くなりつつ、ついに重なり続く白山山脈のために遮られてしまう。平地の中央に流れの急な割合に大きい谷川があり、田圃（たんぼ）への灌漑と人家への飲水とを供給していた。部落は北山の山裾とこの谷川との間に藁屋ばかりの家を集めて形作られていた。冬になると北陸特有の大雪が降り、夏になると窪地一帯に螢が群生した。

　だが、わたしの幼年時代の記憶は、この雪にも螢にも連りをもっていない。不思議なことには、綿に関連しているのだ。南山の山裾の段々畑や谷川の陽あたりのよい川岸に、あの骨張ったガラガラの植物に白い綿が吹き出していたのが、今も、明らかにわたしの記憶に残っている。まだ自給自足の封建的経済生活を脱し切っていなかった日露戦争前の北陸の寒村の風物には、糸車や手織機の音や綿の木が、なお重要な生存を続けていたのだ。

　六つか七つの時であっただろう、わたしには耐えがたい空腹との関連において、忘れがたい綿の記憶が残っている。

　夏であったか、それとも秋であったか、それは今判別出来ない。何でも曇日の湿気を含んだ日であった。空は灰色に塗り潰されて、今にも下風と共にひと雨来そうな空模様だった。わたしは土手の桑の木の根本に積み上げられた石ころ塚の上に、母の幅広の前垂れ（まえだれ）を敷いてすわっていた。足元には二、三本の生芋が、雨を予想して持って来た母の破れた檜笠（ひがさ）と共に投げ出してあった。土手の下は綿畑で、綿畑の向こうに川が流れていた。猫柳や川原竹の川岸が、轟々（ごうごう）と流れる激しい水の音に、何かしら心細い幻影を醸（かも）し出しつつ、わたしの幼い心に迫っていた。

　綿畑には貧弱な綿の木が一面にカサカサと立っていた。白い綿が、その骨張った枯植物の所々にポッカリと食っついていた。

　わたしは無性に腹が減っていた。けれども、生芋にも食い飽きていた。あの綿が、白い大きな握り飯ならどんなにうれしいだろう、わたしはそんな事を妄想して一つ一つの綿を見つめていた。するとその一つ一つの綿が、いつの間にか白い大きな握り飯となって、わたしの脳裏へ迫って来るのだった。

母はわたしには頓着なく綿を収穫するのに一生懸命だった。破れた野良着の背をまるめて、畝(うね)から畝へと忙しそうに獅噛(しがみ)ついている。千切った綿が、節くれだった黒い手に一ぱいになると、腰にさげた餌籠(えこ)に押し込み、餌籠があふれると畑の隅に置かれた畚(もっこ)へ急いで詰め込みに行った。腰を曲げて走り歩くような動作が繰り返され、何か急(せ)き立てられているように一心不乱だった。

わたしは、母がわたしをかまってくれないのが不服だった。早く切り上げて家へ帰りたかった。

わたしは、空腹と寂しさに耐えかねて、母に呼びかける――。

「おっ母ァ、まだすまんがか」

すると母は顔を上げて返事をする。

「おいさ、もうじきすむゥ。寂しゅなかったか。待っとれよ。もうじきじゃぞ」

だが、母は決して手を休めない。一生懸命むしり続ける。

それを見ていると、末ッ子のゆえについ去年まで飲んでいた、母の乳房のにおいと触感が、わたしの官能に迫って来た。汗にすえた母の胸の肌を感じたが、それはもう許されないことだった。

饑(ひも)じさが百倍してまた母に呼びかける――。

「おッ母ァ、家ィ行こう、腹へったよゥ」

すると母は悲しそうな瞳を向けて返事をする。

「ウンよしよし……もう芋ァ無(の)うなったけえ。笠の下にもう無ェがけえ」

「ウン、もう無ェよう。あっても嫌やァ」

「そうかい。……けんどなァ坊、腹ァ減ったは、お母ァもやぞ。この綿みんな採(と)っとかにゃお天とう様にわるかろうぞい。雨の来ん間にもう一っぱしりじゃ。待っとってくれや」

「ウン、その代わり、家ィ行ったら焼く飯（握り飯）してくれや」

「ウン、よしよし」

「白い飯の焼く飯ゃじ」

「おいやさ、白い飯の焼き飯やとも」

だがその頃のわたしの家には、常の日に「白い飯」なんかもちろん無かった。部落百戸のドン底に位する水呑小作の家では薩摩薯と麦の炒粉が常食だった。いや、それもまだよい部で、時によると菜ッ葉と潰し大豆のお粥が食膳にのぼされた。米の飯があっても大抵一碗の盛切りで、二碗は許されなかった。子供も大人も、空腹を感ずることなく一日の日も暮らせなかった。

わたしの家の小作段別は、わずか三段に足らなかった。田圃の少ない山間の部落では、普通でさえも小作米高を競争することなしに、五段以上を作付する地位にはなれなかった。わたしの家では、当時父が激烈なロイマチスで病臥していたから、三段を維持するのも精々だった。

三段歩から収穫する六石余の米のうち、四石近くの上米が地主の倉へ持って行かれた。残った二石余斗が親子五人の食代だった。薩摩薯や豆や菜っ葉が常食となるに怪しむことはなかった。

自給自足の経済生活を脱していなかったから、村にも近郷にも労働で現金を儲ける術は一つもなかった。村人は綿を作って紡ぎ布を織って自家の衣類をこしらえた。椿の実や菜種で油が作られ、宵の口だけ細々として行燈が灯された。薪は山へ拾いに行き、山持ちは伐り出して売った。食い米以上を収穫する者は米を、山持ちは薪を里へ売り出して現金を握った。食い米さえ足らず、加うるに山を持たぬわたしの家では、田圃へ施す肥料代の出どころがなかった。

村で唯一の地主たる坂村は、村の田地の三分の一を占有していた。だから彼は村の支配者であり帝王であった。人々は彼の機嫌を損ねないように躬々とした。彼はまた冷酷な金貸しを副業とし、その方面でも村人を搾取した。

村の小作たちは、肥料代に困るとこの地主の家へ出かけて行った。そして三円五円の金を借りた。だが、それは彼に収めるべき小作米を完納した者に限り与えられた特権だった。小作米を完納していない者に対しては、彼は一厘だって貸さなかったばかりでなく、未納の小作料や、貸し金の督促には冷酷極まる手段を用いて村人に君臨していた。小作料の貸し金の抵当に食い米や綿や芋や椿の実や薪を押えることはまだいい方だった。時によると、宅地に立っている樹木や竹藪さえも切り取って行くことがあった。だから村人は彼の怒りに触れることを極度におそれ、血を吐く思いの無理算段をしたり、狆ころのような諂いで日を送った。彼等はこの暴慢な地主に対して団結することを知らず、反対に各々激烈な反目と裏切りをもって争いながら地主に取り入ることに苦心した。地主に取り入る仲間同士の相克に負けた者は、夜ひそかに土着の村を落ちのびねばならなかった。

　わたしの家も坂村の小作だった。一番貧弱な人間以下の小作だった。だが父が病気になるまでは、それでも相当の信用を地主に持たれていた。父は日夜地主の邸宅に出入りを許され、使い歩きや邸宅の草毟りに手伝わされた。もちろんそれは下男部屋で夕食を与えられるだけで、ほかに一厘の報酬にもありつけぬ労働であったが、小作米の残りや借金の追及を緩和して貰うために、父が好んで――むしろ喜んで実行した哀れむべき奴隷行為だった。父はこの特別の関係をもって、並びいる小作人仲間に限りなき優位を感じていたに違いなかったのだ。

　だが、わたしの三つの時、父は激烈なロイマチスで倒れるにいたって、地主に対する感情を一変したようだった。

　わたしの三歳の年の夏の初め、村ばなを流れる谷川が、氾濫した。十数日にわたる降雨がその原因だった。川の流れを自然にまかし、川床にも堤防にも何等の意を用いず、水源地帯の山林を伐るにまかせていた原始的な河川政策は大自然のちょっとした怒りにも敗北した。村ばなを流れる谷川はそう大きな川ではない。だが、少し雨が降るとすぐ村上に当たる窪地の堤防が押し切られ、部落の窪地地帯へ氾濫するのだった。

　この時の洪水は、度々の氾濫を恐れて築かれていた堤防工事が、数日間逆巻く濁流をせき止めていたほどの頑丈さであっただけに、それが崩れるとなると、従来にない大袈裟のものでなければならなかった。はたして、午後一時頃、鐘や太鼓の警報に驚いて村の人々が川筋窪地地帯へ駆けつけた時には、既にその辺一帯の青田が泥の海と化し、滔々たる水勢が、窪地にある家々へ押しかけていた。わたしの家は窪地を離れた北山の山裾にあった。したがって、水に襲われる恐れはなかったが命より大事な地主の家が窪地にあった。父は、氾濫と同時に取るものも取らずに雨の中を駆けつけねばならなかった。

　行ってみると、はたして地主の豪壮な屋敷は水でいっぱいだった。人々は、雨と水の中を地主の家財を水のつかぬ個所へ運びまたは二階へ上げるべく右往左往していた。わたしの父も血眼になってその中へ加わったことはいうまでもない。幾棟もの土蔵は戸を固く閉められ、「離れ」は床の上まで水につかっていた。庭先にはいやなにおいのする泥水が、下駄や木切れや塗りのはげた欠椀などを浮かべて流れていた。かろうじて床板を水に免れた本宅では、裾をからげた素足の主人が蒼白い顔色をして人々を指図していた。

広い邸宅中の道具や建具や畳の始末がつくともう夕暮れに近かった。一段落というので、そこで酒が出たが、わたしの父はそこへ加わることが出来なかった。父はまだ昨年の小作米を全部収めていず、したがってそんな席上へは遠慮すべき立場にあったのだ。

で、父は恐る恐る、雨と水に濡れたからだを主人の前に運んで、次に行なうべき行動の伺いをたてた。

「あのう、なんか外に片づけるものでも……」

「そうだな」と、デップリ顔の主人はホッとして答えた。

――「お前は太助（地主の下男）といっしょに庭の植木鉢をさがして集めてくれ」

父はそれから約三時間余り、トップリ日の暮れてしまうまで、雨と水の中をずぶ濡れになって広い庭中をはいずりまわった。植木鉢といっても百個余りあった。そのうち段々棚の上に水を免れて残っているものはわずかで、大半は洪水のために棚から押し流され、水の中へ落ち込んでいた。父と太助とは、水の底へ、どこにあるか分からぬその夥しい植木の鉢をさがして庭中をはいまわって歩いたのだ。

父はその時、既に五十に近かった。もともと軽微なロイマチスでもあった。それが今、前後七、八時間も雨と水の中に全身ずぶ濡れにして過ごした。いかに頑強な健康人でもこれは耐えられることでなかった。父の病気は急に悪化し、三日の後雨と洪水が引いて人々が地主の屋敷へ掃除の手伝いに出かけて行く頃には、父は全身に襲って来た激しい関節炎のために、豚小屋のような自分の家の中でのたうちまわっていたのだった。

植木は地主にとって大切な財産だった。中には一株が米一石に相当するものもあった。父はそれをよく知っていた。だから今、その大事な財産を守った父が、そのためにひどい病気になったと知ったなら、必ず相当の手当てをしてくれるものと信じていたらしい。だが、いつの時代にも地主や資本家というものは、打算に生きる動物であった。彼は、父が病に伏して働けなくなり、もはや無料労働を提供することが出来なくなったと知るや、見舞いの代わりに、完全に父を突っぱなしてしまったのだった。

以来、数年間父は動けなかった。動けるようになってからも、決して人並みの労働に従事することが出来なかった。温泉も近くにあったが、そこへ行く余裕などあるはずもなかった。わずかに芋粥をすすって家の一隅に横たわり、隣村の漢方医に教えられた野生のマツフジを煎じて飲むだけが精いっぱいの手当てだった。父は非常に怒りっぽくなり、地主の「温情」に関する信仰を完全に失ってしまった。

父はこれらのことを、時々わたしに語って聞かせた。もちろん幼いわたしには、家の暮らしや、洪水のことや、地主の暴慢ぶりを根本的に理解することは出来なかったが、ただ、自分の家が非常に貧乏であり、母一人が働いてみんなを育てていたということや、この貧乏や苦しみや父の病気が、あの窪地にある白壁の塀を廻(めぐら)したお寺のように広くて大きい地主のためにもたらされたものだということを、それでもおぼろげに知るようになって行った。

貧窮のドン底にあるわたしの家のいっさいの生活は、文字通り母一人のやせ腕で切り盛りされていた。実際母が人一倍健康で勤勉で、昼は野山に牛のように働いたからだを、夜は、当時唯一の手工業であった綿繰り、糸紡ぎ、手機(てばた)織りに他家の仕事までをやらなかったなら、わたしどもはとうの昔に餓死してしまっていただろう。

だが、母は健康で勤勉だった。三段足らずの小作は、二毛作の麦にいたるまで一人で処理していった。唯一の財産である向山の山畑には、芋やズイキや大豆やネギを、代わる代わる育てていった。洪水のために荒れ果てて他人の顧みない川原の荒地を、それこそ原始的な鍬(くわ)一挺(ちょう)で丹念に打ち拓き、綿や菜種を栽培した。早春、薪を切る時には他人に雇われて山へ行き、賃金として幾把(いくば)かの薪を貰って冬に備えた。そして夜は他人の綿を繰り、糸を紡ぎ、機(はた)を織った。

父が疼痛に呻いている枕元、土の上にわずかに藁と莚を敷いた家畜小屋のような家のなかで、細々とした行燈の光を頼りに母の夜の労働が進められていった。ある時には糸車をまわしてブンブブンブと糸を紡いだ。そんな時には、わたしはよく二番目の姉と綿の棒をこしらえる仕事に従事した。黒い丸い竹箸に種をぬいた繰り綿を巻きつけて、一升枡を伏せたその底の上で二、三度ぐるぐると押えて転すと、綿は箸を心に五寸ほどの棒になった。箸を抜いて母に渡すと、母は片っ端からそれを糸に紡いでいった。ブンブブンブという車の音に交じって母の千編一律のうた声が続いた。——

あわてしゃんすな
まだ夜が明けぬ……

　またある時には、母は機の上にあった。今頃あんな手織機なんて、どんな片田舎へ行っても見当たらぬであろう。長く機に張った経糸を交互に上下さすのは、足でふまえた二本の簡単な桿であった。緯糸を通し、それで密度を調節するのは筬でなく、杼であった。大きな鰹節のような杼の中に緯糸の管が仕掛けてあった。一ぺん一ぺん杼を左右に抜き出すことによって緯糸を通し、その都度一つコトンと密度をたたいて杼は母の手で運動を繰り返した。その運動から起こる寂しいリズムは、今もなおわたしの耳の中にある。

　母が機に上がっている時には、わたしたちの仕事は綿繰りだった。一尺四方くらいの厚い木の盤に二本の角棒を立て、それによって綿を繰り込む二本の木のローラァが支えられていた。それが綿繰り道具だった。ローラァの一本に取りつけられたハンドルを右手でまわすと、それに並行して密接している他の一本に運動が伝わり、二本で綿を食い込むようになっていた。まわすと、ギクギクと音がした。わたしは小さな膝を着物からはみ出してすわり、ギクギクというその小さな音を楽しみつつ、綿をローラァに食い込ましていった。すると綿の種はローラァに食み出されて手前に落ち、綿だけが道具の向こうへめらめらと抜け出てたまった。

　父はおとなしい人だったが、時々癇癪を起こした。不治の業病が父の心を時々いらだたせたのだろう。疼痛の激しい時にはいっそう癪を立てた。母はうろうろして父の世話をしたが、父はゆき届かないといって母をののしった。耐えかねて母もののしり返すことがあった。そんな時にはきっと父は枕元の何かを母に投げつけた。父は病床で動けなかったので憤激のやり場をそこへ求めねばならなかったのだろうが、薬瓶や土瓶や茶碗が母に当たって粉々に砕け散るのを見ると、わたしどもは泣くにも泣けなかった。おとなしい母は、事態がそこまで来ると争うのを止めてジッと耐えて仕事につくのだった。

「二日でもよい、父の後まで生きてみたい」

そんな時、母はよくわたしにこんな言葉を洩した。

だが、母の機の下で、わたしが綿繰りを手伝っているような夜はさすがに父の機嫌もよかった。

「精出いて勉めや。こんだお母ァの織っとるのァ坊の着物になるがやぞ」

「ほんとけ?」

「ほんとでのうて。なァおい、そりゃいつ織りあがる?」

すると機の上の母は、

　あわてしゃんすな
　まだ夜が明けぬ……

という口癖のうた声を止めて、

「ウン、明日ひと晩。けんど、坊のにしょッか、お父のにしょッか……」

という。

「だけんど、お父病気で着られんがな」

とわたしは答える。

「ウン、着られんけどわれ、売りゃお父の薬が買えるしな」

母はわたしをからかっているのではない、真実そう思っているのだ。

「イヤ、おらの心配はいらん。なァ坊、坊も新しい着物ァ、欲しげもなァ」

そして父はしみじみと続けた。

「……今年ゃア、お天とう様のお陰で、綿も豊年じゃったというがンねえけ。おらもこの調子やとわれ、来年あたり起きて働けるようになるかもしりんて」

「早うそうなって……」と、母は早くも涙声だった。

「……せめて一人息子の坊にだけなと、白い飯（まま）を食べさしてやりてえ……」

「おいや、……辛抱してくれ。……なァ、三年前の洪水せいなけりゃ、こんなからだにもならんだろうけんど……ほんとに、地主のど畜生のためンこの苦労じゃ……」

「おいのさ。けんど、何もかも愚痴じゃ愚痴じゃ……」

「愚痴かも知れん……なァ坊や、精出して勉めや。いまに吉兵衛さや佐々木みてにわれ、綿繰りなんか他人(ほかのひと)にさせるようになってやるぞい」

　間もなくわたしは学校へ上がった。(3) 八つの春だった。二人の姉のうち、二番目のはるはすでに死んでいた。上のはつはその時十六歳で、子もりか何かに他家へ行っていた。

二

　いつのほどにか、わたしの地方では、綿を栽培しなくなっていた。わたしはそれを少しも気付かずに成長した。

　十三の秋であったか、ある日わたしは学校で綿のことを習った。地理か理科の時間ででもあったのだろう、綿は織物の原料で遠い暖かい外国から輸入されると聞かされた。

　勃然としてわたしの脳裏に蘇ったのは、幼い頃の綿畑の記憶であった。だが、いくら考えてみても、現在の村のどこにも綿畑は見当たらなかった。そう思えば、綿畑だけでなく綿繰り道具も糸車も手織機も村の天地から姿をかくしていることに気がついた。わたしは不思議に思った。何のために綿の栽培をしなくなったのか？　なぜそれでも不自由でないのか？　わたしはその日家に帰ると、夕飯を待って父母にこのことをきかずにいられなかった。

「お父う、何で、もう綿ァ作らんがや」

「綿？　綿がどうしたッて」

　突然の、しかも思いがけない質問のために父は面食(めんくら)ってきかえした。囲炉裏端の二分心の洋燈(ランプ)が、貧しい豆飯をのみ込んでいる親子三人を照らし出していた。

「ウン綿よ。のう、おら幼(ちんちゃ)い時に綿ァ作ったり綿繰りしたりしたじゃねえか。そんだにもう綿ァ一つも作らん。これ、どんなわけやちゅうにゃ」

「なんや、またきょうはひょんなことをきいたもんやな。……ウンそういえァ、いつン間にやら作らんようになっとるな」

「それでさ、不思議やろ」

「ウーン、そやな……それァわれ、綿ァ作っても引き合わんさけな。此処辺じゃよく実らんし、手間がかかるし、金にならんしよ、それよかその暇で労銀取りして買うた方が安いんじゃわい。そんでに作らんがになったんじゃ」

「世ン中開らけてくッと」と、母も口を添えた。——「何もかも変わるざわれ。綿ばっかりンねえ、菜種油も手作り草履もみな無うなってしもうた。これ見てみィ、こんな明るい洋燈がはやるしわれ、手作り草履はく者ァ一人もおらんげも。猫も杓子も、みんな下駄じゃ」

「昔から見れァ、ああ豪れえ違いや。だけんど、そのかわり銭なかったら一日も暮らしァ出来んて」

「なァ坊、昔ァ何も彼もみな自分の手のもんで間に合うたけんど、今じゃわれ、世ン中ァ進んでそんなことァ流行らんがやざ。その代わり金じゃ。綿作りも機織りもせんでええけんど、田圃の暇々に工場ンでも鉱山ンでも行かんならん。人に使われて労銀取りせんだら、田圃ばっかりじゃとても行けんがやぞい。便利ンなって有難いばっかりともいうとれん。苦労ン絶えん世ン中やざわれ」

父と母とが交互に繰り返すこの説明も、しかし少年のわたしにはよくのみ込めなかった。

　わたしは学校で先生にもきいてみた。すると先生は即座に答えた。

「そりァ君、世の中が文明になったからです」

　文明？　そうだ文明！

　注意して見ると、確かに世間はわたしの幼い時より変わっていた。村から三里ほど離れた海岸線を、数年前に汽車が開通[4]していた。学校の上の山[5]へ登ると、海岸線を白い煙を吐いて通る汽車が小さく見えた。一昨年から、山を越えた南の谷の奥にY銅山[6]が出来た。自分の村にも三年前から陶器工場と製糸場が出来てたくさんの男女がそこで働いている。村には呉服屋が出来、床屋が出来、雑貨屋が出来、菓子屋が出来た。天狗印の私製たばこが影をひそめ、代わって「お上」のたばこが幅をきかせている。行燈が洋燈になり、ベタ紺の手織着物が、縞や飛白の「呉服」に変わった。糸車や手織機の代わりに養蚕の棚が家の中を占領し、綿畑の代わりに桑畑が出来た。村の道路が拡張され、橋が新しく架け代えられた。——

　確かに「文明」はこの寒村へもはいって来ている。

だが、だが「人に使われて労銀取りしなければ、田圃ばかりで暮らせない、便利になって有難いが、苦労の絶えぬ世の中だ」と母はわたしに教えた。――これが果たして「文明」だろうか？　部落の地主の坂村は、依然として大地主であった。否、地主以上であった。彼は有り余る金を、近郷近在に勃興する新しい事業へ注ぎ込んでいた。部落の坂村は、県の坂村になっていた。何十万とかいう大資本のY銅山にも彼は相当の株主として参加していた。しかし、部落百戸の大多数は、これまた依然として坂村に支配されている水呑小作たることに変わりがなかった。否、これらの百姓は、坂村の小作人であると同時に、陶器工場や製糸場の雑役夫であり運搬夫であった。Y銅山の臨時雇であり、道路工夫であった。彼等は小作田を耕作する暇々に、工場や鉱山へ働きに出るのだった。

小作人や貧しい自作農の神さんや娘たちは、自村の製糸工場へ働きに住み込んでいった。青年たちは、近いY銅山や陶器工場へ職工となって住み込んでいったばかりでなく、中には、遠い京都や大阪へさえ「成功を夢見て」出稼ぎに行った。

これらの労働は、成果となって年二回、盆と暮とに幾許かの現金を貧農の家々へもたらした。がそれは一日と止まることなしにすぐ他へ持っていかれた。それが少年のわたしにもよく分かっていた。肥料代、物納から金納へ転化して小作料、「便利」な「文明」への消費料、そして借金の利子。持って行かれるところは無数にあった。だがどこの家でも儲けて来た家族の労銀はその何分の一にしか当たらなかった。神代ながらの貧窮した生活が依然として続き、近代的な激労が再び彼等を引っさらっていった。そしてその反面に、地主や工場主はますます太って行くのだった。

わたしは子供心にも、文明とは変なものだと思った。しかし、これがほんとうに近代的な文明の姿であったのである。

考えてみると、当時はちょうど日露戦争直後の時代であった。日清、日露両戦争に勝利して、資本主義がいよいよ展開期にはいった時代であった。官業と政府に対して民業が起こり、政府の保護政策に対して産業における個人主義が勃興した。思想界では自然主義が全盛となり、社会主義がようやく先覚者をとらえて来た。商品生産が素晴らしい勢いで都市にあふれ、近代生活のベルトが都市から農村へ投げかけられた。商品は魔術をもって、交通線の発達をお先棒に山奥の寒村のすみずみまで食い込んで行った。そして、そこに保たれていた古い秩序と生活様式をひとたまりもなく破壊したのだ。手織り木綿や、菜種油や、草履やの手工品の敗北は問題じゃなかった。農村民衆全体の資本主義への敗北が、そこに起こったのだった。

　資本主義はまた、安い労働力を求めて、生活程度の低い農村のすみずみへその生産機構の細胞を持ち込んだ。農村における企業が新しく展開し、古い地主は新しい資本家と結託していった。農村の青年男女は駆り出されて都会地で賃銀奴隷に早変わりした。

　地主は金納制度を採用して、小作米の価格の変動と売却の手数を小作人に転嫁した。資本家地主の政府とその地方出張所は、資本主義のために番犬となり、高い税金や寄付金をとりあげて道路を拡大し、橋を架け、鉄道を敷き、学校を建て、警察を増設して小作人たちを誅求（ちゅうきゅう）した。

　これが明治四十年初頭時代に農村へもたらされた「文明」の正体だったのだ。

　もちろん当時のわたしにはこういうことが分からなかった。わたしはただ「文明」に疑問をもち、「文明」の中に父母とともに苦しんでいたに過ぎなかった。

　耕作の仕事は相変わらず苦しい。だが、その外にも母は「労銀」を求めて有りとあらゆる激労に従事しなければならなかった。

　姉は、近村の製糸工場の女工として、一家の支柱を司っていた。

　わたしは母につれられて田畑へも出た。学校から帰って来ると風呂敷包みを土間に投げ込んで、そのまま母の居る田圃へ出かけていった。

　田植えが一番楽しみだった。本家の叔父一家と助け合って植えていくのだった。朝早く苗代（なわしろ）におりると、長く伸びた早苗がさわやかだった。しゃがんで引き抜くと、パシャパシャと根本の泥を洗い落として束ねた。村の木立は滴（したた）るような緑に燃えていた。燕（つばめ）が腹を翻してスイスイと飛んだ。

「今日はさつきか？」

こういって農夫たちは畦道（あぜみち）を通っていった。
抜き取った早苗をかごに入れて田へ運ぶと、畦の上からポイポイと澄んだ田の中へ投げた。すると母や従兄弟（いとこ）たちが男も女もそれを植えつけて行くのだった。

夏の炎天に、パシパシする鋭い稲の葉の中へ顔を突っ込んで草取りもやった。汗が全身を流れ、顔は稲の葉で傷だらけになった。

母につれられて、雪の降る中を陶器工場の薪運びにも出かけて行った。運搬夫はたいてい女か子供で、小作人の神さんや子供たちだった。杉立つ雪の谷間を踏み登り、吹雪の鋭い松と岩々の山根を越えて、遠い遠い奥山に割木の棚が並んでいた。わたしどもは雪を掘って薪を引き出すと、雪の上に背板を並べて荷造りした。そしてそれを背負って元来た足跡をたどり、山の根から横腹へ、横腹から谷へ、そしてまた山の根へと、雪にまろびながら熊のように村へ急いだ。午前に一度、午後に一度がようやくだった。一日に二度運んで、母たち大人は四十貫もかせいだ。わたしは身体が弱かったので、一度に五貫がやっとだった。従兄弟の安吉は同年で八貫も運んでわたしや母を羨しがらせた。十貫運んで賃銀はわずかの三銭だった。十三の年だった。

どこの家庭でも、どんな子供でも、こういう激しい労働はつきものだった。どんなにつらくても、村の工場が与えてくれる労働に参加しなかったなら、家付きの女や子供は労銀の取り場を失うことになるのだった。

父は相変わらずロイマチスのために人並みの労働が出来なかった。Ｙの銅山や村の陶器工場へは、五十、六十の老人も働きに行った。だが、わたしの父はそんな激労に耐えられなかった。それで父は、耕作のうちやさしい仕事を母に手つだう外には、主として昔からありきたりの田地山林の仲介や生（な）り果物の担ぎ売りをやっていた。田地の仲介は相当にあった。たいていは自作農が窮迫して伝来の持ち田を売り出すのだった。この仕事は冬に多かった。二月の正月には、嫁と田が騒ぐ、といわれていた。父の仕事は、売人買人の間に話をまとめて、少しばかりの仲介謝礼金を受けることにあった。

春になると茶の仲介をやった。これにはわたしも手つだった。村の老母たちは、桑の実の熟した畑の角で、一株二株ずつある新芽を摘んだ。たいてい小さい孫の守を兼ねていた。夕方になると父とわたしは畚（もっこ）をもってそれを買い集め、翌朝町へ父が売りに行った。三銭五銭の口銭が父の収入となり、田の仲介の謝礼金と共に、肥料代や小作料のために積み立てられた。

　稲刈りがだいたい終わって、十月の終わりになると、近村の寺々に報恩講が挙行された。稲の刈り取りを終えた農民たちは遅手（おくて）の籾（もみ）を気にしながらも、数珠（じゅず）と弁当で、今日は山を越え、明日は谷川を下って参詣に行った。わたしは父につれられて、果実の露店を出すべくよく報恩講の寺々をまわって歩いた。報恩講の寺の内外は、素朴に着飾った農民の男女老若の群れが押し合っていた。まんじゅうや氷砂糖やニッキ水や玩具や果実を売る露店が寺の付近の道の両側に軒を並べ、覗機関（のぞきからくり）が人々を呼んでいた。子供たちは一銭二銭の小遣を貰って、鳴り風船や鉄砲や、焔硝を買い、この一年一度の楽しみを享楽して立ち騒いだ。

「さァ買わんか、買わんか。安うてうまい柿に梨！　さァ買うたり、買うたり！」

　父はその痩せた容貌にも似合わぬドラ声をあげて、前を流れる雑沓に呼びかけた。

「さァ坊、お前も呼ばんとあかんぞ。……さァ買わんか買わんか！」

　だが、わたしは露店の中に立つと、どうしてもその呼び声を上げることが出来なかった。

　時とすると、雑沓の中に村の少年の顔を見つけることがあった。そんな時わたしの全身の血が駆け足で頭へ上がった。恥ずかしくて世界が真暗になるように思われた。

　十一月にはいると、毎日のように籾摺（もみすり）をやらねばならなかった。もう降雪の用意に、すっかり藁や萱（かや）で腰を包んだ家々の中から、ゴリゴリ、ゴリゴリという磨臼（すりうす）の音が響いてきた。木々はきれいに葉を落とし、枯れ木のような柿の枝に、採り残された二つ三つの赤い柿が見えたりした。

　一年にわたる労働の成果を、いよいよ最後の米に仕上げるこの籾摺の作業において、農夫たちはおのおの憂鬱になるのだった。ドン底の小作生活をやった人間でなければ農夫のこの悩みはわからない。収穫した米の半分以上を地主に略奪されるという事実こそ、この憂鬱の根源だった。

　父も母もこの愚痴をこぼしつつ籾摺を続けていった。母はリスのように敏捷な動作で、臼の柄元を握って回転した。わたしと父はY字形の押木を押して臼をまわした。米と籾殻に別れた籾は、臼の横腹をぐるりと破いて弾け飛んだ。無数のほこりが舞って暗い土間をいっそう暗くした。

唐箕にかけるのは母の仕事だった。千石篩を調節するのは父の仕事だった。わたしは摺籾を唐箕に運び、さらに千石篩に運んだ。千石篩の下にうずくまって選り分けている父の姿は痩せた沢蟹のようだった。

ある霙の日だった。わたしたち親子は、かじかんでくる手やからだを我慢しながら、これを今年の最後として「大場」の籾摺をやっていた。

「やれやれ、ことしの田圃仕事も、これでお仕舞やで」

千石篩の下から立ち上がった父は、垂れ下がる鼻汁を吸い上げながらいった。

「うれしやのう、御苦労様やった」

と、母は目を輝かした。

米が六、七俵——その時分はみな五斗俵だった——と籾が三俵土間のすみに積んであった。他に屑米が一俵あった。積み上げた米は小作米だった。金に換えて地主の帳場へ差し出さねばならぬものだった。きょう摺っている若干と、三俵の籾と一俵の屑米がわずかに自分のものだった。「得米（小作米）さえ収めりゃ、借金ナ待ってやるちゅう話やったで……。暮れにァはつが肥料代ぐらい儲けてくるじゃろけな。どうやらことしもやっと暮れが越せるぞ。——けんど、惜しいもんじゃなァ」

父は、積み上げた米を見つめて、長い眉毛をビクビクさせた。

と、そこへ玄関の薦をまくってぬっとはいって来たのは地主の使用人吉松だった。

「どうじゃ、大百姓やで、中々籾摺も大変じゃろ。……おお摺りあがった摺りあがった」

柄が小さいのと冷酷極まるのとで、蝮と綽名されているその男は、筒袖の中の懐手を出しもしないで、積み上げた米俵へ顎を向けた。

「あらあ、吉松どんけえの。よう来てくれさした。さ、さ、散らけたとこじゃがはいってくさっし」

癪に触るが地主の手先だ。母は働く手を止めて吉松を迎えた。

「いや、そんなこととしとれん。——お父うや、お前はあっちこっちの報恩講様で、今年ァ豪い儲けをしたちうがんねえけ。旦那ンとこの借金返せるやろ。どや、今のうちに出しとけや。」

そして入口の敷居の上に悠然と腰を下ろし、腰のたばこ入れを抜き出した。

「ああ、そうじゃったけの――」と、父は千石篩の下からはい出して、土間の入口の吉松のそばへ行って突っ立った。そりゃ約束が違う、と言いたげに濃い眉毛をビクビクしている。

「ちったァ、商いで儲けるにゃ儲けたがやとこ。けんどお前さ、もう右から左や。気の毒じゃがもうちょっと待って貰うて下され」

「もうちょっと？　オイオイお父う、馬鹿もええ加減にせえ。切りは十月でもう二週間も延びとるぜ」

「おお、そりゃ分かっとる。そんでに先月坂村どんへ頼みに行ったがや。そん時、今年の得米せいきれいに収めりゃ金は春まで待ってやると言わっしゃった。お前さ。それを知っとってかい」

「ふん、あの時はあの時さ。な、お父う、お前、商で溜めた金を安田や吉兵衛の方へ返したちゅうやないか。うちの旦那はそれをきいて豪い立腹じゃ。義理を知らんにもほどがある。安田や吉兵衛が地主より大事かい。そんな義理知らずなら待ってやるこたァいらん、吉松、きょうは行って貰うて来い、こういうキツイ命令じゃ。知っての通り、うちの旦那は言い出したらあとへは引かん。お前はバカじゃ。気の毒じゃけんど、その米貰うて行くぜ」

そして吉松は、ちょっと表へ出て行ったが、間もなく荷車を一台引っ張って来た。

「この通り車も用意して来た。金が無けりゃ物というのがこんなときの定石やでな」

「そんなお前さ、そんな……」

と、父はもう、うろうろ声だった。

「この米ァ、大事な得米やで……。これを持って行かれたら暮れの得米ァどうなる。頼むわの、頼むわの。――そんなら、今年の得米は待ってくさっしゃるけのう」

「その心配はいらん」

と、土間へ踏み込んで来た蝮は傲然と言いはなった。

「ついでじゃから言っとくが、なァお父う、今年からは坂村じゃ小作料は小作人の勤め先で、労銀の中から天引きしといて貰うことにしたでな。あァ、だれでもええ、嬶ァでも娘でも息子でもさ、だれでも働いとる先ィ行って、ちゃんと親方に引いといて貰うことに手筈したぞ。お前も知っとるやろ、在所の村田（陶器屋）はうちの親類じゃ、Yの銅山もうちは大株持ちじゃ、W村の製糸場かてどこかて、坂村が頼めば嫌言わん」

　そして彼は、積んである米に一度腰をおろすと、悠々と腰のたばこ入れをぬきだした。

「どやな、お前とこのはつも大分儲けとる様子かいな。この間W村の加藤の主人も打ち合わせに来とったが、四石の小作料に足らんと困るぜ、ヒヒヒヒヒ」

　聞いていた父も母も小さなわたしも、言い合わしたように棒立ちになった。憤激と絶望に目の前が真暗になった。わたしは、小さな胸に戦慄の起こって来るのをどうすることも出来なかった。

　小作人の息子や娘たちの勤め先へ手を延ばして、その給料を天引きする！　しかしそれは、坂村の地位をもってすれば出来ないことでなかった。彼は近郷に鳴り響いた地主であり素封家であるばかりでなく、新進の地方的資本家であった。彼は近郷のたいていの事業に出資しており、近郷の地主や事業家の中心勢力となっていた。又、近郷の地主や事業家の中に、多くの縁続きや親類を持っていた。そして、当時の労賃は例外なしに盆と暮との二回払いだった。

　信じがたいほどの恐ろしい力の前に、今は茫然と棒立ちになってしまった三人の小羊たちの蒼白の顔色を見ると、蝮は痛快そうに哄笑した。

「ワハハハハハ、お父う、そんに驚くことァないわさ。出すもなァ出さんなん、取るものァ取らんなん。どうせ出すもんなら、手間のかからん方がお互いにええ。……さァ、そいじゃこの米貰うて行くぞ。」

「どうでもして下され。借った者ァ弱身じゃ。……お母ァも坊もあきらめろ！」

　父の老眼から涙があふれるように出た。わなわなふるえる足を運んで、父はそのまま奥へはいってしまった。蝮の吉松は、蒼白になった母とわたしを尻目に鼻唄をうたって四俵の米を次ぎ次ぎに表の車へ運び積んだ。そして寒い霙のはれた夕方の道を、窪地に向かって引きあげて行った。当時米は一石十円位だったと記憶している。

　年が迫った。雪が五尺も降っていた。氷柱が藁屋の軒々にぶら下がり、藁搗く音が遠い響きを伝えた。正月が近づいても村では餅搗く音もしなかった。

　吉松の宣言の通り、はつの給料は勤め先でそっくり地主の方へ渡された。だが、それは決してはつだけでなかった。はつといっしょに村から女工に行っているだれも彼もが同じ被害を蒙った。否、はつたちの工場だけでもなかった。陶器屋でも、銅山でも、同一の天引きが、坂村のために実行された。

　村の人々は、打ちひしがれたような絶望の心をもって正月を迎えた。彼等は暗く悲しい心持ちに人知れず泣いたが、しかしどうする術も知らなかった。

三

　校庭ではチラホラ山桜が咲き出していた。学校の背後の山裾の陽だまりに、薪を切る農夫が立ち働いている。

　講堂にはきょうを着飾った三百の生徒が小さい一年生を前にずっと後へ並んで腰をかけていた。来賓席には巡査や学務委員や村の有力者が紋付羽織で腰かけていた。ことしから村長に就任した地主の坂村も、そのデップリした赤顔（あからがお）をフロックに乗せて尊大そうに並んでいた。

　校長の訓辞が済むと、わたしは、膝にしていたおびただしい賞品を腰掛の上に置いて、そうっと立ち上がった。わたしは卒業生を代表して「答辞」を読むことになっていたのだ。

「なるべく当日は紋付を着て来るように」

　と、前もって受持ちの先生から注意されていたが、紋付どころの騒ぎではなかった。よれよれの小倉の袴さえようやく借りて間に合わしたのだった。わたしはそれに引け目を感じながら式台の前へ進んで行った。

　――維時（これとき）明治四十四年三月二十八日、幾多貴賓ノ来臨ヲ賜ハリ、茲（ここ）ニ生徒ノ卒業式ヲ挙行サル……

　そういう言葉で綴られた答辞を、わたしは震える声で読み上げていった。読み終わって、チラと左手の廊下を見ると、あふれるように詰めかけている父兄たちの中に、父の痩せた顔も交じっていた。

　螢の光窓の雪
　ふみよむ月日重ねつつ
　いつしか年も過ぎのとを

明けてぞけさは別れ行く

校門を出ると、校舎を振り返ってわたしは感慨無量だった。八ヵ年も通った懐かしい学校！　これで一生学校というものに遠ざかって行く自分の将来！

わたしの胸はいつしか熱く熱くなって来るのだった。

家へ帰ると、父はすでに帰っていた。そして家の前の路端に新しく買山（やま）から伐（き）ってきた青葉の柴を並べて、山田という知人と腰かけながら話していた。

「ほら源治さ帰って来た」と、急いで帰ったわたしの顔を見ると、山田のお父うが言った。——「豪いもんじゃ、褒美がひと抱えじゃ」

わたしは微笑して家にはいった。

「なァ、金さえありゃァ、学問さして……こごの源治等いくらでも豪くなれるやが……」

「いやはや、学校のすむのを待っとった。早う大きなって金儲けして貰わなァどむならんがや」

山田のお父うと父は話し合っていた。

飯を食って、着物を着かえると、母が朝から弁当持ちで行っている田圃へ出かけて行った。出かける時にも父たちの話はまだ済まぬようだった。

父たちが何の話をしているのか、何かしらわたしには気がかりだった。いつも来たことのない山田のおやじの来ているのが不思議なのだ。もしかしたらわたしを銅山へでも？……そう思うと山田のおやじがY銅山の鉱夫であることに気がついた。銅山の仕事は荒い——そうわたしは聞いていたので、ちょっと恐れに似た気持があった。だが、もう十六で学校も終わったのだ。どこへでも行こうかい。……

だが、山田のおやじの来たのは、もっと厄介な話を持って来たのだった。姉の恋愛——結婚の問題だった。

「なァおっ母ァ、きょう山田のおやじが来てなァ……」と、父はその夜、夕食が済むと話し出した。

「……ひょんな話でな」

「ウン、坊からちょっと田圃で聞いたが……」と、母も何かしら？　と興味を持っているようだった。

「何の話やった？」

「それがさ、困った話で……はつ嫁にやらんかちゅう話や」

「またか？」と、母は即座に吐き出すように言った。

「どこか知らんがやれんやれん。まだ二、三年、坊がせめて十八、九になるまでどこへもやれんがな」

「おいやさ、それァわかっとる。今日日（きょうび）はつを取られたら、家ァちょっともやって行けんこたァおれも承知じゃ。けんどな、こんだはちょっと困ったことにァ、はつは男ともう約束して坊の学校を卒業すンのを待っとったちゅうがな。年が年やで無理もねえが、家の有様をみりァ、手放しかねるし。困ったことじゃ」

男とすでに出来ていると聞くと、母もすこぶる当惑したようだった。一瞬間、何かに突き当たったような空虚な顔をした。

「………」

「いつもの通り家の事情（わけ）を言うて、断わったは断わったけんど……」

父も当惑し切っている。

実際これは、わたしの家の浮沈に関する大問題であった。姉を他家に取られることは、わたしの家を暗闇に突き落とすことだった。わたしはまだ子供で、父は病身だった。わずか三段に足らぬ小作を維持するだけでも、だれかが「労銀取り」をやらねばならなかった。そしてわたしの家では、姉がこの重大なる役目を帯びていたのだった。姉が製糸工場から儲けてくる年額四十余円の労賃が、わたしの家の肥料代や、県や村の税金や、小作料やらの信用の根源であり、財源であった。

三段や五段の小作に生きる貧農の娘に、恋愛や結婚の自由のありようがなかった。部落の娘たちは「親兄弟のため」に労賃を追うて、晩婚へと追いつめられていた。あまり年齢を取り過ぎて婚期を失い、独身で世を送る娘さえあった。そんな娘へは、村長坂村から表彰状が贈られ、孝行娘の典型として誉めたたえられた。資本家と地主はその貪欲な搾取を容易にするために、村の娘たちの結婚の自由さえ「不孝」と規定しているのだ。

階級意識の片鱗だに持たなかった当時の貧農たちは、彼等の生活の貧困におけると同じく、この可哀相な娘たちの運命の拠って来る根源を見破ることが出来なかった。彼等はこの運命をひとえに、貧乏人に与えられた当然のものとして受け取り、娘たちに強制して来た。悲しみ、嘆き、苦しみ、喘（あえ）ぎながらも、強制せずにはいられなかった。

だが、若い血潮の燃える娘たちはたまらなかった。彼女たちももちろん、この受難の来る根源を知らなかったが、胸の裡からあふれ来たるやるせなさと寂しさにたえられなかった。彼女たちはひとえに兄弟の甲斐性無さを憾み、次第に自分自身でこの荊の道を打開する手段をとるにいたった。かってな恋愛と出奔がそれだ。

　女性の自由な恋愛が、一つの反道徳な行為として指弾された当時において、娘たちのこの態度はたしかに思い切った態度、行為であった。だからこの結果は醜い親娘間の争いとなり、彼女をも、また彼女の兄弟母妹をも、さらに百倍する貧窮と苦悩の地獄へ突き落とした。

　わたしの姉も同様な道をたどったわけである。姉はもう二十四だった。地主の強制する道徳からいえば、彼女もたしかに孝行娘の一人であった。だからこの二、三年来、冬から春にかけて結婚の申し込みが絶えずあった。だが、父と母はその生活の防衛のために——本質的には地主坂村の貪欲にしばられて——その都度断然と拒否し続けた。

「せめて坊が十八、九になるまで……」

　こういって次々に打ち消されていく結婚話を見送って、辛抱強く二十四の今日まで工場で蛹の香を嗅いできたのだった。

が、その姉も今や父母に反逆した。かってに男をこしらえて、この始末をどうつけてくれる？　と迫って来ている。それは、父母の手から出奔するスタートの構えでないか？

　山田のおやじから話を受けて、今わたしの父母が当惑しきっているのは無理ではなかった。

「いったい相手はどこの者やいの」

母は、しばらくしてから初めて肝心のことを訊いた。

「S村の何たらいう名やった。工場ンいっしょに働いとるやがて。家はやはり百姓で、あととり息子で、工場じゃ釜場の腕利きじゃたらきいた」

　S村というのは、わたしの部落より西へ加賀平野を二里半も行った海岸近くの農村だった。そこには山田の親類があり、そこをたよって男の親元から申し込んで来たものだった。

「弱ったわい」と、父。

「……」

「キッパリはねれや、近藤のみつみてなことせんとも限らんし……」

「……」

「やるわけにもいくまい？」

「……」

「……」

「腕利きでも……」と、母は初めて決心したように口を切った「またァ、はつがどんな関係ンなとるか知らんけんど、やはり先方へもキッパリ断わり、はつにもあきらめてもらわにゃどむならんぞの。はつかて親子三人のためや、よもや我慢せんとはいうめえ。そんなことというたら鬼や」

「ウン、それより仕方があるめえな」

それから二、三日して、姉は一日の休みに帰って来た。男の方から申し込んであることを知っていたからだろう、妙に窮屈そうな態度と、また反対に反抗するような態度とを交ぜて夜の敷居をまたいで来た。

その夜、わたしが寝床にはいってから、父母が交互に姉を口説いているのを耳にした。

「どんな約束があるか知らんけど、今まで辛抱して来たお前や、キッパリ手を切って家のためにもう二、三年頼むわ、辛抱してくれ……」

父の声だ。

「今までまじめな者じゃと言われて来てお前、……もう二、三年後指さされるようなことをせんとおけ。おれも頼むわ、な」

母の声だ。

「坊もまじめなやつやさけ、間もなく銭儲けするようになるがや。親兄弟を助ける思うて、辛抱してくれ。まだわれ、お前がおらではどうもこうもいけん」

こんな言葉の中に、姉の切れ切れの言葉が続いた。

「もうおれも二十四や。糸場じゃ婆さん、婆さんと言われて……」

「そりゃァ分かっとる」

「……幾つ何十になっても……恥ずかしや……」

すると母のいきんだ言葉がはさまる。

「けれどはつ、おっ母ァの苦労思えァ、そんなこと何じゃい。親に甲斐性がねえと思うか知らんが、病気なりァ仕方がねえ。自分せえよけりァ親兄弟どうなってもええちゅうのは鬼やじ」

威し、賺し、口説きして、それでも父母は姉を説伏したらしかった。翌日田圃で母にきくと、

「親の頼みを聞かんダラでもなかろいや」

と答えた。

だが、二週間の後、姉といっしょに働きに行っている他の娘が十五日の休日に帰宅した時、わたしどもは大変なことを聞かねばならなかった。

「あらァ、承知してやらしたがンなかったがけの」

「もう三日も前のことじゃ……」

「あい、たいへんに喜んで、いそいそ荷物をまとめて行くましたがや……」

夕方の薄闇の中、家の表の柚子の木の茂みの下で、野良から帰って来た母とわたしとを捕えて、娘たちは口々に喋った。姉は三日も前に男といっしょに工場を出て行ったというのだ。

この話を聞くと、母は気違いのように逆上した。まさかと信じていた娘に裏切られた口惜しさと、暗の経済の切迫を如実に感じたことが、母の思慮を狂わしたに違いなかった。田圃からたずさえて来た鍬を玄関に投げ出すと、嗚咽をあげつつ家の中へ駈け込んで行った。

家の中には父が一人、暗がりの中にポツネンとすわって、炉で茶を沸かしていたが、この有様に驚いて叫んだ。

「どうした？　え？　何した？」

「ああ、口惜しい！　口惜しいわいの！」

母は喪心したように突き伏すと、ただ身をふるわして泣くばかりだ。

「え？　坊どしたがや？　おっ母ァどうかしたがか？」

父は闇の中を立ち上がって、土間にうろうろしているわたしに激しくきいた。その声はうわずっている。

「何や知らんけど、姉ァ工場におらんようになったちゅうて……」

「ナニ、はつが？　どうして？　どこへ？」

父もさすがに愕然としたらしかった。

「今表で橋本のイシやらそう言うとった。姉が三日前に男と工場から出て行ったちゅて」

「ウーム」

と、父も初めて事態の重大性に気付いて呻いた。「そうか。――弱ったことをしてくれたァ」

わたしは夕飯をかき込むと、母に連れられて姉の勤め先たるW村まで夜道を追い立てられた。工場へ行ったとて姉のいないことは分かっていたが、母が承知しなかった。――他人の大事な娘を預かっていながら、こんな大事を仕出かした工場主が悪い、工場主に談判して無事に返してもらわな承知出来ん。——母はこう言って承知しないのだ。ジッとしていられなかったのだ。

W村は北方へ山越えして一里あった。わたしは悪魔に憑かれたような母に食っ付いて、細い曲折した闇の山道を急いだ。母は一言も発せず、暗い提燈（ちょうちん）を突き出しながら駆けるように急いだ。

W村の加藤工場へ行ったが、もとより何の要領も得なかった。むしろ立腹の上塗りをするようなものだった。門を潜って石炭殻を敷き詰めた広場を、とっ突きの事務所——といってもそれは工場主の自宅の一室であった——へはいって行った母子は、前垂れ姿の小生意気な若い事務員に鼻で応対された。

「はつさんは三日前に片山君と結婚するちゅて、当工場を暇取って行った」

母がくどくど事情を話すと、

「そんなことはここの責任じゃない。片山君のとこへ行って言い給え」

と言った。

取りつく島もなかった。憤怒に燃えながら、暗い夜道を悄然と帰るより仕方がなかった。片山というのは姉の「男」の名前らしかった。

こんな事件になると、父親よりも母親の方が強く憤慨するものらしい。わたしはこの時、母のあまりにも強い憤慨と行動とにそれが収まってからも長い間脅かされた、執拗な泣き声、繰り返す呪詛、そして猛り立った興奮は、ついに母を持病の癪へと導いた。それが母思いのわたしの胸にどんなに強い衝撃を与えたことか。

だいたい母は、姉の結婚延期問題について、常に父よりも積極的な意見を持っていた。父は、姉の結婚延期がひとえに自分の病身の故にあると考えていたらしく、絶えず働く姉に引け目を感じ、同情をもっていた。しかし母は違っていた。母は二十年来、病夫と貧困を一身に背負って、熊のように働きつづけ、そして子供たちを大きくした。その子供が、この苦しみに耐えて来た親と家を救うために、わずか婚期の二年や三年延ばされたところで、決して不服をいうべきではない。——と母は常に主張していた。しかし母は、この主張を実行に移す場合には決して威圧を用いなかった。当然のことと思いながらも口や行ないでは頼みに頼んできた。苦悩に耐えて来た母なればこそであった。それが今、根こそぎ娘のためにくつがえされたのだ。

　母の憤激はむしろ当然であったかも知れない。

　だが、いうまでもなく、この憐れな貧農の一家は、反抗すべき、憤激すべき、戦うべき敵を間違えていた。一家の経済を破壊し、親子間の愛情を攪乱し、骨肉を醜い争いに導いた真実の敵は、段に一石五斗も略奪して行く地主そのものではなかったか。

　しかし、当時のすべての農民たちと同様に、このことを少しも理解しないわたしの一家は、さらにさらに醜い争いを展開しなければならなかった。

　W村へ行った翌日、わたしの家では急遽親族会議が開かれた。父、母、わたし、伯父、母の枕元に集まる三人の男は細々と相談した。

　そのまた翌日朝早く、わたしは伯父といっしょに、姉を引きずって来るべく、S村へ出かけて行った。嫌でも応でも男の手から引き離し、女工を続けさすこと――こう決まったのだ。

　七十を過ぎた伯父は、それでも元気だった。新しい紺の半被に股引をはいて、草鞋がけでとっとっと歩くのを見ていると、若い者のような気がした。谷川に添って道を下るとところどころで声をかけられた。声は田圃の鍬の音から来る。

「きょうはどこじゃ」

「ウン、ちょっと町に用じゃ」

　わたしたちは、他人に知らせられぬ用事を持っていた。


――


　S村は海岸近くの村であった。山がなくて松林があった。部落の背後を汽車路が通っていた。

　片山という家は、往来に面した村の入口にあった。伯父とわたしは家の前に着くと、すげの笠を脱いで、入口から声をかけた。どこも同じ建て方の家で、入口の大戸の中は広い土間、その左手に勝手流しが設備してあった。暖かい日だった。

「毎度さん、御免」

　声をかけてわたしと伯父は土間をのぞいた。と、声に応じて、流し元に茶碗を洗っていた若い女が、

「あい」

　と返事をして顔を向けた。それが「自由結婚」をやった姉だった。

「あ、姉！」

わたしは思わず叫んだ。と、姉もわたしどもに気付いて、とっさに家の中へ逃げ込んだ。わたしはその姿に「他人」を感じ、ちょっと、空虚な心だった。

家にはいって、先方の親たちとの間に一通りのあいさつが済むとわたしどもは直ちに用件に話を進めた。そしてわたしはここでとんでもないことをやってしまった。

それはこうだった。話が進んで先方の親たちが、娘を連れ出した息子の行為と、それを承知でかってに結婚させた自分たちの非を平詫りに詫ったあと、それでははつさんを連れ帰ってくれと言い出した時、それまで奥にかくれていた姉が泣きながら出て来た。そしてこう言うのだ。――「おれはあんな情けねえ親たちのとこへ帰らん。どうしても連れて行くなら死んでしまう」

そしていかにも男の家の者らしく、また奥へはいろうとするのだ。

わたしはこの言葉を聞き、この行為を見て、前後を忘れてしまった。ことに「あんな親たち」と言う言葉に胸が煮えくり返った。

「ナニ、もう一度言ってみィ！　畜生！」

そう叫ぶと、板の間に戞然（かつぜん）たる足音を立てて姉の背後へ飛びかかった。

「あ、あんな親たァ何じゃ！　お、おっ母ァはお前のために病になっとる！　あ、あんな親たァ何じゃ！　き、きさまは自宅（うち）よりここがええがか？　ど、どこの馬の骨やら分からん、ここの泥坊がええがか？」

わたしは大声でそう叫びながら、姉の髪を引きずりまわし、手当たり次第に殴り続けた。

先方の両親は同時に立ち上がった。そして

「まァまァ、兄さん、腹もたとうが堪忍して、堪忍して」

と、うろうろしながらわたしを姉から別け隔てた。

別け隔てられながらわたしは伯父を見た。伯父は囲炉裏に黙然とすわって灰色の眉毛の下で瞳をつぶっていた。わたしは急に悲しさがこみ上げ、ワアッと声を出して泣いて伯父の膝へからだを投げかけて行った。

こうして憐れな姉弟は、赤の他人の家で恥ずかしい争いを暴露しながら、最後にやはりいっしょに我が家へ帰らねばならなかった。夕方わたしども三人は黙々として人目をさけながら家路へ急いだ。

家に着いてから、また一騒動持ち上がった。今度は母が過日来の鬱憤を爆発させたのだ。

わたしどものあとについてはいって来た姉の脹(ふく)れ面を見ると、母は物々しい形相をして憎々しげににらみつけた。その唇はぶるぶるとふるえ、瞳は焼けつくような憎悪に燃えていた。そして姉が黙って炉端にすわると、耐えかねたごとく激烈な罵詈をたたきつけた。

「よ、よくも、おおお、おめおめと帰って来くさった！　おお、親の苦労をも知りくさらずに！」

「まァ、まァ、帰って来たがやから……」

伯父はなだめた。だが、母はやめなかった。

「イヤ、イヤ、言わんとおこうかい。このどす女郎！　顔を見せ！　親の顔に泥塗りくさって、畜生ッ！　ど、どの尻で男くっ付きやがった！」

「なァ、おっ母ァ！　いい加減にしとけ。若い坊もおるこっちゃ！」

「どの尻で、——ど、どの尻で男を追いまわした！　恥(はじ)曝(さら)し！　畜生！　ど畜生！」

そして母はやにわに立ち上がると、下座にうつむいてすわっている姉を、脚を上げて蹴倒し、跳びついて髪を掴んでなぐりまわした。

「畜生！　畜生！　畜生！」

「ああ、修羅(しゅら)じゃ！　地獄じゃ！　俺ァ見ておれん。地獄じゃ！」

父はほろほろと涙をこぼすと、ふらふらと立って仏壇の前へ行くのだった。

この事件があった後、姉は間もなく寂しい姿をして大阪へ出かけて行った。「後ろ指さされるような」事件を仕出かした姉は、とうてい郷里の近くにいるに耐えなかったのだ。

わたしは山路を遠くまで送って行った。赤松を立てた左右の山肌には、細い雑木が若芽に燃え、早蕨(さわらび)が腕を突き出していた。時々雉(きじ)の鳴く声も聞こえた。寂(せき)とした山の気は二人の足音を包んで澄んでいた。その中を柳行李(やなぎごうり)を背負って行く姉の後ろ姿を見ると、わたしは次第に悲しくなった。

「なァ、姉！　いつかのこと堪忍してくれや！」

わたしは長いこと言いそびれていたその一言を、やっと姉の耳に入れて、涙ぐんだ。すると姉は振り向かず答えた。

「みんな、みんな仕合せァ悪いがやわいな。お父にもお母ァにもそう言ってくれや、姉はこれまでみてにまた一生懸命働くから安心してからだを大事にしてって」

わたしは今にも嗚咽が口をあふれるのを、じっと食いしばって我慢した。

大阪へ行った姉は、郷里出身の女工をたよって四貫島の紡績工場へはいったのだった。姉が大阪へ行った後、わたしも間もなくY銅山へ、百姓の暇々に通うことになった。

いつしか秋となった。あの憂鬱な収穫が始まった。目前に地主の赤ら顔を思い浮かべてわたしどもは稲に鎌を当て続けた。

十一月の末だった。雪が、白山の頂を次第に下り広がって近くの山[7]の頂まで来ていた。軒の吊し柿が秋の陽の直射を受けて固まる日だった。

わたしの家へ、大阪の姉から一葉の電報が届いた。

――ハツキトクスグ　コイ

はつ危篤すぐ来い！

籾を干していた父も母もわたしもこの紙面を見て愕然とした。就中、春の狂態を慚愧にたえなかったわたしと母はすっと全身の血の気を失うように感じた。キトクという電文は、シスという言葉の代わりだということが農村では常識であった。

すべてを抛り出して、ただちに米が一俵金に代えられた。父は喪心したような母を鞭韃して、停車場のあるK町[8]へ急がした。

はたして姉は死んでいた。

四貫島の紡績工場にはいった姉は、恋愛に傷つけられた胸を、さらに病気にとりつかれたのだった。一度肺を冒されると、原始的な搾取の横行していた当時の紡績工場の猛烈な労働と、毒々しい塵埃とは、急激に病気を昂進させずにはおかなかった。姉は工場へはいって四カ月にもならないうちに、早くも大喀血をし、同時に工場と寄宿を追い出された。

すでにいっさいを姉は諦めていた。恋愛も、窮乏も、病魔も。その姉にとって、せめてもの願いは、郷里に喘いでいる親と弟に、なるべく心配をさせないということであった。八月、工場の寄宿を追い出されると、知人の、傾いた社宅の二階を借りて病床を移し、ひたすら現状の故郷へ知れることを恐れて死を待ったのだった。

母が未知の土地を、倅に身を委せて姉の住居をさがし当てた時、その家には十歳ばかりの女の児が一人いるだけだった。

「加賀[9]から来ました者じゃ。川上はつの母でございます。父さまや母さま留守でござんすか」

母はY銅山の軒割飯場（のきわりはんば）に似た軒並みの社宅をいらいらした心でながめながら、精いっぱいの上品な言葉でその子に尋ねてみた。

「ああ、そうだっか。来よったら呼びに来ィてかあちゃんからいいつかってるわ。わて行んで呼んで来まっさァ」

女の子は、その母親か父親かを呼んで来るべくパタパタと駆けて行った。行く手には、毒々しい煙を吐いている数本の大煙突が、工場と見える大きな建物の空へ突っ立っていた。

母は二階へ上がって行った。と、そこには娘の死骸がただ一人、寂しく横たわっていた。枕元には灰を入れた欠茶碗が一つポツンと置かれてあったが、線香さえも立ててなかった。――

姉の骨をもって帰って来た母が、泣き泣きこれらのことを語った時、父もわたしも手ばなしで泣いた。

家でささやかな葬いを済ました日、親子三人が姉の荷物を開いて見た。小さな柳行李であった。持って行った着物は一枚も無かった。恐らくみんな売るか質入れしたものだろう。売れ残りらしい襦袢（じゅばん）や腰巻や頭髪の物のなかに、キチンと包んだ新聞包みがあった。いかにも大事そうに見えるので、中に何があるかと怪しみながらあけてみると、新聞や風呂敷やの幾重もの包装の中から、出てきたものは綿だった。

「あ、綿！」

「あら、綿！」

わたしも母も同時に叫んだ。

「何の綿やろ」

こういって広げて見る母の手に翻ったものは、綿と真綿でこしらえた粗末な綿帽子だった。恐らく、姉が親たちに無断で「結婚」した時、男の家で慌ててこさえて間に合わせたものに違いなかった。可哀相な姉はそれを一生の思い出に、死ぬまで大事にしまっていたのだ。

母はやにわに突伏すと、よよとばかりに泣き出した。

「ああ、はつや！　可哀相なことをした！　堪忍してくれや！　堪忍してくれや！」

四

明治が大正となって二年過ぎた。その間に父が死んでわたしも十九歳になった。

去年の夏、父の死ぬ時、私に残された最後の父の言葉はこうだった。

「兄（にイ）、——その時分からわたしは坊とは呼ばれず、兄と呼ばれた。——世ン中というもんは、精いっぺえ金持になるか、そんなかったら精いっぺえきかン気の者になるかせにァ、いつも他人の下馬（げば）になって頭ァあがらんがやぞ。お父はからだ悪うて、思うようにァ行かんだがな」

わたしは初めて父の本心に突き当たった気がした。

——おれは病身で何事もひかえ目に暮らしたが、これは本心じゃなかった。貧乏人は、勝気で暮らせ！——父はその子にこう遺言するのだ！　坂村や吉松になめられ続けて来た父の一生を顧みて、わたしは暗然とした。そうだ、わたしこそ、父が一生考えて実行出来なかったことをやらねばならぬ。

「ああ、苦しい一生やった……」

父はそう言って死んで行ったのだった。

今やわたしは、五十四歳の老母とほんとうに二人切りの者となった。しかしわたしは幼少時代に似あわぬ頑丈な大男となっていた。

世は大戦前の不況の最中であった。疲弊は農村において極度となり、自作の中に破産が続出した。小作たちは——彼らは破産する何物をも持っていなかった。彼らの持っているものは厄介極まる各自の生命だけだった。

首縊（くびく）りが流行した。去年一年に三人もの小作が首を吊った。彼らは言い合したように、これ見よがしに茂っている、地主坂村の持ち山の松の枝にブラ下がった。最後まで地主の「厄介」になるということが、彼等のせめてもの反抗であった。

娘を近くの温泉へ酌婦にたたき売る者も出来た。一人の勇敢な「先覚者」がそれを実行すると、あとからあとからそれに見習う親たちが続いた。

戦うことを知らぬ農民たちは、小作に、労働に、借金に、税金に、それからまた農村を今やすっかり俘虜（とりこ）にした商品の魔術に、骨の髄まで搾り続けられながら、依然として「自分の不運」をかこつだけだった。

だが、地主坂村とその一族は、四眠を終えた蚕のように太っていった。坂村は部落の田地の三分の一以上を占有して、毎年二百石からの小作料を収奪した。白壁の塀を囲らした城廓のような邸宅の木立は、それを取り巻く豚小屋のような貧家と素晴らしい対照をなしていた。農民たちは、その豪壮な邸宅の一木一石にいたるまでが、自分たちの祖先以来の血と汗の結晶であることに気がつかなかった。彼らは限りなき畏敬と羨望を感ずるだけで、微塵の反抗も怨嗟も意識しなかった。

経済の支配者は、政治の支配者である。どこの土着の地主もそうであるごとく、地主坂村も部落いっさいの完全なる支配者だった。県や郡や村の有力者であったばかりでなく、ゆくゆくは代議士を夢見ているらしかったが、そんなことは今の場合どうでもよい。

問題になるのは、T部落[10]の政治、事業、計画、相談の徹底的な独裁者であったことだ。彼の一言の承諾の声なくして、部落では何事も出来なかった。

官史が瀆職をあえてして不浄財を貪るように、この下劣極まる山間の大地主も、かかる地位を利用して盛んに不浄財をかき集めた。

昨年の春だった。まだわたしの父がいる時だった。当時の流行として部落に肥料共同購買組合が設立された。小作農も自作農も取り交ぜて一組合員十円宛の出資をし、それを資金にK市[11]の肥料問屋から直接肥料を購入しようというのだった。農民たちの調べたところによると、これで約二割方安い肥料が手にはいるはずだった。例によって計画は地主坂村に相談され、組合の信用を鞏固にするため彼を名目上の組合長に推薦し、その承認を得たのだった。と、坂村はその地位を利用して密かに肥料問屋と結託し、莫大なコンミッションを懐にしたばかりでなく、ほとんど小売商の手をへたほどの値段の肥料を、組合員に押しつけたのだった。

さすがにこの時には部落に不平の声が起こった。しかし、それも主として自作農の層からの、しかも陰でぶつぶつ言う不平に過ぎず、小作農にいたっては依然として、心の中は兎に角口に出しては何事も言わなかった。奴隷の観念に馴らされ切っている彼らは、むしろこれを当然のこととしてあきらめていた。

「無料の組合長や、ちょっとは役得がなければァ……」

「そや、そや」

父はすこぶる憤慨して、自作たちといっしょに組合を脱退した。これが恐らく父の、最初にして最後の反抗的行為であったろう。

父が死に、そうして一家の責任ある地位につくと、自然わたしもこういうことに敏感になった。もともと地主のために人一倍迫害を受けた家に育ったわたしは、父と共に、感情的にはすこぶる地主を敵視していた。もちろん階級的な意識からではなく、個人的な感情からであった。個人的な感情であったから、絶えずそれに自制を加えて暮らしたが、腹の中では熾烈な反感をもっていた。したがって今、貧しいながら一個の「戸主」として立つにいたって、彼のなすことに対しては、絶えざる注意と猜疑とをもって注目することを怠らなかった。わたしはいつの間にか、他の青年たちと違った分別臭さを持ち、他の小作たちと異なった対地主の感情を胸の中に育てていたのだった。

わたしのこの感情が表面へ爆発して行為となったら、それは必ずわたしをほろぼす結果をもたらすに違いなかった。なぜなら、団結の基礎をもたぬ個人的反発は、敵階級のために徹底的に粉砕されるにきまっているものだから。しかし、地主に対する反感をもってはいたが、階級意識の片鱗だにもたなかったわたしは、そしてまた父ほど人生の苦労を積んでいなかった若いわたしは、いつか機会があったら、横暴きわまる地主を、一ぺん取っちめてやろうという気に次第になってゆくのだった。

もっともこれにはなお他の方面からの刺激もあった。

わたしはこの年――十九の年――の一月、Y銅山で一人の「他国者」と知り合いになった。十六の夏からわたしは農閑期を利用してずっとY銅山へ通っていたのだ。その男は、五十を過ぎていたが独身者だった。窪という変な名の男だった。顔全体が疱瘡(ほうそう)のためにクシャクシャになっていた。痩せてはいたが頑丈な体軀をしていた。目が鋭かったがわたしをすこぶる可愛がった。わたしもその男を信頼した。

その男もわたしも、棹取場(さおとりば)から選鉱場への、掘り出された鉱石を運搬するトロ押しが仕事だった。

一月といえば北陸は雪の最中だった。銅山全体が山も街も雪におおわれていた。ガイガイたる雪をかき別けて線路が縦横に走っていた。その間に、発電所や排水装置所や、精錬所やタンクが、雪をかむったりあるいは雪を突き抜いたりして雑念と屯(たむろ)していた。幾本もの煙突からは黒煙がもくもくとのぼり黒い石炭の粉が雪を灰色に染めた。クレーンの腕、電柱の交錯。轟然たる機械の音と行き交うトロの喧騒は雪の底に呻き地上に働く労働者たちを苛立(いらだ)たせた。

「そら坊主、——よいしょッ！」

屈(かが)みこんだからだで、選鉱場の寒く開放された鉄筋の建物の前へ来ると、窪のおやじはそう怒鳴ってわたしのトロを引くり返してくれるのだった。

わたしはこの男から、よく色々の話を聞かされた。彼は方々を放浪した渡り者で、すこぶる豊富な話題を持っていた。九州の炭山の話、大阪の鉄工所の話、日露戦争の話、それから政治の話。

わたしはある日、積み上げた鉱石の山の裾に、並んで寒い弁当を食べながら、彼に坂村の爆虐を話してみた。と、窪は、

「そうかい、こんな奴ァ一ぺんひっぱたいてしまえ！」

と言って、次のような話を聞かせた。それは彼の女房が、その時働いていた足尾の銅山で、坑内落盤の下敷きとなって惨死した時の話だった。

「おれァ嬶のむごい死にざまを見ると、黙っちゃいられなかった。飯場で葬式を済まし、嬶ァの死骸を後ろの禿山の土ン中へたたき込んでからよ、ドスを呑んで事務所へ怒鳴り込んで行ったんだ。畜生ッ、嬶ァ殺したなァお前たちじゃ。腹に金鎖ぶら下げる金ァあったら、坑内(しき)の磐止(いわど)めをしっかりしろい！　女郎にくれてやるほどの見舞金で、嬶ァ生き返るけい！　こうなりァ何奴(どいつ)もこ奴もおれの敵じゃ。さァ、かんべんならねえッ！　おれはそう言って事務所で滅茶苦茶に暴れてこました。おいさ、帳簿もテーブルもねえ、手当たり次第に引っくり返してよ、ガラス窓を散散たたき破ってよ、さァ、もっと見舞金出すか、おれと勝負するかって、怒鳴りまわしてやったさ。仲間が心配して止めに来たが、同じ腹だから止められねえ、小頭の野郎とうとう仲にはいって、金二十両を事務所から出させたよ。ワハハハハハハ。なァ源坊、いつも頭ァ押えられるのが男の能じゃねえ。犬畜生のような奴にァ、尾を巻くよりァ跳びついてやる方がためにならァ。くよくよするねえ！」

この話は、わたしに非常に感動を与えた。そうだ。い

つも女のように、腹ン中だけで焦燥しているばかりが世渡りじゃねえ。おやじも死ぬ時言ったじゃないか、きかぬ気にならなきァ、一生頭が上がらんぞて。あの赤ら顔の地主の野郎を豚のようにこきおろしてやったら――そうだこきおろしてやったら！　父も姉も土ン中から歓呼の声をあげるに違いない。……

わたしは、機会があったら一ぺん地主をやり込めようと思う決意をますます固めた。しかも幸か不幸か、その「機会」は間もなくやって来たのだった。

この年の三月、部落に手押しポンプ購入の話が持ち上がった。これがわたしの地主に対する戦いの機会となった。わたしは次に話すように、徹底的に地主をやっつけた代わりに、ついに母を連れて部落を出奔せざるを得ない羽目をつくってしまったのだった。

前の月、まだ雪の中を、隣村に大火災が起こった。その時、そこの部落に備えつけてあった手押しポンプが、非常な威力を発揮した。それを目前に見たわたしの部落の人々は、ただちにそれの購入を計画したのだった。例によって区長を交えた有志は、坂村に相談をもちかける。豪壮な邸宅を持っている彼に異議のあろうはずがなかった。

ただちに購入費捻出についての部落全体の集会が持たれることになった。

集会前の世論は区々(まちまち)であった。貧富等差――農村では戸数割税を決定するために貧富等差なるものが決められてあった――に応じて割り当てよという声もあった。税金と異なるから頭割りになるだろう、という者もいた。イヤ、寄付がよかろうという話も出ていた。

わたしは、当然等差割当てでなければならぬと考えていた。伯父に相談すると、やはり同意見で、小作はたいていそれを望んでいるという話だった。だが、果たして坂村はどう考えているかそれが分からなければだれも率先して口をきる者はあるまい、とも話した。こういう考えはかかる場合のこの部落での常識であり、道徳であった。

集会は、三月九日の山祭に決められた。その日は村の休日だった。

昼食を済ませて人々は三々五々集会所たる区長の家へ集まって行った。区長は自作農の神田という家で、玄関の軒に大太鼓がブラ下げてあった。

　わたしも出かけて行った。

　区長の家では、広い板の間と奥座敷とを打ち抜いて広げてあった。広いだけ寒くて暗かった。煤(すす)が、竹を並べた天井から時々落ちた。

　みんな野良着のまま集まっていた。ガヤガヤと喋っていた。まだ薄寒い家の中には、囲炉裡でたく木の枯株の煙が、もうもうとたて込んでいた。奥の仏壇の前には、めずらしや地主の坂村が、区長や吉松や陶器工場の主人らと、その尊大な赤ら顔を並べていた。彼らは彼らだけで笑い声を立てていた。

　わたしは板の間のすみの人々の背後に、伯父や山田のおやじとかたまってすわっていた。みんな年輩の百姓ばかりで、若い者はわたしだけのようだった。

「寄付がよかろう、寄付が……」

「イヤ、やはり等差に割った方がええ……」

　人々は騒いでいた。

「二百円もしるがけ。おれの家やと身代限りしても足らんじ」

　と、とんきょうな声を出す者もいた。

「馬鹿(だら)こくな、お前一人に出せちゅうけえ」

「そりゃそうやが、豪え高えもんやのう」

　笑う声が起こった。

　赤のご膳が、茶のはいった五郎八(ごろはち)茶碗をのせてまわってきた。人々は各自一つ取ると肩越しに次へ御膳を送った。

　茶が生き渡ったところで、区長が話し出した。

「そんなら、皆の衆、話を始めよッけえ……」

　一時に私語(ささやき)を止めて人々は奥へ向かってにじり寄った。

「……知っての通り、ポンプの話じゃが……」

　区長は続けた。温厚で人望ある四十男だ。

「……買うことにァだれも反対じゃあるめえ、だけんど、金をどうして集めるかちゅうこッちゃ、思い思いの腹があるやろ。相談ちゅはここじゃて、皆んなから口を切って下され」

　一座はまた喧騒に立ち返った。

　と、その時、地主の手先、蝮の吉松が、区長へにじり寄って何事か耳打ちした。すると区長は、

「あ、それから……」と、あわてて言い足した。――「坂村どんが、きょうの寄合いに酒一斗寄付さっしゃった。

礼言うてくさっせや」

「そりゃおおきに」

「や、ご馳走さま」

　奥の方で二、三の声がそれに応じた。

が、わたしはハッとした。こりゃ坂村の奴、また何か謀（たくら）んでいるな。——わたしの頭にすぐこのことがピンと来た。——油断ならんぞ！

　話は元へ返ると、人々は口々に意見を述べた。が要するに同じことだ。——

「寄付がええ」「等差に割るべしじゃ」「頭割りが正当じゃ」ガヤガヤ、ガヤガヤ。

　坂村はそれをニコニコしながら聞いていた。まァ何とでも言うとれ、おれが喋らなァ決まらんぞ——こういう腹がその顔に現れていた。

　果たして人々の中に声があった。

「みんながガヤガヤ言うとるより」と、その男は大声をあげた。それは正直者で通った西田という小作人だ。

——

「地主どんの意見を聞いた方がようねえけ。その方が近道じゃ」

「そや、そや」

　二、三の声がそれに応じた。

「ハハハハハ、おれが言わんかとて」と、坂村は尊大に笑声をあげた。——「みんな、もっと意見を述べえ」

「イヤ、旦那さんの意見、まン聞かしてくださっし」

「そや、そや」

「それがええ」

「そいじゃ」と、坂村は吉松を顧みた。

「おれの考えは吉松が知っている。吉松言うてみィ」

「あい。それならおれから……」

　吉松は居住いを正した。相変わらず癪にさわる面をしている。

「うちの旦那の考えは、みんなにも金を出させず、二百円のポンプも買える、もっともそんなためにァうちの旦那ァちょっと犠牲にならんなんが、まァそんなことァ、村のためじゃ、どうでもええ、……つまり耳よりの考えをもっとらっしゃる。二百円の金と言えァ、頭割りにして一軒二円じゃ、二円ちゃ今日日ちょっと辛い。税金でもねえから等差で割るわけにァゆかんしな。寄付いうても仲々二百円集めるのが大変じゃ。ここをうちの旦那は考えた。……そら、学校の後ろの古宮の森な[12]。あそこに杉が沢山ある。あれは知っての通り在所の共有財産じゃ。あれを売って、その金でポンプを買えァ、だれも懐から銭出さんでもええ。古宮の森をああして置いたところで、だれも一文にもならん。一文にもならん物を売ってこの急場を救う。……と、まァこんな考えじゃ。そいから今ァ古宮の杉売るいうても、この不景気じゃ。仲々買手があるめえ。そいで、うちの大将、別に欲しゅうもないけんど、村のためなら買うてもよい。あの森は、ほんと二百円がとこ値打ちあるかどうか考えもんじゃが、十円二十円のとこ損しても仕方はねえ。高いもんじゃが、在所にポンプ出来ること思えば、我慢できる。と、まァ、こう腹ァ決めなさったがや。どうじゃい皆さん、こんならよかろんがいの」

　話の中ほどから、わたしは切歯扼腕した。畜生！　等差割りになれば七、八十円も出さんなん。それを免れるばかりか、古宮の杉を我が物にして、のほほんと治まる心算なんだ、この恥知らず奴！

　わたしはこう気付くとたまらなかった。きょうこそ奴に一あわふかしてやるべきだと思った。

　が、多くの百姓たちは、一厘も出す必要のないことに目がくらんで、すっかり賛成した空気だった。吉松の声が終わると、

「ウム、それァええ話や」

「やっぱり地主どんじゃ」

「名案じゃ」

と、各々の感嘆の声をあげた。もっとも中には、

「二百円たァ、安い！」

と声をあげた者もいたが、それとても根本的に反対しているのではないのだ。

「なァ伯父さ」

　わたしは小声で伯父に私語いた。

「おれは等差割りが正当やと思うとるがな。地主の奴、自分が七、八十円も出さんならんし、また古宮の杉を欲しいもんやさけ、あんなこと言うがやろ」

「ウン、そうらしい」

「そうに決まっとるわい」と、他の男も私語いた。「餓鬼ァいつもあの手じゃ」

「それになァ」と、山田も私語いた。――「杉をY銅山へ向かわす肚じゃろう。銅山にァ、私立の学校建てる

ちゅう話もある」

「餓鬼め！……伯父さ、おれァ反対するぜ」

わたしは黙っていられない気がした。それに中には反対している者もあるのだ。やろう！

「ウン」

と叔父は老人臭く分別した。「……そンじゃけどわれ、皆がその気なら、あまり憎まれん方がええぞ。出る釘ァ打たれるちゅうさけな」

どうしよう？　敢然とやろうか？　言うべき意見はきょうのためにちゃんと胸にまとめてある。それとも一文にもならぬことで憎まれずにおこうか。

一瞬間わたしは思い迷った。胸は早鐘のようにドキドキする。見ると、吉松はまた何か喋っている。ぐずぐずしていると決められてしまう。……

瞬間、わたしの脳裏を、父の顔が過った。窪の顔が笑った。――そんな奴ァ、一ぺんやっつけてしまえ！

とっさにわたしは覚悟を決めた。そして叫んだ。

「そ、その話にァ、おれァ反対や」

人々は一度にわたしの方を見た。それがいきんでいるわたしの目に迫ってくるように見えた。伯父はしきりにわたしの袖を引っぱったが、もうあとの祭りだ。

奥の方で坂村も吉松も区長も、伸び上がるようにしてわたしを見た。

「ホゥ、川上の兄貴か？　われ反対か」

坂村はちょっと不機嫌な顔をして言った。――

「意見を聞こう」

「あ、聞いてくさっし」

と、わたしは必死だった。全身がすわっているのにぶるぶる震えた。

「俺の考えは、やはり等差割りや。ポンプは道や橋と同じように、在所（部落のこと）の便利のための設備やろんが。道路や橋の金ァ、みな役場から等差割りでかかって来る。そンなら、ポンプも矢ッ張り等差割りで集めた方がええ、こう思うとる」

わたしは震え声でそれでも考えておいた主張を精一ぱいに述べた。汗が額ににじんでいる。

「馬鹿やな」

と、吉松は相手が若僧だと見て一喝した。――「ポンプと道路と同じけえ。道路は村や県、つまりお上の仕事や。ポンプはこのT字の仕事や。それにわれ、ポンプは道路や橋と違うて在所の財産となるもんや。共有財産じゃ。ソンなら同じ共有財産の古宮を売って買うのが何が悪い」

　こういう主張のあることは、すでにわたしも知っていた。それに対する反駁も考えておいた。

「ポンプあ財産やねえぞの」

　わたしは即座に応酬した。

「財産ちゅうたら利益が目的のもんやねえけ。ポンプで金儲けでけるけえ。ポンプは道路や橋といっしょで在所の設備じゃ、施設じゃ」

　わたしは目が眩みそうになるのをたえて続けた。

「……儲けるための在所の事業なら、資金は頭割りで結構や。おれたちァ去年の肥料の組合の時は、貧乏人も身代よしもみんな同じように十円ずつ出した。これで当たり前じゃ。しかしポンプは違う、ポンプは道路と同じように、事業ンねえ、財産やねえ、設備じゃ」

　わたしは設備という言葉では充分ポンプの本質を言い表していないと気付いていて、ドキッとしたが、うまく話が打開された。

「いや、分かっとる」

と、今度は坂村が喋り出したのだ。

「だから何も頭割りにするとだれも言うとらん」

「だけんど、古宮の森を売って買うことになりァ、頭割りも同じことになんけ？」

　わたしも大分落ちついて来た。

「……あの森こそ在所の共有財産や。共有財産やから在所の一軒一軒同じ権利があるもんや。あれを売って分けるとすりァ一軒一軒頭割りでわけて貰えるもんや。ソンねえけ。そうすりァ、……、あれを売った金でポンプを買えァ、頭割りで銭出したも同じこっちゃ」

　この意見にはだれも感嘆したらしかった。あちこちに、ウン、なるほどなァ、という小声が聞こえた。わたしは勇気づいた。

「地主どんがあれを買うてくさっしゃるのはええ。また在所の人がみんな売るといわっしゃれァおれも反対せん。けんど売った金は三百円あろうと五百円あろうと、一軒一軒頭割りに分けて貰わんならん。その上でポンプの金ァ等差割りに集めてくさっせえ。そしたら、貧乏人は、ポンプの金出いてまだおつりが来る。おいらみすみす損するわけにゆかん」

わたしは前に考えていなかったことまで言ってしまった。われながらうまく言ったと思った。よほどＹ銅山の小学校の建築を暴露しようかと思ったが、坂村の顔を見るとさすがに言えなかった。

「妙案じゃ」

と、うなる声があった。緊張し切っていた一座がその方を向いたので、その男は首を引っ込めた。正直者の西田だった。

言い込められた坂村は、今度は違った論点からきた。

「なるほど、おまえたちのためにはなかなか妙案じゃ。じゃがポンプが役場の道路改修工事と同一の性質じゃという意見に承服出来ん。もう一度聞かしてくれ」

フン、小僧、お前たちにこれの説明が出来るまい、そういう優越感がこの言葉の中にあった。

「さき言うたとおりや。利益を目的としとらん」

わたしは簡単に答えた。もう落ち付いている。

「そんなことァなかろう。道路からは直接の利益は出んが、ポンプからは出る」

「そりァどんなわけで?」

今度はわたしが反問した。

「どうしてお前、家が焼けりァ豪い損害じゃ、それも食い止めりァ利益というもんじゃ。ハハハハハ。こんな理屈が解からんで、若い、若い」

瞬間わたしはグッと詰まったが、即座に機知が働いた。

「なるほど。そんならいっそう等差割りにして貰わんならん。おらの家ィ焼けても屁(へ)の河童(かっぱ)でもねえけど、地主どんとこなんか焼けたら、在所皆焼けたよりもっと太(で)かい損害やろ。そうすりゃァ地主どんなァ沢山(たんと)出してくださるのは当たり前や!」

「…………」

討論終結! 明らかに地主の敗北だ。だが、一座は沼のように沈黙している。地主の腹を忖度(そんたく)しての不安と、論戦の緊張とで声を出せないのだ。

かくしてその日ポンプの購入費は等差割当徴収と決まった。さすがの坂村も、こうまで暴露されてはその我意を通す気になれなかったのだろう。

だが、会合は、何と白け切った空気を残して散会したことか。村人は、明らかに地主坂村の憤激を胸に感じて不安でならなかったのだ。坂村は終始ニコニコして機嫌がよかったけれど……。

「川上の兄貴も、ああまで地主どんに楯衝（たてつ）いちゃあとがわるかろに」

「利口者やいうてもまだ若いからな」

「けんどおらァ他人（ひと）の褌で相撲取ったようなもんや。儲けたさ。ハハハ」

「ほんとや、ハハハハハハ」

こういう会話をしながら人々の帰って行ったのを、わたしは知らなかった。わたしは勝利の快感に浸ってみずから騎士のような感じだった。

が、人々の感じていた不安と推測は直ちに実現してきた。

翌日夕方わたしが銅山から帰ると、家には坂村の手紙が待ち構えていた。昼のうちに吉松が持って来たものだった。わたしは何か不吉な予感を感じながら急いで開けて見ると、そこには次の如き簡単な文句が書かれてあった。

事情により本年以向小作田地貸借を解除仕り候

一読、わたしは総身の血が一度に引いて行くのを意識した。考えてもいなかったことだけに、極度の狼狽と憤激が、わたしに来た。

「畜生！」

何という恥知らずだ！　己が非道を阻まれたとて、この犬糞的報復手段は何事ぞ！　だがそれにしても何という殺人的な復讐に見舞われたことか？

「うーむ――酷（ひど）い野郎やな」

わたしは興奮と当惑と憤慨とそして若干の後悔とが胸いっぱいになってうなった。目がしらには、惨めにも、涙さえ出てくる。……囲炉裏でわたしの足の湯を沸かしていた母は、この様子を見て心配そうにきいた。

「どんな手紙かい？　何かきのうのコッても」

「おう、きのうのこっちゃ。……おっ母ァ、坂村の餓鬼、きのうのことを根に持って、田圃返せちゅて来た。……む、村から追い出すつもりや」

「何ていう？　田圃返せ？……そりァあんまりな……」

と、母も蒼白に変じて叫んだ。――「そんな無茶なことァあるもんけえ。それァあんまりな仕打ちや！」

そして母はわたしに食ってかかった。

「……お前もまたあんまり向こう見ずや。どんだけ腹ン中に思うとったかて、若い者が、地主どんに何でもかんでも生意気言うさけや。……ああ、あ、こン年ンなって何ちゅうことになるがやい。行って詫って来い！　詫って来い！」

　わたしはそう言われると、自分自身にそういう気持ちが動いていただけに、たまらなかった。

「おっ母ァ、堪忍してくれ、何とかうまく行くように頼んでみる」

　わたしは腑甲斐（ふかい）なくも、もうへなへなだった。

　その夜、わたしは母に連れられて坂村の邸へ出かけて行った。行って詫びるのはさすがに業腹だったが、母の姿を見ると強いことも言えなかった。泣きたい気持だった。

　だが、地主はてんで相手にしなかった。勝手口から声をかけると、闇の中へ初めに女中が出て来、次に懐中電燈を持った吉松が出て来て突っ放した。

「や、何か用やったか、おっ母ァ……」

「あい、地主どんにも吉松どんにも詫びんならん思うて。……熊（ざま）が太（で）こうてもまだ子供のこっちゃ、きのうのことは勘弁して……」

　皆まで言わせず、吉松は上（あが）り框（かまち）に突立ったまま手を振った。

「おっ母ァ、何かお前勘違いしとるんがンねえけ。きのうのことて、きのうのこと何とも言うとらんぞ」

「あい、あの、わかっとるがやとこ。そいで、どうか勘弁して田圃のことも一つ……」

「田圃のことか。それァ必要なかろんが。立派な息子やさけ田圃なんかせんでもよかろ」

「そう言わんと、この通りや。のう……」

　母は女中たちの下駄の並んだタタキの上へ膝をついて、土下座するように頭を下げた。——「どうか今度のところは勘弁して、もともと通り田圃を作らしてくさっし。頼むわの。これ源、お前も突立っとらんと、吉松どんに詫れ。地主どんに詫って貰え」

　わたしは涙が出て来た。吉松の懐中電灯に照らしだされた母の土下座姿——おお、これは屈辱以外の何ものでもない！

「おっ母ァ。何度言うてもだちゃかん。田圃はこっちのもんや。口ァそっちのもんや。お前もええ息子もって仕合せやわい。……なァ源、癪にさわったら、首でもくくれ！」

　吉松はそういうと、そのまま奥へはいってしまった。

母は真暗のタタキの上で、しくしく泣き声をあげている。わたしは煮返る思いだった。

「おっ母ァ、帰ろ！」

闇の中にしばらく立ちつくした後、わたしは母に言った。

「もう帰ろう。相手は鬼や。あきらめた方がええ」

「……………」

闇に声がない。すすり泣きの音ばかりだ。

「な、おっ母ァ、あきらめさっせ。……」

しばらくすると、吉松がまた出て来た。

「何や、まだいたんか。帰ってくれ。だれもおらんとこにおって貰うと物騒や」

「ナニ！」

と、わたしは思わず叫んだ。――「物騒た何や！　物騒た⁉　盗人か何かと思うとるか！」

「フフン、何とでも言うとれ」

吉松は冷笑した。

と、それまで土下座して泣いていた母はこの冷笑に突然立ち上がった。そして叫んだ。

「そうけえの、物騒なら帰りますわに。どど、泥坊はどっちゃや！　女子供や思ってあんまりじゃ。理屈に負けたが腹立ったら、もっと学問さっせえ！」

坂村は金持ちだったが、学問の無いことが評判だった。最後に立腹した母はそれを罵倒したのだ。

「フフン、何とでも言うとれ、引かれ者の小唄て言うてな」

吉松はまた鼻で笑った。

こうして母も、ついに地主の暴虐に立腹してしまった。だが、道々わたしが
「なァおっ母ァ、心配すンな。何でもして養うてやるわに。なァに、在所にばっかりに陽が照るがんねえ。いっそうのこと、都会へ出て旗をあげよっかいの」

と慰めても、母は興奮と絶望に喪心したようになっていた。

あくる朝、わたしは銅山を休んで本家の伯父に相談に行った。一部始終を聞き終わった伯父は、いつもの分別臭さに似ず、これにはさすがに激烈に憤慨した。

「そうかい、よしッ！　そんな醜悪な敵打ちすんなら、こっちも黙っとれん。ポンプの金のことァ、何もお前一人が責任負わんなんこたァねえがや。意見述べ言うたか

ら述べたんや。そして、みんなが賛成したからお前の意見通りに決まったんや。それが悪かれァ、在所の者ァ皆悪い。在所の人のためにしてやったことがこんなことになるなら、……よし、こうなりァ、在所の人に集まって貰おう！　それからのこっちゃ。おい、兼吉、お前もきょうァ田圃休め、そして区長と五人組へ行って、このこと話して寄合(よりあい)頼んで来い。畜生、女子供の家や思うて、あまり馬鹿にしてけつかる！」

兼吉というのは伯父の長男で、妻子もいるもう四十あまりの壮年である。五人組というのは、部落を五つに区分してその各々に一人ずつ選定されている代表者のことで、部落の出来事は、まずこの人々に相談することになっていた。

「そいから……」

と、伯父は囲炉裏から立ち上がって続けた。――「源、お前は家ィ行ってお母ァにそう言え。事情が事情やさけ、在所の人は見殺しにせん、心配せんかてええて、そう言え。……おれもこいから親しい連中のとこへまわって来る。餓鬼が！　在所皆んなと、いかに地主でも百万長者でも、けんかは出来るけえ！」

そう言って、七十を過ぎても元気な伯父は、たばこ入れを腰にブチ込むと、野良着のまま外へ出て行った。兼吉兄も、

「お前もちったァ言い過ぎやったけんど、坂村も坂村や。他人(ひと)にも言えんほどの犬の糞の阿保たれや。まン、五人組や区長に相談して、何とかうまくやってみる。在所を仕舞うて都会へ出るんはそいからのこっちゃ」

と言って出て行った。

離れの間に子供たちの世話をしている嫁さんは、

「地主どん、理屈に負けたのが、よっぽど業腹やったンやなァ」

と笑った。わたしも何かしらまだ前途に一縷(いちる)の光を期待出来るように感じて、ちょっと軽い気持ちになった。何と言っても「土」を失って村を離れることは、百姓にとって何よりも恥ずかしく辛いことであった。

だが、「在所」の人は起(た)たなかった。

伯父が意気込んで、住宅や田圃を駆けまわって「親しい人々」に訴えて歩くと、人々はこう言った。

「それァ気の毒な。けんど、おらが騒ぐと、おらまでに当たりが来るさけな。どんなもんやろ」

五人組をまわった兼吉はこんな返事を聞いて来た。

「ふーん、坂村どんもまた豪え大人げない敵討ちしたもんやな。けんど、これァ一人と一人のこって在所のことちごわんけ。それァおれたちに坂村どんへ詫びてくれと言わっしゃるなら詫びてもみるが、坂村どんの性質や、頼んでもらちあくめえ。おれたちがそんなこと言うて行こもんなら、またどんなに腹立てるか知れん」

わたしと母は、伯父の家でこの返事を聞いて、ほんとうに、決定的に憤激した。地主に対してもそうだったが、それよりもいっそう村人に対して憤慨した。何という薄情な、何という腑甲斐ないエゴイストばかりだろう！

だが、地主に畏服し、仲間同士バラバラに分裂して奴隷の生活を続けていた無自覚な農民として、これはまことに当然な処世術であった。

一週間の後ある日の午後、わたしと老いた母とは、生れ落ちるより住みなれたこの部落を、まるで盗人の逃げるがごとく落ちのびて行った。伯父と安吉が送って来た。かって姉を送った山路を、われわれ四人が通って行った。貯水池の崖を駆け上がって山の端を曲がる時、母もわたしも部落を振り返って見た。早春の部落は、まだ芽を出すには早い欅の枝の灰色と、雪に圧された藁屋根とをまとめて静かに屯していた。ずっと向こうの窪地には、坂村の豪壮な邸宅の白壁が瞥見された。

――われわれを追い出した村！

――われわれを見殺しにした村！

おお、だが、なつかしき村よ！　いつになったらまたお前と笑って逢えることか？

「ああ鶯が鳴いとる」

と安吉が言った。

「ホンに、また下手な声や」と母は答えた。――「もう彼岸やさけな」

五

母と共に故郷を出奔したわたしは、伝手を求めて大阪へ出た。そして北区（今の此花区）大開町のある荒物屋の二階に住居を構えると、間もなく〇〇ゴム会社の職工となった。

それから十七年の歳月が流れた。

十九から三十六のことしまでの十七年間――それは人生の働き盛りの大半を意味する。わたしは果たしてこの間どんな生き方をしたか?

だが、このことについてのくわしい話はここではさけようと思う。ただ次のことを知って置いて貰いたい。

わたしは最初、地主坂村や村人に対する反感から、

「見ておれ、ここでウンと働いて成功して必ず見返してやるぞ!」

という気で働きつづけたが、間もなくそれの不可能さに自覚し、熱心なプロレタリア運動者となったことを。

これは無理のない道行(みちゆき)であった。時代はちょうど、欧州大戦とそれにつづく永久的世界恐慌、プロレタリア運動の勃興と階級闘争の鋭化――世界革命の展開期であった。農村において地主の暴虐と貧窮生活を満喫し、さらにそれにつづいて純粋なプロレタリアとなったわたし、地主によって燃えるような反抗心を植え付けられて来たわたしにとって、資本と労働の対立、階級闘争――革命運動の必然性を理解することは、そう大して六カ(むつ)しいことではなかった。わたしは大正十年、それまでに勤勉にしてためた八百余円の貯金を、預金銀行の破産によって吹き飛ばされて最初の「成功」の夢を見終わるや、それを転機として完全に全生活をプロレタリア運動にささげる戦闘的労働者の一人となったのだ。

そのころわたしは、同じ組合の一人の若い女と結婚した。

母は旧時代の人間だったので、わたしのプロレタリア運動への進出を理解するためによほど困難を感じたらしかった。初めは大分反抗もしたし愚痴も言った。だが母は息子とその妻とを絶対に信頼していた。信頼していたがゆえに、理論的にはいくらたっても何も理解することが出来なかったけれども、本能的には次第に信頼する息子たちに同化して来るのだった。そしてしまいには、どんな苦労が来ようとも、またどんな迫害に逢おうとも、プロレタリアの母らしく希望をもった笑いの中にたえ忍ぶほどに訓練されて来た。わたしは母のその進化に限りなき喜びを感じて戦いつづけた。

三・一五事件の時、わたしは神戸でつかまった。党のレポを持って出張中をやられたのだ。そのころ自宅は大阪の九条にあった。母は当時既に六十九歳であったが、わたしの忠実な妻でありかつ同志である妻と共に(わた

しどもには子供がいなかった。）不意に襲ってきた家宅捜査に驚かされながらいっさいを理解して息子の無事を祈っていたのだった。

息子を奪われたにもかかわらず、母は非常に元気だった。予審後時々刑務所へ面会に来て、

「おれと定子とでお前の分も働くからな。定子がいるし他の人たちも親切にしてくれるから、おれは少しも寂しゅねえ。お前も仲間に迷惑にならんようにガンバレや」

と、わたしを激励した。

刑が決まって、わたしが四国のある刑務所へ送られた後、老人の母でなく、若いわたしの妻が急に死んだ。わたしはそれを長い間知らなかった。刑務所では二カ月に一度家族と手紙の往復を許していたのだが、めったにそれを実行してくれなかったから。彼女は昭和五年の選挙闘争中に検挙されて、わたしに時分よりももっとひどい拷問に逢わされたために、急激な腎臓と、脚気（かっけ）とにたおれ、義母のもとへ帰った日に死んでしまったのだった。

彼女の死を獄中で知った時、わたしは非常に静かな心だった。階級闘争の人柱、おお、それを思えばわたしの姉より彼女は幸福である！

ことし（昭和六年）の春、わたしは二年半の刑期を終えて○○刑務所を出獄した。小さい風呂敷包みを持ってコンクリートの高い塀の中から突き出された時、わたしは手に錠のはめられていないのを不思議に思った。早朝の闇の中には、二人の特高だけが「迎え」に来ていた。

わたしはスパイたちに付きまとわれてまず大阪に渡った。小さな汽船の中で、わたしは広々とした青い海を見、遠く霞んだ六甲を見た。寂しさが初めて身内を襲って来た。

築港の桟橋へは、左翼運動のシンパサイザーであり弁護士である畠山がただ一人迎えに来ていた。錯覚からもしかしたら……と思っていた妻はもとより、心待ちに待っていた母の姿さえ見えなかった。

船を降りると畠山がつかつかと寄って来て手を握った。八字髭が濃くなって精悍な顔つきがいっそう精悍になっている。

「やァ、やつれたな。もう大丈夫だ」

彼はそう言って握った手に力を込めた。

「ウン……運動はどうだ？」

「心配するな。地に着いて来てる。裏切り者はどんどん裏切ってしまったし、本物はあとからあとから出て来た。大衆との結びつきも三年前の比じゃない」

「そうか。おれもぐずぐずしていられんな」

わたしは瞬間心からそう思った。三年間の孤立生活はおれをおくらしている。……

畠山の家に落ち着いた後、わたしは初めて母の安否をきいた。

「時に、おれの母はどうしている？　きょう迎えに来てくれると思っていたんだが」

すると畠山は、

「そうそう、お母さんのことを言やァ、定子さん気の毒しちゃったな。……打撃をうけたか」

「うう、仕方がないよ」

「お母さんのことを心配してね。川上がいないし、わたしが死んだらさぞお母ァさん力を落とすかも知れんて、大変心配して死んだよ。自分のことは、これで満足だと喜んでいたがね」

「………」

「いい闘士だったよ……」

「そして母は？」

わたしはたえられなくなって話を元へ戻した。

「ウン、まだ知らなかったのか。故郷へ行っているよ。定子さんの亡くなってから間もなくだから、……そうだあれは昨年の夏だったかな」

「郷里へ？」

わたしは思わず意気込んで反問した。

郷里を出奔してから十七年、初めのうちこそ時々思い出して愚痴を言っていたが、そのうちわたしが階級運動に関係するようになり、自分もそれについて来るようになって以来、故郷に対する反感と軽蔑とで、かって一度だって帰ろうとも文通しようとも言わなかった母を思い出してわたしは不思議だったのだ。

「ウン、故郷へ。何でも君の従兄弟さんのとこへちょっと行ってくると言って行ったのだが……。ぼくたちは事情を知っているので止めたんだがね」

「そうか。母もやはり死期が近づいて来たかな」

わたしはちょっと寂しい気がした。

「そしてその後手紙でも寄越(よこ)したかい」

「簡単なハガキを当時寄越した切りだ。書けないんだから仕方がなかろう」

　そして畠山はなお話をつづけた。

「君のつかまった後も非常に元気だったよ。救援会の会合へは出て来るし、外の同志の妻君とも往来するし、新労農党の出来た時なんかダラ幹が、ダラ幹がなんて流行の言葉をさかんに口にして若い者を煙に巻いていたが、定子さんが死んだらすっかり呆然(ぼうぜん)として仕舞ってね、時々一人でじっと家の中にすわっているようなこともあったらしいよ。みんなが心配して犠牲者の妻君たちの合宿へ寝泊まりさせるようにしたんだが、やはり元気を回復しなかった。ぼくの家へ来ても、子供たちをジッと見て涙ぐんだりしてね」

　わたしはたまらなかった。自覚した自覚したと言っても七十を過ぎた年齢だ。生命のようにたよっている息子を取られ、またその嫁に死なれたとすると、こりゃァなるほど気を落とすのも無理はない。

「……そうか」

「それでな」と畠山は言った。――「君もまた第二の仕事へはいらねばならんだろうが、その前に一度無事な顔をお母さんに見せて来たまえ。どうせ少し社会の新情勢に通ずるまでは党生活も出来まい。え?」

「そうしよう」

　わたしは即座に答えた。

「……そして今度は郷里へ預かって貰おう。今度は百パーセントに身軽な方がよい。でなきァ働けなくなってるんだろうからな」

「そうしたまえ。そしてお母ァさんの乳をウンと飲んでやり給え」

「全くだ。……肉身にこだわることは余りよいことではないけどなァ」


　一週間の後、わたしは次の闘争の準備と連絡を整えてから、急遽郷里への汽車に乗った。全く出奔してから初めての訪問である。

　四月中旬の昼の汽車だった。普通列車だったので、小駅小駅で百姓姿の乗客が乗ったり降りたりした。故郷に近づくにつれて、それらの乗客の口をもれる覚えのある方言は、さすがに懐しさをわたしの胸に呼びさました。だが、ゴム靴を履いたその百姓たちの語る話題は、だれも彼も皆な不景気の話ばかりだった。

……米が十六円五十銭位じゃ肥料代にもならんがや。今年もまた一円七十銭の蚕様作らんならん思うといやになる。おれの村じゃ税金の滞納者は半数以上やがの。どこでもや、そんでおれの村じゃ四つの学校を二つ廃校にした。それァええこった、先生にァ気の毒やけんどな。機場機場が休むもんやさけ娘ァひよろひよろ帰ってくるしさ。おいさ。京大阪へ行っとった息子の餓鬼までどんどん戻って来くさるし。何やいな、おれたちせえ食えんとこへ何しに来た、ちゅとおれァ失業者で仕事がねえとでけえ顔しとる。浜口早よう止めるとええがンねえけ。そやそや政友会になりァちょっとは景気ィ出るかも知れん。いやいや同じこっちゃろな。ドカンと一つ何かやらんことにゃらちあかんて。何でもええ、何とかしてくれんと餓死や。この不景気ン中へ本願寺の坊主が金集めに来るしさ。そんなもなァ断わるこっちゃ。イヤイヤ未来だけが楽しみンねえけの、お前様。何のお婆ァ、未来もへちまもあるもんか、あとの雁より現太のすずめや。ほんとにお医者様の薬代だけでも無料にならんもんかいのう。ほんとうじゃほんとうじゃ。……

皆んな苦しんでいる、とわたしは思った。皆んな「ドカンと一つ」の「何か」を待っている。そうだ、大衆は燃え上がる革命的エネルギーを身内に発酵させている。組織が手を差し延べれば、わけなく起つだろう。

「大変な不景気ですね」

と、わたしは前の座席にいた二人の百姓姿の壮年男に話しかけた。――「都会でも労働者は飢餓に瀕していますよ」

「困ったもんじゃァ。まだこの不景気つづきますかい？」

「つづきますよ、まだまだ。イヤ、先刻のだれかの話じゃないが何か一つドカンと来るまで停まりませんね」

「やっぱりなァ……」

「だから都会じゃ労働者がやり始めておりますよ。太かい争議をおっぱじめるし、幾千幾万の大示威運動が街ン中を氾濫するし。……ううん、賃銀を上げろ、首切らんとおけ、失業者に手当を出せっていうのですよ。そしてこれを妨害する奴は巡査であろうとだれであろうと片っぱしからたたき伏せて、これは豪い力ですよ。この間も千人からの道路工夫が大阪の市役所へ押しかけてね、課長とか何とかいう市の豪い役人を散々取っちめて要求を貫きましたよ。もう労働者じゃ、他人になんかたよっても駄目、自分等だけで団結して上の奴らを征服しなきゃ駄目だということを知っているんですね」

「それで利目ありますけえ」

「ありますとも。だって労働者がいっさいの必要品を作るんじゃありませんか。それを資本家やお上が取り上げてうまい汁を吸うているんです。労働者が仕事しなきゃ資本家は上がったりです。で、賃銀上げてくれなきゃ仕事をしないって言うのです。勝つに決まっていますよ」

「なるほどなァ」

「百姓たちもやっています。新潟や岐阜やその他全国各地で。小作米負けろ、負けなきゃ小作米納めんていうわけで、村々の百姓が農民組合を作って地主とたたかっています。……あなた方の村じゃまだやりませんか?」

人々は顔を見合わせた。「やったことァないがやとこ」

「そうですか、おやりなさいよ。といっても皆さん小作人でなけれァ」

「なあも、小作じゃ。小作米高こうて弱っとる小作じゃ。……もっと北の方へ行くとやっとる所もあるちゅ話やけんど」

「そうですか、おやりなさいよ。その時ァぼくたちの仲間から応援しますよ。ぼくもその方の関係者です。都会の労働者と農村の百姓と手を組んで、一つドカンとやりましょうよ。貧乏人は貧乏人同士といってね、もともとこれァ兄弟なのです。」

間もなくその百姓たちは降りて行った。汽車はゴトゴトと今遠くに白山の見えるC川[13]の曲線に添うて走っている。もうしばらくでわたしも降りなければならない。

わたしは改めてあの軽蔑に価する姑息な盆地の部落を思った。坂村はもう死んだだろうが、あの時分中学へ行っていた息子がやはり地主面で貧農たちを虐めていることだろう。今の百姓たちの話からおして部落の農民たちも相変わらず奴隷生活の袋小路に相克の分裂を繰り返しているに違いない。母は兼吉の家で、どんな心持で暮らして来たか。——また卑屈な性格を甦えらしていなければよいが。それでもきょうは自分の電報を見てどんなに喜んでいるだろう。

O町で汽車を降りて、すぐ加賀平野を東へ貫くKT電車に乗り換えた。この電車もわたしの知らないうちに坂村の息子——といっても今じゃ三十過ぎの男だが——たちによって敷設されたものだった。春の陽は傾いて来たが、まだ暮れるには間がある。あと二十分、陽のあるうちに部落へ着けるだろう。

幾つかの見覚えのある部落の中やわきを過ぎて、電車は低い山の起伏する地帯へはいった。もうすぐ部落だ。

突き出た山の端の杉林を突き抜けると、見えて来た、わたしを生んだ部落が。川の土手の向こうに、まだ芽を出さぬ欅の森、灰色。藁屋根、そして坂村の白壁の塀。すべてが追い出された日のままだ。田面(たのも)はまだ荒起こしの程度だ。長い冬ごもりを思わせる雪に押さえつけられたままの田もある。盆地を囲む山々は、一方は夕陽に映え、他方は灰色に沈んでいる。

これだけは昔の面影のない立派な堤防を乗り越えて川を渡ると、左手の往来と交差する所に停留所がある。ちょうど部落の入口で、電車の中からも小さな建物がよく見える。

と、わたしはそこに少なからぬ人間の集団を発見して凝視した。集団は建物を包むように往来にあふれている。近づくとすべての人間がわたしの電車を見つめているようだ。構内へ出ているのではないから電車に乗る人でもないらしい。もう口々に何か騒いでいる声も聞こえる。

電車が停まった。群集に気を取られながら、わたしは電車を降りた。瞬間、わたしはプラットに立竦(たちすく)んでしまった。群集はわたしを見ると構内へ殺到して来たからだ。

「来た来た！」

「川上ッ！」

「待っとったぞ！」

「万歳！」

「わあッ！」

わたしはとっさにこの場の光景を理解できなかった。が、あるある！　旗が！　赤旗が‼

「おお」日本農民組合の旗ではないか！

わたしはいっさいを理解した。そして夢中で群集の中へ飛び込んで行った。手当り次第にだれ彼の手を握った。わたしの目がしらが熱くなった。

「源治……」

夢中になっているわたしの背中で太い声がした。振り返ると兼吉だ。安吉もいる。

「おお兼吉か？」

「おい！　よく来た。見てくれ、この人々は皆んなお前の帰るのを迎えに来たのやぞ」

「川上の兄貴どん！」

老人の声だ。わたしも忙しい。

「お、西田のお父か？」

「よう帰ってござった。もう在所中お前さの味方や。追い出しゃしねえ」

そのうち、

「あいさつしろ！　同志にあいさつさせろ！」

「そうじゃ、パイ（警察）の来んさきにやってくれ！」

と言う声がした。わたしはふっと母のことを思ったが、そんな余裕はなかった。

「諸君！」

と、だれかが演説し出した。

「……同志川上が今着いた。われわれを今日にまで仕上げてくれた川上が来たぞッ！　長い獄中生活を蹴飛ばして元気で来たぞッ！　昔われわれは川上をこの村から追い出した、地主の野郎におべっかするために！　じゃが、今のわれわれの姿を見たら、同志川上も許してくれるだろう」


それに続いてわたしも何か言わずにいられなかった。

「諸君！」

と、わたしは興奮の絶頂で叫んだ。

「おれは何にも言うべき言葉を持たない！　赤旗を見たとき、それをささげる諸君を見た時、ぼくは喜びで胸が破れそうになってしまった。よくたち上がった。ぼくは全国のプロレタリアートの名でそれを祝福する！　××村農民組合ばんざァい！」

「万歳！」

「労働者農民の政府万歳！」

「同志川上万歳！」

「わあァッ！」「わあッ！」

人々に押されてわたしは構内を出た。そして人々に守られている母を見た。母を——わたしは駆け寄った。

「おっ母ァ！」

「おい帰ったけ！　見て見ィ、坂村をやっつけたぞ！」

母は皺でくしゃくしゃになった顔を輝かせて腰を伸ばした。

数人の代表者といっしょに兼吉の家に落ち着くと（伯父はもう死んでいた）わたしはいろいろの情勢を聞いた。

それによるとT部落に農民組合の出来たのは、昭和二年の暮れだった。東京の旧出版労働にいた部落の青年が、失業して帰郷してから着手した仕事だった。その同志は今県連合会に働いているということだった。そして、わたしの帰った時は、ちょうどKT電車の労働者と協同戦線を結んで坂村の立禁政策をたたき伏せたところだった。

わたしが帰ったので、村の巡査は非常にあわて出した。所轄警察署から、巡査部長が駐在所へ派遣された。高等係が二人も来た。

百姓たちは、この厳戒の中をたくみにもぐって、わざわざわたしのために秘密の座談会を開いてくれたりした。

彼等の聞きたがることは百パーセントに党の話であった。労働者はどれ位党にはいっているかとか、どこの農民が多く党に加盟しているかとか、どんな風に活動をつづけいてゆくのかとか。わたしは出来うる、そして可能な範囲でそれらに答えた。彼らはわたしの一語一句も聞きもらすまいと、目を輝かして聞き入り、そして言うのだった。

「いつになったらおれたちのところへ党が手を差し延べてくれるかな?」

母はわたしが元気で帰ったので、すっかり元気だった。わたしのいない間も、部落での人気者だったらしく、「みんなが川上の母ンねえ、在所みんなのおっ母ァやいうてな、可愛がってくれた。久しぶりに雪に籠って、ええ冬やった。」

とホクホクした。

わたしは折を見て、母を預かって貰うべく兼吉に頼んでみた。すると、

「ああよしよし、おっ母ァもこの年になって、この上お前と別れ別れになんのァ、辛かろうが、お前のからだなら仕方あるめえ。……けれど、お前もうまいことやれや。あん」

と承諾した。

だが、母はそれを聞くとまた非常に寂しい顔をした。わたしは胸を打たれたが、いろいろに賺(すか)した。母もようやく承諾した。

「おっ母ァ、ほんとうに在所の人の言う通り、おっ母ァの子はぼくだけじゃない。戦っている者は皆兄弟であり親子じゃ。今度来る時にァ、それこそほんとうに解放されて来るよ」

「皆のためなら仕方がねえ。定子の仇(あだ)も討たんならんし。……けんど、からだを大事にしてくれや」

だがその寂しそうな顔。しかし闘争はこの辛さを踏み越えるべく、われわれに要求している。——

わたしは古い形容だが、心を鬼にして再び故郷を出発した。この戦いの前には、すべての個人的なことは忍ばねばならぬ。救援の手が届かないで見知らぬ都会で餓死に瀕している同志の家族もある。それを思えば母などはどれだけ幸福か知れない。村の同志たちは親切にしてくれるではないか。……

母に、それから三人の同志がわたしをこっそり送って来た。地下の闘争へもぐりゆく者にとって、花々しい送別は禁止されねばばらぬ。

早朝出発したわたしたち一行は、母の最後のねがいを入れて、その日一日を△△市(11)に遊ぶことになった。△△市はわたしの今度の戦地たる東京への汽車を、K町から出発して二つ目の都会だった。農民組合連合会もそこにあった。

昼前、わたしどもは△△市へ着いた。それから自動車をはずんで市内の名所を見物したり、母には破天荒の洋食を食べさせたりした。母は木綿のゴツゴツな袷に、一張羅の高貴の羽織を着ていた。髪がほんのちょっぴりしかなく、しかもほとんど白髪だった。後ろ頭につくねた髷(まげ)には、銀の耳掻簪(みみかきかんざし)を突き差していた。わたしは、果たしてこの風貌が再び見られるかどうかと思うとさすがに暗然となった。

夕食を済ますと、わたしどもは盛場へ行って映画にはいった。活動は母の好物であった。はずんで上がった二階にはほとんど人がいなかった。

実写物の次はロシア映画だった。プログラムを見ると「トウルクシプ」と書かれてあった。有名な映画であるとそれに口上が書いてあった。

わたしどもは異常な興味を持って、字幕からスクリーンを凝視した。と、そこへ輝かしく写し出された物は、大きな綿の木であった。

「お、綿！」

「あ、綿！」

わたしも母も同時に小さな叫び声をあげた。長い間忘れていたものに対する懐かしさの叫びだった。

わたしどもは熱心に見入った。広々とした豊饒な綿畑、羊の群れ、空漠たるトルキスタンの原野、旱天に苦しむ蒙昧の境、輝き渡った紡績工場の内部、積雪の中に立ち茂るシベリアの大森林、穀物の滝。この二つの地方を結びつけるために、ソビエトロシアの労働者と農民が彼等自身の政府の指導によって零下幾十度の氷の河中や、施風激しい山野を貫く大鉄道を敷設して行く光景は、わたしたちの胸に焼鏝のような迫力をもって迫って来るのだった。わたしは映画の進行につれて、社会主義建設の熱意と意義を時々母に説明した。母はうなずきながら瞬きもしないでその老いたる顔をスクリーンへ向かって屹立させていた。

　画面はさらに進んで行った。そして、縦横に写された汽関車の驀進に交錯して、穀物の山、機械の美、農村と都会、文明と蒙昧の瞬間が織り込まれて社会主義建設の勝利を表徴する急テンポの場面が過ぎた後、再び見事な綿の木がスクリーンへ焼きついてこの映画は終わった。

　わたしたちは物に憑かれたように茫然としていた。興奮と感激のあまりにわれを忘れたのである。

「お母ァ！」

　とわたしはかたわらの母を顧みた。——「長生きして下さいよ。おいらあニッポンをこういう風に……」

　言っているうちに涙がにじんできた。

　すると母は心もち震える声で叫んだ。

「おおいさ、長生きせいでか！　おれは大隈の二倍位長生きするぞい。おれのことァ心配せんで、お前は元気で戦うてくれや、待っとるぞい！」

　わたしは思わず母の肩を強くかかえた。

筆名・須井一　一九三二年八月、『ナップ』に発表

※本作品は『日本プロレタリア文学集29』（新日本出版社、一九八六年）より転載しました。

【注釈・作品の舞台設定の場所（巻末地図参照）】

この小説は、谷口善太郎の自伝的小説である。主人公を谷口善太郎の分身とし、その視点で、三六歳までを回顧する形式で描いた作品である。

舞台設定は、能美郡（現能美市）和気町を含む加賀地方。出てくる地名等。

※「和気」。旧能美郡国造村字和気り二一九番地（現能美市和気町）。谷口善太郎が生れ幼少、青年時代を二一歳まで過ごした地である。和気は大きな集落で、上和気・中和気・下和気に別れており、和気小学校は上和気にある。谷口善太郎の生まれた所は下和気で、今は生家跡地に文学碑が建立されている。また、谷口善太郎の幼い頃、和気は綿の栽培が盛んで、鍋谷川の平野部には綿畑が広がっていた。谷口善太郎の家では、収穫した綿で、農家の婦女子の副業として木綿を織っていた。

（1）「白山」（地図番号①）

白山は北陸地方、白山国立公園内の石川県白山市と岐阜県大野郡白川村にまたがる標高二七〇二メートルの活火山。富士山、立山とともに日本の三大霊山の一つである。

（2）「加賀平野」（地図番号②）

加賀平野は、石川南部に広がる沖積平野で、手取川を中心に梯川（かけはし）、犀川（さい）、浅野川（あさの）による範囲を指す。この平野は、六〇キロメートルにわたって海岸に沿って南北に伸び、東西は約一〇キロメートルで、金沢市、白山市、野々市市、能美市、能美郡川北町、小松市、加賀市などを含む平野で、米どころとして知られている。

（3）「学校」。主人公・川上源治が通った小学校は「和気尋常高等小学校」。現在の和気小学校（地図番号③）

（4）「汽車が開通」。海岸線を走る汽車は「北陸本線」。（地図番号④）

（5）「学校の上の山」とは虚空蔵山（こくぞうやま）（地図番号⑤）

戦国時代に山頂部分に「虚空蔵山城」が築かれていた。加賀一向一揆勢の拠点となり、織田信長の命を受けた佐久間盛政軍が攻めて来た時は、荒川市助等が最後まで籠城して戦った。現在は、「虚空蔵山城跡」として能美市の「史跡名勝天然記念物」として、文化財に指定されている。

（6）「Y銅山」とは遊泉寺銅山（地図番号⑥）

遊泉寺銅山は、徳川時代安永元年に開坑した銅山で竹内鉱業所（現コマツ）が、一九〇二（明治三五）年～一九二〇（大正九）年まで所有し、遊泉寺銅山を拡張、産出量も増加した。一九〇七（明治四〇）年に、鉱山口～遊泉寺～

小松町まで約八キロに及ぶ専用の遊泉寺銅山専用鉄道を敷いた。最盛期には従業員一六〇〇人、家族含めると五〇〇〇人が住んでいた。病院、郵便局、遊泉寺小学校など軒を並べ一大鉱山町を作っていた。しかし、鉱毒が下流の田に流入、鉱脈を掘りつくす等、一九二〇（大正九）年には銅山は廃鉱になった。翌年遊泉寺小学校も廃校となる。銅山は鵜川地区にあった。現在は、小松市の公園になっている「遊泉寺銅山ものがたりパーク」。シンボルであった「巨大煙突」は残っている。

（7）「近くの山」とは観音山（別名・遣水山）（地図番号⑦）

観音山は標高四〇二メートル。古くから白山信仰の霊場・拠点と考えられ、明治中頃までは聖域として、女人禁制が保持された霊地であった。現在は、「遣水観音山」として、能美市の「史跡名勝天然記念物」として文化財に指定されている。

（8）「K町」とは小松町（地図番号⑧）

現在の小松市、一九四〇（昭和一五）年までは能美郡小松町だった。一九四〇（昭和一五）年に小松市になった。

（9）「加賀」とは加賀地方。石川県は、北陸地方に位置し、県北の能登地方と県南部の加賀地方に二分される。加賀地方は金沢市を含む南部地方を指し、「加賀の国」と呼ばれている。西側に直線的な海岸が続く日本海、南東部に石川県最高峰の白山がそびえている。

（10）「T部落」とは「寺畠」（地図番号⑨）

現在の能美市寺畠町。交通の集合地点で、国造地区の中心地を形成していた。国造地域最大の川・鍋谷川と舘谷川との合流する部落。鍋谷川は勾配が急で、水害が起きやすい地域であった。寺畠は「綿」の主人公・川上源治の生れ育った部落。「川上源治三歳の年の夏の初め、村ばなを流れる谷川が氾濫し、洪水となったが、川上源治の家は窪地を離れた北山の山裾にあり、水に襲われる恐れはなかった。しかし、洪水で窪地にあった家々は水に浸かり、命より大事な地主・坂村の屋敷も窪地にあり、水に浸かり、父が手伝いに行き、ロイマチスがひどくなり、以後人並みの労働ができなくなった」。この洪水が起こった舞台の地域が寺畠である。川上源治の家は、「窪地を離れた北山の山裾」、現在のこくぞう里山公園・和気コミュニティセンター付近になる。

（11）「K市・△△市」とは金沢市（地図番号⑩）

一八八九（明治二二）年、国の市制施行により金沢市が誕生した。この時代加賀地方では市は金沢市だけだった。

（12）「古宮の森」（地図番号⑪）

古宮の森が実名で出ている。和気小学校の北東にある杉の木の森である。

(13)「C川」とは梯川（かけはしがわ）（地図番号⑫）

梯川は延長四二キロの一級河川である。その源を小松市鈴ヶ岳（標高一一七五メートル）に発している。そのまま東方向に白山がある。滓上川（かすかみ）、仏大寺川（ぶつだいじ）と合流し、扇状地を西に蛇行し、鍋谷川（なべたに）と八丁川（はっちょう）と合流、小松市街を貫流し、日本海へ注いでいる。度々水害を起こしている。

【解説】

「綿」は、『ナップ』一九三一年八月号と九月号に掲載されました。谷口善太郎は故郷にいたころには短歌をつくったこともあったのですが、東京や京都で生活する中で労働運動に力を注ぎ、文学の世界とは無縁の状態でした。一九二八年、社会変革の運動に対して「三・一五事件」と呼ばれる弾圧が行われ、谷口は検挙されます。裁判が行われる前に獄中で病気になり、仮出獄して療養していた一九三一年に、谷口のもとをプロレタリア文学の作家の貴司山治（きしやまじ）が訪れました。かれは谷口に対して、文学の持つ意義を説き、作品を書くように勧めました。

この時代には、労働者や農民の生活やたたかいを描き、社会の矛盾を告発する文学が広がりをみせていました。それらは「プロレタリア文学」と呼ばれました。銀行員だった小林多喜二はオホーツク海で操業する蟹工船を舞台にして、そこで起きたストライキに取材して「蟹工船」という作品を書きます。印刷労働者だった徳永直は、みずからが経験した共同印刷のストライキを題材として「太陽のない街」を書きます。このように、実際の労働者のたたかいを舞台にした作品が、それまでの専業の作家ではなかった人たちによって書かれ、文学の世界を広げていきました。そのような時代の状況の下で、貴司は谷口の労働運動のキャリアを認め、それを文学の世界で生かすようにと勧めたのです。

それにこたえて、谷口は小説を書き始めます。そして、この「綿」が書かれたのです。ただ、仮出獄ということで本名で作品を発表できず、「須井一」という筆名を使います。

主人公の川上源治は、石川県の加賀平野の農村に生まれました。その主人公の回想という形で、作品は進みます。主人公は、明治四四（一九一一）年に高等小学校（小学校六年間を修了した後進学できる二年制の課程）を卒業したという設定ですので、一八九六年生まれということになります。実際の作者よりもやや年上に設定されていますが、作中で描かれる農村の風景は、作者の経験を反映したものだと考えられます。

この当時の農村の多くは、少数の地主が多くの土地を所有し、小作農民に耕作させ、小作料という形で収穫物を納めさせる制度が支配的でした。そのため、地主と小作農民との貧富の格差は激しく、その是正を求める運動も各地で起きました。この作品の舞台も例外ではありません。坂村という地主は、土地を所有するだけでなく、さまざまな事業にも出資したりして、村の中の権力者としてふるまっています。農民たちも、坂村に逆らうとまずいという意識がはたらき、おもてだっての反抗はできません。

坂村が村を支配できるのは、明治維新以来の社会の変化によって起きた農村生活の変化ともかかわっています。かつての農村は、基本的に自給自足に近い生活を送ることができました。この作品でも、最初の部分で綿は自家栽培をして、それで自分たちの衣料とする暮らしが描かれています。けれども、主人公が学校に通う間に、徐々に農村の生活は変わっていきます。菜種油の灯火は石油のランプに、収穫後の稲わらを使って編む草履から桐の木でつくられる下駄に、自家製の布で織った着物から、工場で作られる糸や布をつかった着物へと。それらを手に入れるには、現金が必要になります。現金を稼ぐには、農作業のほかに、近隣にできた製糸工場や製陶工場、開発された銅山で労働をしなければなりません。その工場や銅山には、坂村が出資しています。村の人びとの生活は、坂村に握られたようなものになっていきました。

主人公がポンプ購入問題で村の寄り合いで坂村の意見に異を唱えたのも、こうした背景があってのことです。長年にわたる坂村の支配のもとで、村人たちの多くは、「長いものに巻かれる」ことを受け入れてきています。坂村のほうでも、村人たちが自分の意見に従うのが当然だと思い込んでいます。寄り合いがきちんとした意志決定の場として機能しないなかで、主人公の出した意見は坂村の憎しみを買うのです。自分の提案が通らなかっただけで小作地を取り上げる坂村の行動は、大人げないとはいえるのですが、それに対して村人たちが声を上げることはありません。そこに、当時の日本の農村の現実の一面が描かれているといえるでしょう。

それは、製糸工場で働いていた主人公の姉が自分の意思で結婚相手を決められないこととつながっています。彼女が一家に貴重な現金収入をもたらす仕事をしていることが、結婚も自由にできない要素になっています。さらに、主人公は結婚相手の家に住んでいる姉を連れもどす役割までやってしまうのです。姉は家に連れもどされ、大阪に出て紡績工場に働き、そこで結核にかかり亡くなってしまいます。こうした当事者の合意だけでは結婚もできなかったかつての社会のありようも、この作品から読み取ることができるのです。

二〇世紀初めの、商品経済が農村に入り込んでゆく時代の農村の姿を地主と小作の関係や農民の意識の問題を含めて描いたこの作品を通して、農村の実態を知ることができます。現代と比較することもできるのではないでしょうか。

なお、この作品の最後のほうで、帰郷した主人公を農民組合の仲間が出迎えるのですが、その組合ができる過程を描いた作品として、「恐慌以後」という作品が一九三三年に書かれています。そこでは、「綿」の源治のいとこ（伯父の息子）にあたる兼吉が登場しています。

踊る

六十戸の部落へ二通の召集令状だった。本来なら村は沸くような騒ぎでなければならなかった。しかし部落は、古傷にでも触(さわ)られた時のように縮こまっていた。人々は、蔭でこそ、赤紙を受け取った二軒の家を気の毒だとうわさし合ったが、しかし決して押しかけていって万歳を叫ぶようなことをしなかった。

　何のために中国で戦争が起きているのか、だれも明確(はっきり)と知らなかったからでもあった。だが、それよりもっと重要な事情があった。実際のところ、百姓たちはそれどころではなかったのである。彼等自身が戦禍を受けた土民のような生活に喘(あえ)いでいたのだ。去年は半作にも足らぬ収穫であった。おまけに、[14]町の工場へ行っていた者も、みんな失業して帰っていた。地主の管理人が――地主自身は〇〇[15]市に住んでいた。――一渡り小作米を取り立てて歩いたあとには、部落のどの家にもほとんど米がなくなっていた。霰(あられ)が降り雪も来たが、薪さえなかった。百姓たちが、日の暮れおそく雪を冒して裏山へ青木を折りに行くと、必ず翌朝管理人の家へ呼び出された。そしていやおうなしに罰金が課せられた。感冒が流行(はや)り、チブスが跋扈(ばっこ)した。時々、町の方から、いま中国との間にゴタゴタが起きているという噂も伝わって来たが、雪に埋もれた穴のような家の中で、空腹をおさえて藁火を囲んでいる彼等にとって、それは何の実感をも伴わぬことだった。だから今、兵五郎と佐竹の兄貴に、召集令状が下ったということを聞いても、彼等は決して元気よく興奮することが出来なかった。いや、彼等はむしろ瀕死の病人の蒲団を引ンめくられた時のような、限りなき絶望を、百姓生活の上にますます深くするだけだった。

　夜だった。葬いのような雰囲気が、兵五郎の家に漲っていた。外は雪で家の中は暗かった。遠く山の根を通う風の音がごうごうと聞こえた。炉の向座に、おやじの兵六が、崩れるようにして頭を抱えていた。時々納戸から女の嗚咽が洩れて来た。夫の出発の用意を手伝っている嫁のイトだった。当の兵五郎は、憔悴し切った顔で納戸を出たりはいったりしていた。それでも五、六人の百姓たちが祝いだか、悔みだか、とにかく集まっていた。みんな炉端に背を丸めて、チョロチョロした藁火をみつめていた。酒もなければ、話し声もしなかった。水洟(みずっぱな)をすする音だけが、さむざむと断続した。

　翌朝、兵五郎はもう一人の出征兵――佐竹の源と村を出発した。空は霽（は）れていたが、雪が谷間を埋めていた。彼等は薄い軍服の上に蓑（みの）を着ていた。防寒用であった。数人の、両家の縁つづきの百姓以外に、だれも部落の外まで送って来る者はなかった。もとより幟（のぼり）なんか一本もなかった。一行の中に、目を真赤にした佐竹のおっ母ァと兵五郎の女房も交じっていた。兵六は、山裾の雪に埋もれた部落を振り返って、老人らしくもなく寂しがった。命にも代え難い息子を可哀いそうだと思った。しかしだれを恨むことが出来よう、百姓たちは今、正月の節季を迎えて火の車だった。それに、停車場のある町まで行くには弁当がいる。けれども、部落のだれが、そのために必要な白い米を持っているというのだ。

　雪の山道を越えて県道へ出た。そこはとある部落の出口だった。その部落からも数人の百姓が出て来た。軍服を着た青年が交じっているので、出征兵とその見送り人であることがすぐ分かった。やっぱり寂しい一行だった。先頭に立った吊鐘（つりがね）マントの少年が、粗末な小さい日の丸の旗を押したてていた。幟が出来なかったので、代わりにどこからかさがし出して来たのだろう。兵六はそれを見ると、佐竹のおやじを振り返った。

「のう、おやじどん、おらァらは下手（へた）したぞい。吉兵衛さにァ確か日の丸があったはずやった」

　すると佐竹のおやじはキョトンとした瞳を向けて言った。

「何の、鰤（ぶり）まで買うて朝めし食わしたのじゃもん……のう」

　それは、この場合における、ドン底の親の満足だった。

町の小さい駅の前は、それでも人でいっぱいだった。雪を踏んで、蓑やカッパの百姓が群らがっていた。数本の旗や幟も翩翻（へんぽん）と寒風に翻っていた。だが、ここでも見送りの百姓姿に比べて、見すぼらしい軍服姿の出征兵士の数が多かった。兵六は村を挙げて見送って貰えなかったのは、決して自分たちの息子だけではなかったことを知った。彼はホッとしたような、それでいて限りなき物足らなさを感じながら、人々の中へ割り込んで行った。

　人々の中には、何の興奮もなかった。何の感激もなかった。もとより景気のいい酒樽の姿もなかったし、高々と話している者さえなかった。送る者も送られる者も、みんな震災の避難民のように疲れ切っていた。世の中は、なるようにしかならないのだ、という深い諦めが、みなの上にあった。ある若い出征兵が、その母らしい老農婦の手から大福餅を貰いながら、それを食うことすら忘れてポカンとしているのを見て、兵六は思い出したように息子を振り返った。兵五郎は妻に何かを言い残していた。彼の虚脱したような顔の下に、毛布にくるまった嫁の俯（うつむ）き姿があった。

駅の正面へ中年の将校が現われた。みんなちょっと振り返ったが、またすぐ各自の思考の中へかえっていった。だれが出たところで、今のこの心をかき立ててくれる力がどこにあるか、という態度が、みんなの上にあった。

「諸君！」

将校は入口に突っ立って演説を始めた。その腕には「祝出征」と書いた赤布が巻かれていた。だが、人々はそこへ集まって行かなかった。兵六もみんなといっしょに動かなかった。それより、歩くことをやめた肉体に、ひしひしと寒さが感じられていた。

「……で非常に名誉である。……武勇輝く伝統を持つ我が師団……」

そういう言葉が、切れ切れに兵六の耳にはいってきた。彼は人々を見まわした。だれの目にも輝きがなかった。

「……上海（シャンハイ）三万の同胞のために、身を肉弾として出征する諸士は、国家最高の名誉に輝いているのである。忠勇なる諸士は、必ずや暴慢極まる支那兵を膺懲（ようちょう）して、我がH健児の気概を吐かれるに違いない。余輩は諸士の武運を祈り、銃後にあっては諸士のために絶大なる後援を送るべくここに誓うものである。……」

将校の演説が済むと、町長が出て万歳の音頭を取った。そこここに声があがった。バラバラの声であった。

汽車の来る時間が迫って来た。やや慌（あわただ）しい空気が、人々の間を流れ始めた。兵六は兵五郎から蓑を受け取った。軍服だけになった姿を見ると、なぜか兵六は今さらながら兵五郎を自分の子供だと意識した。猛然と可哀さがこみ上げて来た。このままついて兵営まで行きたいと思った。しかし懐（ふところ）がそれを承知しなかった。不覚にも胸がいっぱいになった。イトがまたしくしく泣き出した。

「上海にいるもんの命より、こっちンおるもんの命ァ大事ンないと言うのか」

涙があふれてドギマギしている兵六の耳へ、すぐ背後から細々とした老婆の声が伝わって来た。

間もなく旧の正月が来た。それも済んだ、部落ではあちこちに茣蓙（ござ）を打つ音がこもり始めた。

兵六とイトとは、割り切れない不安と焦燥の日々を送った。死んでしまったのならば諦めもする。しかし生き別れであった。戦争に行けば死んで帰る——その覚悟をしなければならぬ、と話し合ったこともある。どうせ出征してしまったのだから、奴も一人前の手柄をたててくれればいい、そうも思った。しかしそう諦めるあとから、やはり万が一にも生きて帰る日を祈らずにいられなかった。そのうち兵五郎らの師団が上海で敵前上陸をしたといううわさが伝わって来た。彼等はいよいよ落ちつけなかった。今にも戦死を報ずる電報が来るように思われた。兵六はたばこを断（た）って神仏に念じた。死ねば沢山の金があたるとも聞いた。しかし兵六は、たとえ餓えても親子三人で暮らす日を取り戻したかった。

兵五郎が出発してから九日目かの日だった。兵六はイトの織った茣蓙を背負って役場のある部落へ出かけて行った。そこには村の生産組合があって、百姓たちの織る茣蓙を買い上げていたのだ。

役場のある部落まで七、八町あった。雪が山にも田にもいっぱいだった。道は山の腰をめぐって細くつづいていた。兵六はそこを辿りながら、ほんの一カ月ほど前に、兵五郎といっしょにここを通ったことを思い出した。どうぞして無事でいてくれるように……彼は敬虔（けいけん）な気持で雪に祈った。

彼は、役場へさえ行けば新聞の見られることが楽しみであった。〇〇（伏字のこと）のはいった大きな活字の紙面を見ていると、ちょうど手術の現場に立ち会っている時のような、不安ながらもある気強さが、彼によみがえって来るのであった。時とすると、戦争を報じた活字の間から、今にも兵五郎の姿が浮かび出て来るように思えることもあった。そんな時、彼はわけもなく手に汗を握った。——彼は道を急ぎつつ、兵五郎に会いに行くような気にさえなった。

しかし、急いで行った役場で、彼は思いがけぬ不幸なうわさを聞かされた。

それは実に不幸な、朴訥（ぼくとつ）正直な百姓にとって致命的でさえあるうわさであった。

「お前さの兵五郎ァ、宇品で船ン乗る隙（すき）に逃亡したとよ」

兵六は、小使室で初めてこのうわさを聞いた時、すぐには真実に出来なかった。彼はギョッとしながら、苦笑と共にきき返した。

「山田どん、ひとをオチョくらんとおかっせえ」

すると山田という小使は、炭をいけた炉端で提燈（ちょうちん）の整理をしていたが、さも軽蔑した顔付で答えた。

「おいのさ、オチョくられとるのァ、応召を気の毒がっとったわしらじゃ——ええ息子じゃ」

それでも兵六はほんとうにする気になれなかった。彼は不安に戦慄（おのの）きながら、わざわざ事務所へ行って吏員にきいてみた。

「うむ」と、髯のある戸籍係が金網越しに答えた。「まァお前もしばらく身をつつしめ」

兵六はどう思って役場を飛び出したか知らなかった。全身の血が一時に引いてゆき、恥ずかしさと情なさに足がすくんだ。泥棒の現場をおさえられた時でも、こうした恐ろしさはないであろうと思った。彼は無茶苦茶に雪を踏み、まろぶようにして部落へ逃げ帰った。


昔、日露戦争当時、近郷に逃亡兵が出た。その時、逃亡兵を出した一家が、戦争熱に狂った無知な村人からどれほどひどく迫害されたか!! 兵六はそれをよく覚えていた。

彼は家にいても恐ろしさにじっとしていられなかった。どうでもして、一日もおそく、部落へうわさの来ることを祈った。

だが、うわさはすぐ部落いっぱいに拡がった。

恐れていたことは、すぐ来た。

急に村人は、いとも冷たい目をもって兵六一家を見るようになった。どこへ行っても、軽蔑し切った態度が兵六を迎えた。みんな白々しく横を向いて通った。道で会っても、だれも話しかける者はなかった。中には「チョッ!」と舌打ちして露骨に憎悪の念を示して行く者も出て来た。後生を願うお講場へ参詣しても、兵六は露骨にのけ者にされた。人々は彼の姿を見ただけで、急に話を止めて口をつぐむのであった。

親しくしている者も慰めてくれなかった。親類の者までが遠ざかって行った。

「面（つら）よごし!」

「非国民！」

「売国奴！」

あらゆる讒誣が、たとえば背戸を通る人々の口から、あるいはお講場のすみから、兵六の耳を突き刺し心を斬り嘖んだ。

兵六は、この降って湧いたような悲運の中で、われと我が身を呪わずにおられなかった。何のために自分だけが、この最悪の月日の下に生まれたのだろうと思った。恥と怒りと悲しみとが、彼の老体をもみくちゃにした。彼は暗澹たる絶望の中で「祈り」を忘れ信仰を失っていった。

不思議と、兵五郎に対する、あの焼きつくような愛着の根こそぎ毀れてゆくのを彼は意識した。戦争に対する反感も、子供の無事を祈る心も、一瞬にして崩れてしまった。なぜ勇ましく、矢玉の中へ飛び込んで行くような子供を持たなかったかを、彼は歯がみした。野良犬のように逃げまわっているであろう我が子を捕えて、この手で、思うさま打擲してやりたいと思った。可哀そうなこの老百姓は、たった二週間前町の停車場で、細々と戦争を呪詛したあの老婆の声に共鳴した自分を、すっかりとり失ってしまったのである。

イトは毎日泣いてばかりいた。彼女の腹には、恥ずべき罪人として逃げまわっている男の血が、成長しつつあった。したがって彼女は、その腹の子を通じて、逃亡兵の夫を憎むことができなかった。この寒空の他国に、おそらく戦場へ行った以上の恐迫観念に襲われながら、泥棒のように逃げまわっているであろう夫を考える時、彼女は立っても居てもいられなかった。夜おそく、雪を踏むかすかな足音が背戸に聞こえると、彼女はゾッと戦慄した。今にも憔悴し切った夫の姿がそこに現われ、そして村人につかまるのではないかと思った。だが彼女は戦慄すると同時に焼きつくように逢いたいと思った。逢って思うさま泣きたいと思った。

ある日、イトの里――それは三里も離れたある里方の村だった。――から兄が来た。彼女は、眉宇にある固い決意をひらめかしている兄の顔を見ると、うわさなるものの凄い伝播力に驚く先に彼が何をしに来たかをすぐ読みとった。果たして兄は草鞋をぬいで炉端へすわるのももどかしく、冷ややかな調子で切り出した。

「……H村の岡田でも離縁したという話や。そんなわけで、妹は暇を貰いますぞ」

H村の岡田というのは、兵五郎といっしょに逃亡したという、もう一人のことであった。

兵六は、この無理からぬ（！）申し出の前に、打ちのめされたように震えていた。何と言われても、イトの夫は「非国民」に違いなかった。

イトは泣くことを止めて義父を見た。ボロにくるまって、枯木のような姿。恥と絶望とに顔も上げ得ない自責者！――彼女は細々と、しかし力をこめて兄に言った。

「うわさは――うわさをたてに、わしはいやじゃ……それにわしの腹にはもうあの人の……」

瞬間、兄の瞳に憎悪の炎が光った。唇がサッと白んだ。彼は世にも情けない顔付になると、炉中の濡れ草鞋を引っつかんで立ち上がった。

「そうか、うぬは非国民のたねをもう孕（はら）んだか！」

そして荒々しく出て行った。

イトはワッと泣き伏した。その崩れた背中へ、兵六はハラハラと涙を落とし、憑（つ）きもののしたような足どりで仏壇のある奥へはいって行った。

その夜、兵六とイトが、細々と行く末について語っている時、障子に向かってパラと飛礫（つぶて）が降って来た。彼等は急いで電燈を消し、身を縮めて息を殺した。飛礫はますます激しくなり、闇の中にめりめりと障子の毀れる音がした。つづいて「わァッ！」という喚声もあがった。外にあたって「非国民！」「売国奴！」「死んじまえッ！」という声も聞こえた。

彼等は震えていた。遠ざかって行く「中村震太郎」の歌声を聞きつつ、ただ闇の中で震えていた。

今や部落に、一つの新しい現象が起こりつつあった。兵六一家に対する村人の憎悪は、積極的な戦争熱へと、発展し始めたのだ。

「非国民を出した村の名誉を救え！」

どこからともなくこういう叫びがあがってきた。ひたひたと戦争に対する力強い興奮が村を襲い始めた。

ほとんど小作ばかりの、不在地主に搾（しぼ）りとられ、飢餓の隣へ追い込まれているこの山間の部落は、貧窮のドン底からよちよちとたち上がったのだ。出征兵士慰問金募集の運動が、いつの間にか、区長、組委員、若連中の手によって行なわれ出していた。区の会議で新聞の購入が可決され、区長の家の軒下に新聞掲示所が新設された。——新聞はそれまで、店屋をやっている地主の管理人のとこ以外へは来ていなかった。——青年男女は、毎晩もう一軒の店屋へ集まって、軍歌を歌い、慰問袋を調整した。若い娘や嫁たちは、それが冬中百姓の唯一の収入である莫蓙の織り賃から、一銭二銭を分け取って「県下航空機献納基金」の袋をみたした。村人のほとんど全部が、日の丸を買った。

　彼等を鞭打つスローガンは「非国民を出した村の名誉を救え！」であった。一にもそうであったし、二にもそうであった。彼等は、稀代の非国民、不忠者吉本兵五郎を出したことに限りなき国民的な責任を感じ、どうでもしてこの不名誉から部落を救いたいと願うのであった。それが念願であった。男や若い者はもとよりのこと、老婆も子供もそうであった。そうでなければならないと思った。だからいかなる老婆も、晩に食うお粥(かゆ)の心配をおしのけてまで、慰問のために「ご苦労」する托鉢僧(たくはっそう)の頭陀袋(ずだぶくろ)を呼びとめた。

　ドン底から奮起した村の姿は、ビッコであるがゆえに仲間をはずれた——はずれざるを得なかった小羊の、どうでもして仲間の群れへ追いつこうとする必死の努力であった。それは痛々しい人為的な興奮であった。しかし彼等は、仲間をはずれたことのみを意識して、自分がビッコであることを忘れてしまった。時たま、ビッコを引きつつある自分の生活現状を顧みることもあったが、そういう場合みんなこう言って励まし合った。

「小さい事やその、貧乏やとか何とか手前のことをいうのは」

「そやそや、国が大事か、自分が大事か。ほんとに兵五の畜生、よくもこの村に泥を塗りやがった。八ツ裂きにしても足らん！」

　しかし彼等は、この運動のすみッこへも、断じて兵六一家を加えなかった。兵六一家は彼等にとって国民的裏切り者であった。イトが恐る恐る区長まで慰問金を持って行くと、区長は上り框(あがかまち)へ首だけ出して断わった。

「お前さのとこァ、まァ在所の衆と相談してからまた貰いに行く」

　このゆがんだ興奮へ油を注ぐべく、たびたび坊主が来て意識的にデマを振りまいた。

「……支那の後ろにァ米国とイギリスが尻押ししとるの

ですぞ。今日本が支那に負けたら、それこそ弱身につけ込んでどこが何をしかけて来るか分からん。それにロシア、――あの共産党の鬼どもの住むロシアも、何か日本にことあれかしと牙を砥いどるのじゃ。そのために上ッ方では累卵の危機にある日本を案じ給うて、いま豪いご心配じゃ。第九百師団管下の当県から、恐ろしや三人もの逃亡兵が出たということじゃ。ああ、何という非国民！　お同行衆や、お釈迦様さえ衆生済度のためにァ長い間命を的に断食遊ばされた。それに自分の命が惜しいって、国の命令に逆くなんて、んまァ、何という業晒しや。これァ一人二人の不名誉でないですぞ。村をあげ、郡をあげ、県をあげての不名誉じゃ。おお、同行衆や、ここァ一番互いに身をつつしんで、国のため人のため、出来るだけのことをしにァなりませんぞ！」

村在郷分会からも、たびたび分会長が講話に来た。

「……師団始まって以来ないことである。不忠、卑怯、売国――口にするだに汚らわしい限りである。だが、当の本人を憎めば憎むほど、余輩はまた、その罪を自分に感じて絶大の後援をなしつつある諸氏に対し、満腔の感謝をささげざるを得ないのである。それでこそ日本帝国の臣民である。だが諸君！　これは決してこの部落だけではない。それぞれ卑劣漢を出したH村S村の部落はいうまでもなく、ただその同一郡内であるというだけで責任を感じ、もって心からなる愛国的行動に奮起しつつある村はいたる所にある。これこそ真に愛国心の発露、報国の高鳴りでなくて何であろう！　余輩は諸氏がさらに一段の奮起をもって、この国家興亡の秋にその国民的誠意を最大限度に披瀝されんことを切望して已まない者である……」

百姓たちは、坊主の時は南無阿弥陀仏といっしょに、分会長の時は万歳といっしょに、心から忠良な軍国の民たらんことを誓いつつ、ある者は胴着の背を丸め、ある者は数珠をつま繰って、区長の家から四散して行くのであった。

兵六とイトとは、今や一歩も家の外へは出なかった。仕事――草鞋作りや莫蓙打ちも手につかなかったし、食事をすることも罪悪のように思った。彼等は火の消えた、暗く寒い炉端に蹲って、灰ばかり瞠めていた。

どうでもして、兵五郎のその後の消息を聞きたいと思った。憎い奴であった。だが、いとしい伜であり夫でもあった。つかまったかも知れぬと思った。つかまって銃殺に逢ったかも知れぬと思った。人目をさけて、役場へききに行きたいと思ったが、とてもその気になれなかった。留守師団まできききに行ったなら、何か具体的なことも分かるに違いないと思ったが、これもまた恐ろしくて勇気が出なかった。——彼等は吐息と共に蹲ってばかりいた。

　その彼等の耳へ、今では毎夜部落の一隅から、賑わしい楽隊の音が伝わって来た。彼等にはそれが何のためであるかすぐ分かった。何か国家的な祝事のあるたびに、素人楽隊の組織されるのが、この地方の習慣であった。兵六にも覚えがあった。日露戦争の時、出征兵士の送り迎えに、区長の軒の大太鼓をおろして即成楽隊太鼓をこさえたことが……。器用な男が明笛(みんてき)を吹いた。石油缶を切って小太鼓をこさえた。——そして今、部落の若連中はそれを組織し練習しているのだ。何のために？　また新しくだれかに動員の下った時、こんどこそは盛大な見送りをするべきであった。——事実動員は、郡下[16]の方々へ毎日下っていた。

　山下の政次に、動員命令の下ったのは、それから間もなくのことであった。

　今度は部落は、すべてをあげて熱狂した。幟が即日作られた。それに字を書いて貰うために、わざわざ組委員が隣村の坊主を訪ねたという話だった。若連中が集まって、雪の山から二本の松を切り出して来た。地主の代理人もそれには文句を言わなかった。部落の出口を扼(やく)して立派な杉葉の門が建った。大きな日の丸と連隊旗が、その門に括(くく)って交差された。谷を通る寒風がそれをはためかした。そして楽隊は終日谷に谺(こだま)した。

　翌日正次は出発した。軍服の上に、みすぼらしく蓑を着ていることは、兵五郎らと変わりなかった。そしてまた、それを見送る村人たちの姿も見すぼらしかった。——よれよれの吊鐘マントや、カッパや、蓑を着た若連中の五、六人、それは先頭の楽隊であった。つづいて当の正次、それにまつわるようにして目を泣きはらしたおっ母や、おやじ、子供たち。村人は、毛布や莫蓙帽子や蓑を着て、そのあとからぞろぞろとつづいた。

　だが、何と感激に満ちた出発であったことよ！　幟もあったし、日の丸もあった。そして何よりも、先頭の楽隊の奏でる「中村大尉」の腸をかきむしるようなメロデー！

「おめでたいぞ！」

「しっかりやれよ！」

「あとは引き受けたぞい！」

「斬って斬って斬りまくってやれ！」

みんな口々に騒ぎながら、ようやく解けそめた雪の部落の中を通って行った。

兵六は、楽隊の音に引きつけられるようにして家を迷い出た。数日の間に、すっかり野良犬のようにやつれてしまっていた。髯も髪ものび、農良着（のらぎ）に縄帯を締め、破れた股引（ももひき）をはいていた。蒼白な額にも、もしやだれかに見つかりはしないかという、恐怖の目が光っていた。彼は残雪や屋根づれを踏んで、ひとの家のあとからあとへとたどりながら、それでも楽隊の音を目当てによろけて行った。

時々氾濫するような万歳を叫びながら、海嘯（うみなり）のように押し寄せて行く一行の姿を把えたのは、もう村ばなのとある藪の中からであった。兵六は茫然として、旗や幟をたて、楽隊を先頭に進んで行くその一行を見送った。自然と涙がほほを伝わった。興奮のためでも、感激のためでもなかった。こうして日中、野良犬のように、人目をさけてさ迷うている自分自身の憐れさのためだった。

死！　縊死！

兵六はいつの間にか、梁（はり）からブラ下がっている自分の姿を想像してみた。するとそれが、非常な魅力をもって迫った。

影のように帰って来た兵六を見ると、イトは吐胸をつかれた。自分自身がそれを思わぬでもなかった。その決意の色を、彼女は義父の顔の上に見たのだ。彼女は、彼女に黙って仏壇に灯を上げた義父を見ると、やにわに取りすがって慟哭した。

「お父う……死なんと、死なんと――わしの腹には子供がいる……」

もう三月に近かった。雪は一時、山裾や影裏だけに残るまでに消えたが、また寒さが盛り返って来て、毎日のように降りしきった。

その日も朝から吹雪だった。兵六とイトは、旅装をととのえて人知れず部落を出発した。彼等の懐にはようやく××市[15]までの往復の旅費が納められていた。

死におくれた彼等は、思いあぐんだ後、部落を落ちようと決心した。だが、そう決心すると、彼等は猛然と兵五郎の最後を知りたくなった。

「村を離れるなら、せめて兵五がどうなったか、つかまったか、殺されたか、それを聞いてからに……」

イトの最後の願いを、兵六はもっともだと思った。で、彼は恥をしのんで、××市の留守連隊へ行くべく同意した。

二人は吹雪をついて道を急いだ。山を越え、県道を過ぎ――町の停車所には、きょうもまた、いや、きょうこそ人がいっぱいだった。毎日動員が下っているといううわさはほんとうだった。吹きつける雪の中に、群集が押し合っていた。幟、旗、万歳の叫び、楽隊の音。一団一団、停車所へ流れ来る行列を迎えるごとに、広場は歓呼の声で氾濫した。ドーン、パチパチッと、雪のはれ間を見て花火もあがった。

「兵五は運の悪い人やった」

ようやく便所の前に隙を見つけてホッとした時、イトはつぶやくように言った。しかし兵六はそれには怒ったように押し黙って、切符を買うべく人ごみの中へもまれて行った。

二時間の後、彼等は押し合う人の流れにもまれて××市駅の構内を出た。雪ははれていた。ここでまたおびただしい歓送迎の人の波だった。しかし彼等は、まるで砂漠の中に立った時のような、儚(はかな)い孤独を感じつつ、トボトボとお城をさして歩いた。

昔の領主の城を、そのまま兵営にしたのが第百連隊だった。営門まで一直線になっている大手前の通りを営所へ営所へと人が流れていた。みんな見送人と面会人だった。その行く手に、高い営所の石垣があった。石垣の上に松があり、松も石垣も雪でおおわれていた。

石垣裾の堀を突っ切ってダラダラ坂、その突き当たりに正門があった。きびしい衛兵が、つけ剣で立っていた。その前をたくさんの人が流れるように出入りした。しかし兵六とイトとは、虚心でそこを通ることができなかった。

兵六は、自分自身罪人であるように引け目を感じて、衛兵の前に頭を下げた。

「中隊長様に、面会さして貰いとうごぜえますが……」

それだけ言うのにも、声が震えた。

「中隊長殿？　何中隊でありますか？」

衛兵は元気に答えた。

兵六は流れる人々に注目されているように感じて、しばらくもじもじしていた。そして、小声で「第何中隊」と答えた。留守師団になった今、果たして前の兵五郎の中隊長がいるかどうか分からなかったが、この場合こう答えるよりほか仕方がなかった。

「そいじゃ、ここをはいって、左へ行って、面会当番にそう言いなさい」

衛兵はそう答えると、もとのきびしさに返って彼等を見はなした。

二人はますます不安になって、教えられた通りにはいって行った。

二時間も三時間も待たされた後、彼等はようやく人ごみの面会所から呼び出された。一人の兵士につれられて営庭を横切り二階建の営舎にはいった。不安がやや恐怖に変じて来た。廊下を通り二階へ上がって、とある一室の前まで来ると、兵士は足を止めてそこの扉をコツコツたたいた。


「山辺一等兵、はいりまァす！」

「うん、よし！……」

と中から元気な声がもれた。兵六はいよいよ足が震え出した。

中隊長はいい人らしかった。彼等が恐る恐るはいると、短い髯のあたりへ微笑を浮かべて、

「何だね、お父っつァん？」

と言った。

それに元気を出して、兵六は幾度も幾度も頭を下げた。

「はい、あのう……はい……」

「何だね、構わん、言いなさい」

「はい、おらがはあの……」

「うむ」

「吉本兵五郎の親、親で、ごぜえまして……」

兵六は名乗りをあげると、とうとう自分自身の感情に圧しつぶされてしまった。彼はヘタヘタと床の上に跪い（ひざまず）た。

「何だね、どうしたのだい？」

中隊長は怪訝（けげん）な顔をして、イトと兵六とを見くらべた。

イトは必死の勇気をふるって進み出た。

「はい、あのう、中隊長様……」

彼女は祈るような目つきに涙をためて、一生懸命になった。しかし、声はほとんど言葉にならなかった。道々、ああも言おう、こうも尋ねようと算段して来たのだが、それはこの場合何の役にもたたなかった。

だが中隊長は、彼等の取り乱した声の中から、彼等の言おうとする言葉を拾い上げることが出来た。――兵五郎という兵が逃亡したというのはほんとうか？　ほんとうならもうつかまってしまったか？　死刑はいつだったか？……彼等はそう尋ねているのだった。

「うむ」中隊長は、それを聞きながら、中途からすっかり初めの朗かさを失ってしまっていた。彼は世にも悲痛な顔をし、じっと一所を瞠めていた。

長い間彼は返事をしなかった。彼はその心の中で、軍がいま意識的に展開しつつある戦争挑発の手段のことを考えていた。逃亡兵が出たと言いふらして、戦争に見むきもしない国民を駆り立てる――その手段の、いまここにその効果の現われたことについて考えていた。さすがに軍の一員として気持のよいものではなかった。

「ううむ」と、ややあってから中隊長は兵六を見、イトを見た。

「その話は――わしには分からん、わしへは公報が来とらん」

「それでは、うそでごぜえますか？」

イトは、相手の態度に妙なものを感じながら、それでも一生懸命になってたたみかけた。すると中隊長は、今度は即座に答えた。

「いや、何もかも分からん。公報が来とらん」

兵六は、この中隊長の言動を、最悪の場合の言葉として受け取った。彼はサッと血眼になり、しぼるように叫んだ。

「言うて下され、中隊長様！　殺されたのなら殺されたと」

「いや、何もかもおれには分からないんだ！」

中隊長は、同じことを繰り返しながら、とっさに椅子からたって入口の方へ足を運んだ「公報も何も来とらんと言ってるじゃないか？」そして彼は、次の言葉を残して出て行った。

「とにかく報告が来ればその旨知らす。兵五郎とかの平常に何か非難されるようなところがあったのじゃないか？　まァ落ちついて待て」

二人は突きはなされて室を出た。建物を出、兵営を出た。そして街をさ迷って駅へ来た。希望のあるような、ないような、分かったような、分からぬような――それでいて絶望のみがいぜんとして彼等を嘖むのであった。

汽車に乗り、町の駅で降り、彼等はまた雪道をトボトボと部落へ向かった。

もうすっかり夜だった。雪の平野に闇がしずしずと迫っていた。凍り始めた雪が、草鞋を通して足を噛んだ。彼等は果てしなき寂寥の中で、自分自身を人間と感ずることすらむずかしかった。

大分夜がふけてから家に着いた。おそ月夜が、向かいの藪を越えて玄関を照らしていた。その玄関の垂れ筵が二枚とも引きチ切られていた。大小幾つもの石が、大戸の前に転がっていた。留守中に襲撃を受けたことは明らかだった。

暗い心で、彼等は戸を明けた。

と、一歩踏み込んだ土間の底に、白い紙片の落ちているのが目についた。手紙だ。

イトはあわててそれを拾い上げ、月あかりで調べた。

「おお！」

彼女はとっさに奇声をあげた。

「軍事郵便じゃ！　兵五から――兵五が戦地から出いた、手紙じゃ！」

「なに！」

どう思って、兵六はその手紙をイトから引ったくったか知れなかった。彼は、むちゃくちゃになって紙片を握ると、胸をかきむしられるような激情で、家の中へ飛び込んで行った。

電燈の下に立ちはだかって、父と嫁は手紙を破いた。今こそ歓喜の震えが、全身を襲った。

「……ここへ来てから、まだ部署についただけで大きな戦争はやっていません。しかし毎日味方の飛行機が飛び、爆弾が投下されております。夜になると、サーチライトが空を探り光弾が炸裂します。時々小競合いの機関銃、野砲弾、曲射砲の音もします。

中国兵は思ったより頑強です。塹壕にいる我々に向かって、猛烈な攻撃をすることがあります。弾は蜂のような唸りを立てて無数に頭上を過ぎます。プスップスッと、すぐ目の前の土の中へはいる音もします。昨日四、五人左の方にいた男が、ちょっと油断して塹壕の中から姿を出したために、瞬く間に戦死しました。

中国兵の中には、ことに便衣隊の中にはなかなか生命知らずの奴がいます。数日前私共数人が斥候に出た時、そこは上海の街はずれでしたが、とつぜん数人の便衣隊が我々の前へ出て何か叫びました。我々はすぐ手擲弾を投げつけて剣を擬しましたが彼等はこれには平気で、何か叫びながら、我々にたくさんのビラを投げつけて逃げて行きました。命がけでビラをまくなんて気が知れません。ビラには、戦争をたくらんだのは日本軍閥なのだ、君らは家にいる大事な親のことを思いはせぬか？　我々も君たちと同じ労働者や農民なんだ。というようなことが書いてありました。なかなか面白いと思いました。

もうすぐ総攻撃に移ります。今はその準備中なのです。総攻撃に移れば、生きて再び帰ることは出来ないだろうと思います。そう思ってこの手紙を書きました。塹壕の中で書いたのです。イトもからだを大事にして、おやじを大事にしてくれ。馬鹿に寒いから、腰を冷やさないようにすること、健康を祈ります」

読み終わると、兵六は気違いのように家を飛び出して行った。一刻も早くこの歓びを村人に知らし、一刻も早く万歳を叫んで貰いたかったのだ。

彼はポロポロと涙をこぼしながら、雪の夜ふけた村の中をどなって歩いた。

「おーい、村の衆！　うちの兵五も戦争に行っとる！　おーい、松さのお父う！　起きてくれ！　うちの兵五は逃げたのじゃなかった！」

しかし彼は、若連中の楽隊の聞こえる店屋近くまで来ると、釘づけされたように雪の中に立ち止まってしまった。寒さが彼を落ちつかしたのかも知れなかった。楽隊が彼を、呼び覚ましたのかも知れなかった。

「ああ……」

と彼は、へなへなと雪の上にしゃがんだ。

「この一カ月、おらをこれほど苦しめたのは何奴じゃ！　おらを、おらを、かほどまで目茶苦茶に苦しめたのは、いったい、何奴じゃ！　あの残酷な、根も葉もないうわさを言いふらした奴は、どこの何者じゃ！」

痛恨と憤激が、初めて彼の胸のうちへこみ上げて来た。彼は村中片っ端からたたきこわして歩きたい衝動に燃えて、われとわが身の髪をかきむしった。

だが彼は、あのうわさのために苦しんで来た者は、決して自分だけでなかったことに気がつかなかった。あのうわさに鞭打たれて、貧窮のドン底から踊り出して来た村人もまた、憐れむべき受難者であることに気がつかなかった。したがって彼は、どうしてもうわさの出所を摑むことが出来なかった。想像することも出来なかった。

筆名・須井一　一九三二年六月、『プロレタリア文学』に発表

※本作品は『日本プロレタリア文学集29』（新日本出版社、一九八六年）より転載しました。

【注釈・作品の舞台設定の場所（巻末地図参照）】

逃亡兵の噂は、戦意高揚を図るため、軍部が仕組んで各地にばらまいたうそであった。

舞台設定は、能美郡（現能美市）を含む加賀地方。出てくる地名等。

（14）「町」とは小松町（地図番号⑧）

現在の小松市、一九四〇（昭和一五）年までは能美郡小松町だった。一九四〇（昭和一五）年に小松市になった。

（15）「○○市・××市」とは金沢市（地図番号⑩）

一八八九（明治二二）年、国の市制施行により金沢市が誕生した。この時代加賀地方では市は金沢市だけだった。

（16）「郡」とは能美郡（地図番号⑬）

一八七八（明治一一）年～一九四〇（昭和一五）年までは、現在の小松市、能美市は能美郡だった。

【解説】

「踊る」は、『プロレタリア文学』一九三二年六月号に掲載されました。一九三一年九月に「満州事変」が起き、日本は戦争を身近に考える時代に突入します。翌三二年の二月には、「上海事変」が起き、攻防戦のなかで戦死した工兵が「爆弾（肉弾）三勇士」として当時のマスコミで取り上げられ、戦場の英雄としてもてはやされました。そういう時代に、戦争の実態に切り込んだ作品です。

当時の日本は、徴兵制をしいていました。二〇歳のときに徴兵検査を受け、体格などによって段階わけされます。戦争のない時代には、その年から二年間、入営して現役兵として軍隊生活を送り、満期になると除隊となり、それぞれの職業につきながら、予備役として待機します。その時には、定員があるので全員が入営するわけではありません。ですから、体格がすぐれている「甲種合格」を願いながらも、実際には入営しないですむように神社に願掛けをするということも各地でみられました。ただ、実際に戦争がはじまると、現役兵だけでは数が足りませんから予備役の人たちが選抜されて兵役につくことになります。それが「召集」であり、そのための「召集令状」は、その色から「赤紙」と呼ばれていたのです。この物語に登場する兵五郎に届いたのは、その召集令状だったのです。

六〇戸の村のほとんどが小作で、地主も住んでいない村なので、新聞を購読している家もほとんどない。ですから戦争についての情報もはいりません。それがこの作品の悲劇の背景にあります。情報がはいらなければ、人びとは戦争などしたくはないでしょう。戦争をすることが自分たちにとって何らかの利益があると思うから、戦争を歓迎する人があらわれるのです。ですからこのときの村が、出征兵士を見送る時に積極的にならなくてもそれは当然のことなのです。

明治時代の日清・日露の戦争のあと、しばらく日本は全面的な戦争は経験しませんでした。第一次世界大戦やシベリア出兵、山東出兵などの戦争はあっても、それは全国民をあげての戦争体験とはなっていませんでした。そのため、「戦争に行く」ということは必ずしも歓迎されることではないというのが、庶民の本音だったのでしょう。けれども、軍隊を動かす側からみれば、それは困ることでしょう。自分たちの行動が「正義」であると国民が歓呼の声を上げて送り出してくれなければ、士気は上がらず任務の遂行にも支障をきたしかねません。実際、谷口は一九三三年に発表した「船の中で」という短編で、日露戦争の時の兵士を戦場へと輸送する船の中で兵士たちが不安や恐れを感じている状況を描いています。国民の多くが支持した日露戦争でも、戦場に向かう兵士たちは自信満々であったわけではないのです。

谷口と同時代に活躍した作家の小林多喜二は、「党生活者」や「沼尻村」などの、「満州事変」直後の工場や炭鉱を舞台にした作品のなかで、戦争が起きると景気がよくなるからそれは労働者の利益になるのだと宣伝する人たちがいたことを描いています。具体的なものを作り、集団で作業をしなければならない工場や炭鉱では、そうした「宣伝」によって、人びとを戦争に駆り立てることもできると考えられたのでしょう。けれども、この作品の農村では、そうした宣伝をするだけの「説得力」のある存在もないのです。そこで軍隊は、この作品に出てきたような、うその情報を流すことで人びとのなかにある「集団心理」を動かす方法をとったのです。人びとは「期待」どおりに兵五郎の家を非難し、それに対して身のあかしを立てるかのように、戦争へと熱狂していくのです。

この作品で描かれた、うその情報で人びとを特定の方向に誘導するというやり方は、現在でも過去のできごととは言えないのではないでしょうか。二〇二四年の能登半島の地震でもみられたように大きな災害が起きると偽の情報が流されることは今も起きています。かえって、ＳＮＳの発達した今のほうが、偽の情報が拡散される危険は大きいのかもしれません。

庄五郎おやじ

一

部落にはいま、庄五郎おやじの発明した借金取り撃退法が、非常に流行っている。

「おいお前、芳どんの山代払うたけえ?」

「うふふふふ、あれアしばらく『庄五の弟子』じゃ!」

「そのこと、あはははは!」

ちょっと路上で会っても、百姓たちはこういう具合にあいさつする。

庄五郎というのは、部落での最小者の一人のことで、年も六十一だし、夫婦だけで子供もなければ、小作地もわずかに五段足らずの老百姓のことである。だから部落の寄合事があっても彼はいつもすみの方に小さくなっている。だれも彼のような小者のことを重要視するものもない。が、今度の彼のやりかたばっかりには、だれもかれもすっかりカブトをぬいでしまったのである。

毎年のことだが、秋の収穫を済ませると百姓たちは必ず憂鬱になる。土間に積み上げられた米——その一年丹精の米の大部分が、実は自分のものであると同時に自分のものでないという現実——これが憂鬱の種である。正月までの間を毎日のように出かけて来る肥料屋、高利貸、無尽、店屋。それから県村の税金、坊主の秋勤代、寄付貰い、乞食……。そしてそのあげくはゴソッと地主の小作米である。

「何とかならんもんかな?」

まだ階級闘争のカの字も知らぬ地方のことだった。百姓たちは毎年同じことを言い合いながら、しかも同じようにしぼりとられていった。

だいたい庄五郎おやじは、若い時には恐ろしく気の荒い男で、何でも今のおっ母アを娶るときには、狐峠の黒岩の下で、彼女の野良から帰るのを待ち伏せていて、腕づくでものにしたのだといわれている。気に食わぬことがあると、恋女房はいうまでもなく、赤の他人まで割木をお見舞い申した。そのころはかけとりに行った店屋のおやじなども、時々割木の角を背中に受け取って帰ってきたと伝わっている。が、四人の子供を次々に亡くしたためか、この近年は急に気も弱くなり、態度も非常におとなしくなって来ていた。相変わらず貧乏していたので、地主の管理人や借金取りからは随分ひどく虐(いじ)められてもいたが、それでも彼はたいていの場合むっちりと我慢していた。それで人々は、

「庄五もはくはくと齢(とし)食ったな」

「そや、あれア早(は)よ死ぬかも知れんぞ」

などとうわさし合つていた。

が、庄五郎にしてみれば死ぬどころではなかった。なるほど彼は、五年前最後の息子を失ってから、ばかにおとなしくなっていた。時々おっ母(か)アと二人で仲よくお講(こう)場(ば)へ詣(まい)ることとすらある。しかし、かの収穫後の憂鬱(ゆううつ)な季節が来ると、少なくとも彼の心の中はすこぶるおだやかでなくなって来る。世の中じゅうが癪(しゃく)にさわって来て、片っぱしから割木をお見舞い申したくなって来る。

その庄五郎にとって、とりわけことしは癪にさわった。というのは、ただでさえ苦しいところへ、ことしは戦争のおかげで、春から何べんとなしに何のかのと軽い財布(さいふ)の底をひっぱたかされたからである。

「おらアもう我慢が出来ん！」

彼はある日、幾度目かの防空基金を集めに来た青年団が出て行くと、おっ母アをにらみつけて言い出した。

「畜生め、国防じゃ、生命線じゃと、おららに何のたしにもならんことに熱を吹きやがって、何べんでも何べんでも金とりに来やがって――われもこれから気イつけとれや。おらア今度からどいつが来ても家(うち)イ入れてやらんぞ、畜生ッ！」

それ以来、どんな人間も――それが庄五郎おやじの財布を狙(ねら)う人間であるかぎり、決して庄五郎に会うことは出来なくなった。つまりいつ行って見ても彼の家の大戸(おおど)がしまっているのだ。頑強に留守(るす)をつかって返事をしないのだ。――この地方の習慣として、戸のしまっている家や返事のない家へはいりこむことは出来なかった。そこを庄五郎は逆に把(と)ったのである。

「ひでえ爺(じい)だ！」

相手はみんなそう言って口惜(くや)しがった。おやじが「頬(ほお)冠(かぶ)り」していることは分かっているが、そうかといってこうされるとだれもどうすることも出来なかった。

二

部落のものは初めしばらく彼のこのやりかたを知らなかった。が、間もなく彼の隣の吉兵衛が知った。

それは十二月のはじめ——ちょうど部落の山祭りの前の日のことだ。近く在郷軍人会から、再び防空基金を集めに来るというわさが拡がっていて、ために百姓たちは毎日戦々兢々としている時分のことである。部落の小走りが、山祭りに関する区長の触れを持って、庄五郎おやじの家を訪ねた。もっとも小走りの訪ねたのは何も庄五郎おやじの家だけだったのではない。彼は部落の東の端から、一軒々々百姓家へ立ち寄り、土間で縄をなっている百姓や、背戸の川ぶちで大根を洗っている女たちへ、山祭りは時節柄なるべく質素に済ませよという、区長からの「親切」な布令を触れまわって、最後にここへ来たのである。

庄五郎おやじの家は部落の西南の端にある。見すぼらしい藁屋で、はじめからその周囲に薮も樹木もなく、後ろはすぐ田圃だった。ただ隣の吉兵衛どんとの間に、わずかばかりの桑畑があって、その中を部落から小径が玄関へ通じていた。

訪ねてみると、萱や藁ですっかり冬籠りした庄五郎の家は、どういうわけか昼日中からぴったりと大戸をしめている。小走りははじめ庄五郎が留守なのだろうと思った。が、試みに戸をひいてみると、重いながらガタピシとそれは開いた。開いたからには留守なのではない——小走りはそう思って大声で呼んだ。

「庄五さ、庄五お父う、留守か?」

なかからは何の返事もなかった。

「おい庄五さ、おらんのか? おっ母ア、庄五さ!」

二度三度——しかし中からは依然として何の応えもなかった。小走りは不思議に思った。野良へ出る時季でもないし、今まで方々を廻って来たが、部落のどこにも庄五郎の姿は見当らなかった。もちろんおっ母アの姿も見かけなかった。[17]町へ行ったというわさもけさから聞かなかったし、行ったとしても老人二人がつれだって、しかも大戸の鍵をかけ忘れて行くはずもない。しかし中から応えのないものを、うすうす中へはいって見るわけにもゆかなかった。そこで彼は、もとどおり静かに大戸を閉めると、親切にも物騒な年の暮れをおもんぱかって、庄五郎夫婦がそれを忘れて行ったであろう大戸の外鍵をピシンとおろしてそこを立ち去ったのである。

　諸君が既に知っていられるとおり、もちろんこの時庄五郎夫婦は家の中にいた。いたどころじゃない、彼等は炉端に並んで縄をないながら、うすうすと人の財布をねらいに来たであろう小走りの「オッチョコ野郎」を、心の底から憎んで押し黙っていたのである。ただ、きょうに限って、大戸の内鍵をおろしておくことを忘れたのをひどく後悔したり狼狽したりしながら。

　小走りが立ち去ったのち、彼は水ばなをすすって横の老妻に物凄く怒鳴った。

「糞婆ア！　いくらいうても内鍵忘れやがる！　一つど、い、い、しょう骨たたき折ってくれるかッ！」

　が、一時間の後、黄昏のうそ寒さに追い立てられて小便に立ったとき、彼はすっかりまごついてしまった。というのは便所が大戸の外にあったにもかかわらず、いつの間にか大戸に外鍵がおりていて、彼等は厳重に幽閉されてしまっていたからである。困った。冬籠りの後のことで、外へ出ようとしても、大戸以外の窓や出口は、ことごとく萱や藁の垣で閉じこめられていた。

　彼は小便のもるのを我慢しながら、恐ろしい剣幕で納戸へ駆け込んでいった。そしてそこの半間障子を押し開けると、萱垣の上へ頭を突き出して、折から霰のふり出して来た日暮れの桑畑の空へ、声をかぎりに叫びかけた。

「おおい、吉兵衛さのお父う、おっ母ア、ちょっと来てくれッ！　おおい！」

「大戸の鍵をはずしてくれえッ！　おおい吉兵衛のお父う！」

　もちろんその結果、彼はいっさいを吉兵衛おやじに話さねばならなかった。

　さて、S部落の百姓たちが、みんなわが庄五郎おやじの「弟子」になったとすると——もう一息のところで何も大戸を閉めている必要はなくなりそうだが……。

筆名・須井一　一九三三年一月、『都新聞』に発表

※本作品は『谷口善太郎小説選』（新日本出版社、一九六三年）より転載しました。

【注釈・作品の舞台設定の場所（巻末地図参照）】

庄五郎おやじの発明した借金取り撃退法。

舞台設定は、能美郡（現能美市）を含む加賀地方。出てくる地名等。

（17）「町」とは小松町（地図番号⑧）

現在の小松市、一九四〇（昭和一五）年までは能美郡小松町だった。一九四〇（昭和一五）年に小松市になった。

【解説】

「庄五郎おやじ」は、「都新聞」一九三三年一月六日号に発表されました。この時期、谷口たちプロレタリア文学運動にかかわっていた作家たちの間で、「壁小説」という短い作品を書くことが試みられました。これは、雑誌ならば見開き二ページで完結するような短い作品で、雑誌を切り取って工場や町会の掲示板に張って、多くの人に読んでもらおうという意図から生まれたものです。

仕事で忙しい労働者は、長い作品を読んで理解するだけの時間を確保することが厳しいだろう、それならば、仕事の合間に読んで、世の中のありようを理解してもらえる作品を書くことによって、自分たちの生活を振り返り、改善をめざす運動につなげてもらおうというねらいがあったのです。この作品は新聞に掲載されましたが、同じような意図があったのではないかと考えられます。

庄五郎の借金取り撃退法は、単に居留守を使うということです。それでも、村では留守の家に対して家のなかにあがりこんでまで在宅を確認しようとはしないからこそ、この方法が成り立つのです。そのためにある日、外からカギをかけられてしまって自分たちが外に出られなくなる、その巧まざるユーモアがこの作品を生き生きとさせています。けれども、庄五郎は懲りません。そうした失敗のために自分の使った撃退法が村のみんなに知られても、同じように居留守を使い続けるのです。そこに、かれの楽天的な、けれどもしたたかな世の中への対応がみられるのです。

庄五郎がこうした作戦をとるにいたったのは、村の生活のなかに現金で払わなければならないものが増えてきたからです。自給自足が崩れ、農村に商品経済が入り込んでくる時代だからこそ、現金が必要になってくるのです。肥料代や高利貸しということばが作品のなかにありますが、こうしたものに現金を払わなければならない生活が、村を変えてゆくのです。とくに、この時期、戦争の関係で募金が何回も行われたと書かれています。この時期の戦争は、まだ実際に戦場に出るのは一部の兵士だけだったので、こうした形で、人びとに戦争を意識させる手段として、募金がしばしば行われたのです。それを、さまざまな支払いのなかに紛れこませることで、作者は戦争そのものが生活を破壊する侵入者だと、とらえようとしたと考えられます。それが、単なるユーモアとは違った感覚を読み手に与えるのです。

お千代

「さあみなさん、もうはじまるさかい、用意してくだされ」

　控室へ、猫背の老小使いがそういって顔をだすと、まず八人の男たちがざわつきだした。持ってきた各自の風呂敷包をひろげて、ある者はあわてて袴をはき、ある者は袴なしの紋付の羽織をガワガワと着た。誰を見てもみな四十前後の、世帯やつれのした顔ばかりだった。

　二人の女も、人びとの間をチラチラ盗み見しながら、腰掛の上に風呂敷包をひろげた。一人の風呂敷からは葬式のときにも着る鼠色のじみな紋付が、他の風呂敷からは縞の流行おくれのお召が現われた。それをひろげている彼女たちの指先も、お千代のそれと同じく赤い芋虫のように脹れてただれていた。彼女たちもやっぱりどこかの製糸女工に違いなかった。

　お千代はしかし、別に用意することもなかった。水をくぐった銘仙の羽織に袷（あわせ）、――それが彼女のあらゆる場合の晴着であり、式服であった。そして、今日はそれをはじめから着て来ていた。だから彼女は、人びとが着換えをはじめると、ツと腰掛から起（た）って前を繕（つくろ）ったきり、手持ちぶさたに窓ぎわへ寄って行った。

　窓の外には、公園の芝生がひらけていた。松と、まだ灰色の梢だけの桜とが芝生の向こうにあった。ベンチの付近に、子供と子守とが犬にふざけていた。そしてそれらを、早春の弱い陽の光が、ぼうと乳色につつんでいるのであった。

「春だ」

　お千代はそう思って何かはかない心になった。

　毎年三月になると、この郡[18]の工業会は、郡内の各種工場から数名の模範勤続職工を選んで、それを表彰するならわしになっていた。そして今年は山村製糸工場の女工であるお千代もまた、その一人として、今日この町[19]の公会堂へ呼び出されているのであった。

　二週間ほど前に、工場の人事係からそのことを聞かされたとき、お千代はサッと顔を赧（あか）らめた。うれしさや謙遜の意味ではなく、自分もとうとうその年齢になったのかと、とっさにわが身を顧みたからである。なにしろ彼女はもう二十九の老嬢であった。あとから来た女工たちが、次から次へと嫁入って行くのを、彼女は今日までいくど寂しく見送って来ただろう。弟が若い上に、百姓が百姓だけでやっていけぬあの家庭の辛さに迫られて、これもやむを得ないと諦めてはいたが、さてこうしてお前もこれで工場に十五年もいたんだと正面きっていわれてみると、彼女はこつぜんとして自分の恥ずかしい身の上を人から指摘される思いだった。

「来月の十日が賞金授与式だ。前の日に暇をあげるから、家へ帰って親たちをよろこばしなさい」

ごま塩ひげの人事係はそういってよろこばしそうに彼女をみつめたが、その前に立った彼女は、あたりの若い事務員たちの目を感じて、顔もあげ得ない有様であった。

九日の晩、彼女は予定どおり家へ帰って父母にこの話をした。父や母はもちろんよろこんでくれた。しかし、父母の心の底にも、やはり彼女と同じ感慨があったものか、その言葉の調子にはさすがに燃えきらぬある暗い影があった。

「そうかなァ、もう十五年にもなるかなァ」

「……」

「そういえァ、われがはじめて工場へ行ったのは、まだ下げ髪の年ごろじゃった」

時は一九三四年の「非常時」であった。夜の戸外では、あすが陸軍記念日だというので、青年団の一隊がラッパを吹いてグヮッグヮッとどた靴で行進していた。弟の竹松がそれへ参加しているので、寂しい藁屋のいろりをかこんでいるのはそのとき彼女ら親娘三人であった。

「しかし、何にしても金をくれるというのはありがたい。……」

足音が過ぎると父はぽつりとそんな風にいった。

「もう彼岸じゃから、鍬の先ッ掛もしとかんならんと思うとったところじゃ。五円もくれたらほんとに助かるがなァ」

お千代は寂しい思いのなかでもその言葉を得てホッとしていた。そうだ、今さらくよくよしてもはじまらない。それより、こんなことから、不時に思いがけぬ金がはいって父母をよろこばすことができれば、それもいいことではないか。この現実的な思いが、彼女の気持をすくった。

二階の一隅からいやにけたたましい振鈴がなりひびいた。つづいて廊下にガヤガヤと人声がして、洋服や羽織袴の人びとが控室をのぞいた。

「さァ松岡、はじまるぞ」
「ほう、なかなかどうして一枚着かえるとりっぱなもんだ」

そういう言葉が、廊下の人びとから控室の人びとへ与えられた。与えた人びとは、さっきから工業会の役員たちと別の部屋で開会を待っていた、与えられた人びとのそれぞれの工場主だった。お千代も、人びとの肩ごしに自分の会社の人事係のごま塩ひげをチラと認めた。

背の高いのは高いなりに、低いのは低いなりに、それぞれりゅうとしたよそおいの工場主たちのあとから、ちぐはぐの晴着に身をかざった十一人の男女がつづいて廊下へ出た。廊下も階段も薄暗かったが、人びとはいかにも晴ればれと愉快そうに、何かガヤガヤと談笑しながら会場へ向かった。

会場は二階の大広間だった。「仁恕」と筆太に書かれた扁額の下に大テーブル、海老茶のテーブル掛けがかかり、松を生けた大花瓶が置いてあった。その横のテーブルには会長席と書いた貼札がさがり、そのまた横のテーブルには、表彰状と金包を入れた黒塗りの角盆が置かれてあった。左右の窓ぎわにずらりと白布をかけた来賓席もあった。広間は明るく、ピカピカしていてなかなかりっぱだった。

会場へはいると、工場主の群れは、晴ればれした顔で定めの席についた。しかし、十一人の労働者たちは、すっかりこの晴れの舞台に気圧(けお)されたと見えて、なかなか中央の定めの席にはつかなかった。彼らは入口にもじもじしていた。

「おい、徳田、何してんだ。皆さんも席へつきなせえ」

洋服を着たどこかの工場主がガタンと椅子から立ってみんなに注意した。

中央の、腰掛ばかりの席へ、みんながテレながらようやく着席したとき、正面わきの扉があいて、ドカドカと主催者、来賓の群れがはいってきた。工業会会長であるこの町の警察署長、フロックを着た丸顔の禿頭(たぶん町長だろう)、工業会の役員らしい洋服たち(そのなかにお千代の会社の社長もいた)。町会議員らしい羽織袴の連中。――それらにまじって「非常時」らしく、町の郷軍会長の大尉の姿も見えた。人びとは、はいると、何の躊躇もなくそれぞれ定めの席についた。そして、改めて、会場の真中に小さく固まっている労働者たちを、眺めまわすのであった。

　しばらく、咳一つ聞こえなかった。お千代はみんなのうしろにちぢまる思いでうつむいていた。全身に豪(えら)い人びとの視線を感じて、何か裁きの場へひきすえられた気持だった。

「ええ、では、これから郡内模範従業員表彰式をはじめます。……」

　枯れた声が、正面の一隅から起こった。お千代はそっと顔をあげてその方を見た。一人の痩せたフロックが、賞品を置いたテーブルを前にしてしゃべっているのであった。

「……十五年勤続者が七名、内女子が三名であります。それから二十年勤続者が三名、二十五年が一名、合計十一名であります。これを昨年度に比べますれば……」

　ふたたびうつ向いたお千代の耳へ、そんな無味乾燥な報告が響いてきた。と、またしてもお千代は恐ろしい虚無に陥らざるを得なかった。十五年勤続したのがどうだというのだ。そのために軍人のように恩給でもくれるというわけでなし、何も人を、これが三十になるまで嫁にも行けずにいる女だ、といわんばかりにたくさんの人のなかへひっぱり出さなくてもいいではないか。自分が年をとったのは、何も好んでこうなったのではない、自分の家が貧乏でなければ、誰が十五年も嫁に行かずに蛹(さなぎ)の臭い匂いを嗅いでいるものか。家のため、国家産業のために、女ながらも十五年も勤続した諸嬢はまことに見あげたものである、と演説がつづいている。果たして親のためになっただろうか。下げ髪の時代から十五年間、――お千代は、はじめは納屋建ちの個人工場だった会社が、やがて株式会社となり、今のりっぱな鋸(のこぎり)型の大工場となったことを思った。炭火が蒸気と変わり、さらに進んで現在の多条繰糸機(たじょうくりいとき)となった。デニールだの、セリプレンだのと外国語でおどかされるようにもなった。しかし自分の父母はそれで何を得ただろう。自分はそれで何を得ただろう。何にもならなかったではないか。彼女は、ゆうべ、「ああ、あしたの褒美に、金が五円も包んであったらなァ」といった父の言葉を思い出した。自分が表彰されると発表されたとき、工場の寄宿に「お千代姉もいよいよ褒美やそうな、しわがよると箔もつくで」と陰口のあったことをまたしても反芻した。いやな気持だ。

だが、

「……以上、報告をかねて、諸子がますます模範従業員たられんことを希望するものであります。では、これから……」

と、フロックが報告を終えたとき、お千代はさすがに胸の躍るのを感じた。いくらくれるか知らぬが、とにかく金一封もらえるという事実が、ようやく現実となって目の前へ近づいてきた。

会長の署長が、金色の肩章を光らし、腰のものをガチャガチャ鳴らして、正面の大テーブルの前へたって行った。そして

「では、これから賞状ならびに賞金の授与を行なう」と宣言した。

被表彰者の間にややざわめきが起こった。フロックが紙片を手にして自席からその一人一人の名を呼んだ。最初に二十五年勤続という六十近い老職工がテーブルに近づき、頭を袴のずっている膝のところまで下げて会長から賞状と金一封を受けた。受けるとき彼の手先がふるえ、彼の額には玉の汗がにじみ出ているようだった。つづいて二十年勤続の三人、次に十五年組の男、最後に女たちが、これもそれぞれ一人ずつ呼ばれて前へ出て行った。

お千代は女組の一番はじめであった。彼女は前へ出たときやたらに足がふるえた。何だいこんなもの！　と一方に思いながらも、やはりこんな場所へ出るとあがってくる自分を彼女は不思議なものに覚えた。

席へ帰ってホッとした。もう金が手にはいった。何でもいいから早く家に帰りたいと思った。

授与が終わると、今度は会長みずから長い訓辞をたれた。聞くともなく聞いていると、

「……今、帝国は非常時であります。国家をあげて緊張の秋（とき）であります。とくにわが県下においては、第×師団が満州へ出陣しているという関係から県民一致まことに緊張すべきときであります。これを思っても、諸君がいっそう業務に精励し、技術を錬磨し、品行方正にして一般従業員の模範たるべくつとめるよう、本職は切望してやまないものである。本日——陸軍記念日をボクしてこの栄ある授与式をおこなったことも、また決して故なしとしないのであります。……」などといった。

つづいて数人の同じような祝辞演説があった。出る者も出る者も今日の式と非常時とを結びつけた。それに対して、いつの間に用意されていたものか、十一人の被表

彰者のなかから一人の男が前へ出て、実に丁重な答辞をふるえる声で読みあげた。そして——ようやく式が終わった。

役員や来賓たちが、威厳を保ちながら背後の扉の外へ消えて行った。みんなは今こそガヤガヤと陽気にさわいで席をたった。お千代も肩の重荷をおろした気で、いまもらったばかりの賞状を巻きながら、その彼らといっしょに暗い階段をおりて行った。

控室へ行ってふたたび腰をおろした。村へ帰る先に、一度人事係に会って礼をいいたいと思ったのだ。他の人たちも同じく控室へ帰って、ガヤガヤ衣装を脱いでいた。もうすっかり近づきになった人びとの間に、感激と興奮の渦があった。

「お千代さん」

そのとき、会って行こうと思っていた人事係がやってきて、彼女を廊下へ呼び出した。お千代は幸いに思い、すぐそばへ寄って行って頭をさげた。すると人事係はいつになくうさんな顔で彼女を階段の下の暗みへぐんぐんつれて行った。太いごま塩ひげのあたりへ変な笑いを浮かべ、いかにも要件がありという顔つきだった。チラと廊下の奥手を振りかえると、他の工場主たちも控室へ急いでやって来るのが見えた。

「……?」

お千代はけげんそうな瞳を人事係にむけた。

「あのね、お千代さん。いまねえ、じつァあっちで話があったんだが……」

人事係は、お千代の目から目をはずして、いいにくそうにきりだした。

「……君たちもらった金一封ね、あの金をさ、あれを、このまま今日家へ持って帰ったんじゃ、このさい面白くなかろうという説が出たんだ。つまり、その幾分かをだ、このさい国防基金として献納してはどうか。その方が有意義じゃないか、いやそうしてもろうことにしよう、と、まァ、こう話が決まったんだ。どうだね?」

お千代はほんとうにからだがふるえてきた。普通の場合なら彼女はこの主旨に反対しなかったかも知れない。しかしこの金には十五年間の青春の苦悩がかかっていた。彼女はとっさに深い背負い投げをくわされた感じで瞠目(どうもく)した。無気力なものをおだてて土俵へ出しておいて、寄ってたかって打擲(ちょうちゃく)する、あの残酷な強者の仕打ちがそこにあった。彼女は、からだがガタガタふるえて、とみにはものをいえなかった。

「そうすれァ、褒められる上にも褒められるってもんだ、いいいい、いいいいい、承知してくれ。君のこ人事係として、わしが頼むから、承知してくれ。君のことが堂々と新聞に出たら、会社も名誉だからな。え、それともいやか?」

彼女はだまって懐から金包みを出した。水引をかけた紙包が、彼女の手の先でいまにも落ちるようにふるえていた。

＊

あくる日、どんな新聞記事がでたか、それはここにいわぬが花であろう。けれども、お千代は、その記事を見て、はじめて世の中の裏をのぞいたと思った。彼女は、自分をとり巻くすべての者が、陰険で、陋劣(ろうれつ)で、恥知らずな嘘つきばかりであることに、はじめて気がついたのであった。

筆名・加賀耿二　一九三六年三月、『労働雑誌』に発表

※本作品は『日本プロレタリア文学集29』(新日本出版社、一九八六年)より転載しました。

【注釈・作品の舞台設定の場所(巻末地図参照)】

「貧農の娘」には、恋愛や結婚の自由がなく、晩婚を余儀なくされ、婚期を失して独身を通すことも少なくなかった。谷口善太郎の「貧農の娘」に寄せる思いが「綿」や「お千代」の作品に描かれている。

舞台設定は、能美郡(現能美市)を含む加賀地方。出てくる地名等。

(18)「郡」とは能美郡(地図番号⑬)

一八七八(明治一一)年～一九四〇(昭和一五)年までは、現在の小松市、能美市は能美郡だった。

(19)「この町」とは小松町(地図番号⑧)

現在の小松市、一九四〇(昭和一五)年までは能美郡小松町だった。一九四〇(昭和一五)年に小松市になった。

【解説】

「お千代」は『労働雑誌』一九三六年三月号に掲載されました。谷口は一九三四年から、筆名を「加賀耿二」と改めます。プロレタリア文学運動の雑誌には「須井一」という名前だけはっきりとさせておけばよかったのですが、『中央公論』や『改造』などの雑誌に書くには、本名を出版社に知らせなければならなかったのです。一九三一年の段階では、仮出獄中の身であったので、本名を明らかにできず、ある友人の名前を借りて、出版社に知らせたのです。ところが、その友人が社会運動に関連して検挙され、警察から「おまえが『須井一』だな」と追及を受けました。そして、今後は小説を書かないと警察に約束させられたのです。そこで谷口は、「須井一」という名前で文章を発表すると、その友人に迷惑をかけることになると考え、筆名を変えることにしたのです。「加賀耿二」の名前で出した最初の作品は「工場へ」(『改造』一九三四年一〇月号)という、みずからの少年期を素材にした作品でした(この作品については、「荷を挽く馬」のところで説明します)。

主人公の千代は、製糸工場ではたらく女性です。輸入棉花を材料とするので都会に立地することの多い紡績業とちがって、生糸を使う製糸工場は養蚕農家の近くに立地します。千代の働く山村製糸工場も、彼女の実家の近くにあるようです。千代は、勤続一五年ということで表彰の対象となるのですが、それは小学校を出てからずっと工場に勤めていたことになるのです。二〇世紀のおわりごろまで、日本の企業には「寿退社」ということばが生きていました。これは女性が結婚退職して専業主婦になることを意味したことばで、女性が長く会社に勤めることは推奨されなかったのです。一九三〇年代の農村では、結婚しても女性は農業労働に従事しなければならなかったので、「寿退社」とは性質が違いますが、女性が長く労働生活を続けることはある種の「恥」だという感覚は、このときにも生きていたようです。もちろん、それだけの間勤め続けられたということは、千代が病気にならなかったという丈夫なからだの持ち主であったことも示していますし、工場内でのセクハラにも耐えてきたこともあらわしています。それを考えると、千代は誇りをもって勤続表彰を受ける資格があるといえるのです。

しかし、その気持ちまで踏みにじられるできごとが起きます。表彰の際にもらえた金一封を、「国防基金」として寄付するように強いられるのです。作品の舞台として設定されている一九三四年の三月は、「満州事変」からはじまった一連の軍事行動がいちおうは落ち着いた時期です。それでも、当時の政府や軍は、「非常時」といって、戦争の準備に国民を駆り立てていました。前年の一九三三年には、八月に「関東地方防空大演習」も行われ、来るべき戦争に対しての備えが語られていた時代だったのです。人事係という職場での上下関係をバックにした「依頼」ですから、千代は断ることはできません。そのように、労働の正当な対価までも奪う軍国主義へと走る世間と、それを利用して売名行為をしようとする経営者の姿、さらには千代の「寄付」が、新聞報道では「自発的」に献納したことにされてしまう。そのような世の中の「からくり」への批判的な視点を感じさせる作品となっています。

荷を挽く馬

灼くような夏の陽盛り——アスファルトの溶けた十字街の一隅に、わたしは打っ倒れている一頭の馬車馬を見た。まだ車の軛(くびき)にかかったまま、全身に水を浴びたほどあぶら汗を流して、大きな、波打つような息をしている。呼吸のたびに鼻がラッパのように開く。眼を見ると、細く窄めた瞼の奥に、泣くような、祈るような淡い瞳があった。

半裸の馬子がどこからかバケツに水を汲んで来て人びとをおし分けながらそれを馬の頭にぶっかけた。馬は頭をふり、四肢でもがいたが、ただ溶けたアスファルトを掻き立てただけで、起(た)つ元気はなかった。

「かわいそうに。もうこうなったら駄目だろうなア」

見ている人びとの中で誰かがつぶやいた。馬子は轡(くつわ)のところにしゃがんで、

「こら、ガキ、元気出せッ。立てんか? おい、これ、立てんか?!」

と必死に鼓舞したが同じことだった。馬子の赤銅色の顔や背中にも流れるような汗だった。

わたしは見ていられなくてそこを立ち去った。かわいそうな馬と馬子。恐らく、彼らは、どこかの工場か問屋のためにあのたくさんな、重荷をあえてして道を急いでいたものだろう。そして、彼らの賃金といえばきっと食うか食わずのわずかの額だったに違いない。それだのに……。

わたしは電車に乗ってから、わたしの少年時代にあった恐るべき一つの出来事を思い出した。山にかこまれた寒村の、そこの陶器工場に起こった恐るべき出来事を。——わたしは疾走する電車の中で風に髪をなぶらしながら自然と眼をつむった。

×

工場は北山裾の、南に田を見おろす高台に建っていた。藁ぶきのろくろ職場を中心に、左手前には釉薬場が、右手には瓦ぶきの登窯の建物が建っていて、真中の空地には干し棚や薪小屋が半分腐りかかって散らばっていた。六十を越してなお赤松のようにがんじょうな親方が総支配者で、その三人の息子、十七八人の職人と雑役、それから七人の徒弟たちがそこに灰色の生活を送っていた。

職人のうちの通勤の数人を別として、その他の者の生活者はまったく囚人に似ていた。彼らは朝起きると工場へ行き、夕、もしくは夜おそく仕事を終えると、親方の

家の二階へ来て寝る。——つまり、年じゅう社会と切り離された生活をしていたのだ。今日もそうなら明日もそう、春も秋も、今年も来年もそれがつづくのである。だから彼らは、誰も彼も、きわめてぐうたらで刹那的だった。

　彼らは暇さえあるとばくちをした。梁も桁もむきだしの屋根裏、暗い五分芯のランプの下には、年中部屋いっぱいにボロ蒲団がしきっぱなしだ。その蒲団のうえで、雑役も職人も、——いや、十五六の徳松や与次郎まで花札に血まなこになるのだった。喧嘩口論が毎晩のように起こった。そして、やがてランプを消して寝床にはいると、今度はそこで、ここには筆にしがたい汚い行為にふけるのだった。わたしは、相弟子の与次郎が、いやがるわたしをむりやり蒲団のなかへひきずりこんで、しのび笑いをしながら、しゃにむにわたしに破廉恥な行為の手伝いをさせたのを今だに覚えている。

　だが、そういうなかにいて一番絶望的だったのはわれわれ雑魚弟子どもの生活であったろう。夜の生活は、破廉恥で汚辱に満ちていても、まだどこかに気楽なゆとりがあった。いや、泥水のなかの鮒が泥水を感じないように、破廉恥が常態となっている環境ではわれわれはそれを感じなかった。しかし、昼となるとわれわれにとって事態はガラリと悪化するのである。無希望な・退屈な・囚人のような人生に、魂の底までいらだった職人どもが、その焦燥のやり場に雑魚弟子どもを選んで、昼は絶対の暴力者となってわれわれに迫って来るからだった。

　ある日、荷馬車が草田村から窯の棚板を運んで来た。棚板というのは、方二尺に厚さ二寸余りの、重さは四貫もある生煉瓦のことで、品物を焼くときそれで窯内に棚を作って品物をかこうのであった。ごつい掌に煙草のすいがらをころがしながら、馬子が村の小橋ぎわまで運んで来たことを告げにくると、われわれは秀松と親方とにつれられてそれを小橋まで受けとりに行った。馬車の通らぬ四五町の間を、われわれが背負って幾度も往復するのである。十一のわたしは一枚がやっとだったが友之助や与次郎でももちろん二枚は無理なのであった。しかし秀松は、そばに親方がいるためにいっそう居丈高になって、頑として彼らに二枚ずつを背負わした。文句をいえば殴られる。与次郎や友之助は、重い二枚の棚板を背に、腰のところでうしろ手にささえながら、身体を折りまげ、顔を真赤にして、まるではうようにして運ばねばならなかった。が、無理はいつか破綻する。ある時、往復が重なるにつれて、まだ発育しきらぬ彼らはしだいに疲労してきた。顔が真っ青となり、額にはあぶら汗がにじみ、やがて足までもつれはじめた。そして、いくどめかに馬車のそばへ来て、馬子に二枚の棚板を背負わせてもらったとき、ついに与次郎がつぶれた。彼は、背中の荷の重さに耐えかねて、ついふらふらと横に泳ぎ、義理も我もなくそこにへたばってしまったのだ。背中の棚板が二枚ともずり落ちて割れたことは無論である。

「なにしやがンのやッ」

声といっしょに、わたしは崩れている与次郎の細いぼんのくぼへ、何か鞭以上の太い鋭いものがそばから打ち下ろされたのを見た。馬車の荷綱をたぐっていた秀松が、その荷綱の端でものもいわずにしばきつけたのだ。

「根性が腐っとる！　野郎ッ、野郎ッ」

綱はうなりつづけた。与次郎は、へたばって、頭を抱えて、一撃一撃に悲鳴をあげながら、そのへんじゅうをのたうちまわった。

しかし、こんななかにいても、わたしたちは、自分をあまり不幸とは考えなかった。われわれはより以上絶望的な人民の群れ――貧農の子弟であった。田から岡へあがっただけでもわれわれには幸福だった。それにわれわれには未来があった。未来はどうなる？　それはわからぬ。しかし、人生において、未来のある少年時代こそ、まことに夢と憧憬の世界ではなかろうか。われわれはお互いにいろいろのことを語りあった。一人前の職工になったら京都へ行こうとか、職人になるからには名工柿右衛門のようにならねばならぬとか。そのなかで、一番がさつ者の与次郎が、最も現実的な理想を持っていた。彼はあるとき――釉薬場の屋根裏で素焼の埃払いをしながら、わたしにこんなことをいった。

「な、おい、おらァ何や、今に一人前の職人になったら、そうやな、二十五六になるまで親方の家に寝泊まりして、その間に金をうんと貯めて、そいからかよいの職人になるつもりじゃ。二十五六まで金貯めたら、半期に儲けが三十円として三百円あまりはたまるじゃろ。おらァその金で田圃を買う。四五反はかえるさけなァ。それから残った金で今の家を瓦ぶきにしてやる。そして田圃は嬶ァにまかしといて自分はなるべく職場へやって来るんさ。田圃が自分のもンなら、小作しとる今と違うて楽なこっちゃぞう。瓦ぶきの家ァ在所にたんとないのやさけ、そうなったらうまいもんや。お父やおっ母も喜ぶやろし、第一自分が一生楽なもんなァ。もうわれ、小作料（ねんぐ）や諸役やと心配せんかてええし、食い米も十分なもんじゃ。どや？　――まァ、何や、おらら、茶碗山の弟子[20]になれたのが、仕合せのはじまりさ。百姓ばっかりしとってみィ、百年たったかて、小作の足が洗えるこっちゃなし、三度三度米の飯が食えるこっちゃなし、そうやろ。そのかわり二十五六までァつろうてもきばらんならん。おらもきばるさけ、われも負けんときばれ。何の、秀松なんかに虐（いじ）められたところで、今に見とれという気持なら平気なもんじゃ。そやろ？」

　わたしはしかし、この与次郎の理想には賛成しかねた。それが理想であって実現できないと感じたからではない。むしろ百姓片手間に職人する、――そしてあわよくば自作農になる、というのぞみは、与次郎の理想でもあると同時にわたしの父の理想でもあって、わたしはそのためにこそ工場へはいったのであった。が、わたしは、夢の多い少年のつねとして、その時分、自分の将来に、百姓や職人でない生活――もっとはなばなしい、快適な、そして知識的な人生を夢みていた。工場や百姓はわたしにはあまりに現実的だった。今はこうでもやがては――この考えがつねにわたしに生きていた。わたしはいった。

「そうかなァ。われッ、やっぱり一生百姓と職人で暮らすつもりかいな。おらいやじゃ。職人はまァええとしても、百姓はつらいし、きたない」

与次郎はびっくりしたような顔でどなった。

「あほやな。きたなかったら、毎晩宗兵衛ン風呂へ行きゃアええ。おいらのいうのは自作のことやぞ」

×

　窯づめは月に一回ぐらい周期に来た。そのときになるとすべての職人は素地（しらじ）をつくることをやめ、みんな窯づめに手つだった。釉薬がけの前川や弥七らは窯職人にはやがわりして窯へはいる。善助や三公らはその助手、つめるべき品物の載った桟板を肩に毎日窯と職場間を往復した。雑役の権爺や宮下らは窯前でゴー鞘を掃除する。職人の大部分――安部さや近藤や秀松や、それから親方、若主人までろくろ場ではがし物だった。わたしと与次郎は組んで窯場でハマたたきをした。こんな日が四五日もつづいて――やがて火のはいる当日となる。

ある初夏のことだった。今夕火を入れるときまった日の朝、わたしと与次郎は未明に起きて工場へ行った。火のはいる当日のハマたたきの忙しさは言語に絶している。われわれはそれを少しでも緩和したいために人びとより先に家を出たのだった。――親方の家から工場までは五六町あった。神社の境内を通りぬけるときわたしは五月の朝の空気を爽やかに感じた。山裾の小道へ差しかかると、見下す田の面にははや百姓たちの姿が点てんとうごめいていた。朝靄のなかに馬も出ていた。わたしは、その馬のかすかな鈴の音を耳にしながら、心は迫りくる今日の忙しさに緊張していた。われわれは駆けるように急いだ。

「みんなの来るまでに、棒のハマと囲い板のハマをうんとしとこや」

わたしは〝ここが肝心どころだ〟という風にいった。小みちの夏草が一足ごとに露を散らした。しかし与次郎は別のことを答えた。

「おらなァ、あれから考えたんやけど、やっぱり屋根を瓦ぶきンするより、馬を買うた方がええらし。馬で耕した方が仕事もはかゆくし楽じゃ」

「何のこっちゃ?」わたしにはちょっとわからなかった。

「この間の話しのこっちゃ。二十五までに銭ためて、田ンぼ買うて……」

「ははあん……」

わたしは子供心にも、思いつめている与次郎の真剣さにうたれた。

「あれからずっと考えていたのけ?」

「あ、寝てもさめても忘れん。将来のこと考えなわれ、こんなとこにいるがもないさけな」

「そらそやな」

わたしは与次郎をえらいと思った。

工場へ来るとわれわれはすぐ窯小屋のハマ場に座って仕事をはじめた。将棋盤のようなたたき台と、その横に籾殻の灰をいれた箱がある。わたしがかたわらの土でだんごをこさえて箱へほうりこむと、与次郎がそれを灰にまぶして盤の上でパンパンとたたく。たたく道具は羽子板のようなもの――たたかれただんごはメンコのようになって、それがハマだ。品物を焼くとき、このハマの上へ一つ一つ品物を乗せて窯へつめるのである。与次郎も、仕事にかかると、舌を口の端へはみ出して一生懸命になった。

「だんごァちょっと大けえぞ」

「うん」わたしは泥だらけの手の背で鼻水をこすって小さくする。

　そうかと思うと、

「おい、今度は土瓶のハマしとこ。陶土ァあるけ？」

「よしきた」

　まだ窯小屋はうす暗かった。そのなかで二人の少年は死にもの狂いだった。パンパン、パンパンという音が、朝の静かな窯小屋にこもってこころよかった。

　みんながやって来ると窯小屋はたちまち火事場のようになった。登窯の姿を想像してもらうのは困難だが、早くいえば窯は茶枕を傾斜にならべて置いたような姿だ。一つの茶枕が一間で、五つあれば五房の登窯、裾の方から一の間、二の間、……五の間と段々になって登っているわけだ。一間の内部の広さは、大体幅（奥行き）が一・五メートル、長さ五メートル、高さ約二メートル。これが煉瓦で築かれて五つつらなって傾斜を登っているのだから、ちょっと見ると小山のようであり、各房の出入口のある側面を窯裾から見あげる尻上りにならんだ穴居時代の家屋のようにも思えた。この窯をおうて、煙でまっ黒になった窯小屋が梁や柱をむきだしにして建っていた。窯の側面や、窯裾には、ゴー鞘や、棚板や、棒（棚を組む煉瓦製の支柱）などが散乱していた。その窯小屋いっぱいになって、みんなは、今日は、血眼になって仕事をはじめたのだ。

　窯職人はそれぞれ一間あて受けもって窯へはいりきりになっている。善助や三公や友之助や徳松らは、それぞれの助手として、職場からつめる品物を運んで来たり、窯前の重い煉瓦の棚板や囲い板を差し入れたり――てんてこ舞いだ。棚板や囲い板にくっついている古い焼屑を手斧やのみでけずる音があたりに鋭くひびく。自分のところに良い棚板がなくなると、隣の棚板を奪いに行って助手同士でののしりあう。棚を組む煉瓦や棒がガラガラと崩れてくる。そうかと思うと、窯裾のゴー鞘の山の前では、今日は臨時に窯へやって来た安部さや近藤らが、これは一の間へつめる御ゴー鞘（品物を中へ入れて焼く煉瓦の箱。上等物はこれにつめて焼く）に気違いのようになって品物をつめている。権爺が彼らの使用するゴー鞘を石油箱の底の上で掃除をしている。品物をとりに行く者、品物を運んで帰ってくる者、つめたゴー鞘を一方に積んでいる者、それを一の間へ運んで行く者、彼らはののしり、さわぎ、鼻唄を歌い、何か悪夢のなかの悪魔のようだ。そのなかで、わたしと与次郎とは、もう眼の見えなくなるほどハマたたきに追われている。

「おい、二人具の乳入れのハマ」

「棒のハマどうした、棒のハマ」

「煎茶のハマ忘れたら承知せんぞ」

四方八方から声がかかってくるのだ。われわれは、身体を灰だらけにし、頭の中をカンカンに枯らして、腕かぎり戦っているのだが、どうして、それには追っつけるものではない。すると、今度はおさだまりの暴力である。

「なにッ、できとらんた何じゃァ」

グヮンと肩を足蹴にして、それでも善助などはすぐそばからだんごを丸めることに手つだってくれるが、三公以上の職人になると、殴って蹴って、そしてできあがるまで罵声の猛射だ。

「人のいうことそっぽに聞いとって、根性が腐っとるからじゃ。どしょう骨、たたき折ってやるかッ」

これが頭の毛の薄い安部さになると、

「そうか、そんならええ、われらそんなら、今夜はよそへ行ってまま喰てこ、あん。働かん者にァまま喰わせんでえ……」とくる。

与次郎は、辛抱しなきゃならんといっているくせに、こんなことになると、カンカンに腹をたてた。彼はたたき板を投げつけて真赤になって立ち上がる。

「子供や思うて、何じゃいッ。大きなったら、うぬらを片っぱしから不具者にしてやるぞッ」

こうしてその日、夜の十時ごろになってようやく火がはいった。

窯へ火のはいったときの喜びは、親方でなくても、いっさいのうらみやしゅう念を忘れてしまうほどの深いものだった。さっきまで乱雑だった窯前がきれいに片づけられて、二つの焚口には、肥えた松割木の火がパチパチとはじけている。窯は闇のなかにうずくまってはいるが、窯裾前の壁面や、低い屋根裏には赤いチロチロした焚火の光が映え、壁面には人びとの影法師が大入道のように動いている。親方も、若主人も、職人も雑役もみんな二つの焚口前に集まっている。親方は、銀の煙管に煙草を吸いつけて、顔の半面を赤あかと火に照らしながら、のべつに大声で笑いたてる。

「わっははは。そんならわれ、与次ァわれ、今日は三べん安部にひま出されたのか。大(で)こなったら見とれ、うぬらを片っぱしから不具(かたわ)にしてやる、か。うわはっはっは。うわはっははは」

与次郎は頭をかいて、そばに立っていた秀松の首っ玉にぶらさがった。

一ぷくするとわたしは橋本屋へ酒を買いにやらされた。酒は窯に供えてあとはみんなで飲むのだ。帰るとみんなは表の薪小屋から窯裾へ割木運びをやっていた。今夜一晩に五百貫は焚く。窯裾の壁際はもう割木で高い棚ができていた。親方は、わたしから二升樽を受け取ると、その酒を銚子にうつし、窯の肩の祭壇へ三つの盛塩をしてその前にそれを供えた。

親方のながい祈祷がはじまった。二つの焚口の間の闇に立って、親方はいつまでも窯に頭をさげている。彼の背後の通路では薪を運び入れる人びとがざわつき、薪を投げる音がドドウッガラガラとつづいている。しかし親方はそれを知らぬもののようだ。一窯(ひとかま)見事にあがれば、当時にしては夢のような、実に千円もの金高になった。窯前を通る人びとも、通るときには必ず親方の後から窯に向かって黙祷して過ぎた。焚口の火が、その親方の横顔や人びとの顔を赤くかすかに照らした。

おさがりの御神酒をのんで、みんながひきあげて行ったのはもう十二時に近かった。わたしは与次郎や徳松、友之助らと残ってその晩は火の番をすることになった。二人ずつ、前後交代で寝ることに決め、くじをひくと、わたしと徳松とがあとに寝ることになった。窯脇の闇のなかに筵(むしろ)を敷いて与次郎と友之助が寝たあと、われわれはそれぞれ一つの焚口をうけもって火を焚きついでいった。今夜は基礎焚きのゆえわれわれにも火の番ができるのである。しーんとした深夜に、火のはじける音だけが耳についた。自分のそばには自分一人だ。壁にうつった自分の大きな影を見てわたしは少し淋しかった。徳松も向こうで火に照らされながら半分眠っている。

翌朝わたしは二の間の前の棚板積みの上で眼をさました。与次郎が起こしたのであった。夜はすっかり明けきっていて、一の間では焚口は下の穴から上の穴に変り、前川がいつ来たのか焚き手になっていた。次兄と善助がそばにいた。窯裾の割木はもう一本もなくなって、火は一の間全体の、――つまり焚口だけのものでなく内部全体の本調子のものになっていた。善助はわたしを見ると、

「かったい病みが注射したほど寝とらんだけえ。さ、はよ飯食て割木運べや」

といった。うしろの焚口にも、窯職人の弥七がついていて、徳松や友之助らがそこにいた。

本調子の薪焚きはすごいものだった。窯の両側面、――後と前の焚口から、もう内部は千度以上になっているその熱をさらにせるために、絶えず松割木を、火と戦いながら焚口へ投げこんでいくのである。石炭ではいい陶器はできない。焚口は小さく、しかも五メートルにわたる内部の窯床全体に割木を送らねばならなかったから、馴れた者でなければできない技術だった。窯の上方にある色見穴――焼け具合を見る穴――から、高熱のために真っ白になった焔が吹き出していたし、内部の火勢のぐあいで時どき焚口からも猛烈に焔がふきだした。一尺厚みの、煉瓦でできた窯肌でも、もうさわると熱いくらいだった。窯小屋全体が熱に乾いて、そこに働くものは一日にバケツに一杯もの水を飲んだ。前川や弥七らは、それぞれ善助や三公を助手に使いながら、この焦熱地獄のなかで、しかも火の吹き出す焚口近くに身をおいて、ほとんど二分おきぐらいに割木をくべていった。その前川や弥七の前に割木をきらすまいとして、われわれ四人の雑魚弟子どもは今日は終日割木運びだった。

「やれやれ、これをみんな焚いてしまわんことにァ、窯焚きがすまんのじゃ」

窯小屋の前の広場にも、窯小屋の上の山の平にも割木棚がいっぱいだった。わたしはそれを見るといつものことだがうんざりするのだった。

ひるがすんで間もなく、わたしは与次郎らと窯小屋の上の山の平台で割木の棚をくずしていた。ちょうど一の間から二の間へ焚口のうつったときで、まだ熱度をせるということもなくいくらか暇なときだった。われわれは、見はらしのよい高台を喜んで、くずすべき薪棚の上に登ると、しばらくぐらぐらする棚をゆすぶってふざけあった。とくに与次郎と徳松とは、立って手でハタキあいをやりながら、相手を棚の下へおとそうとしてキャッキャッとふざけた。与次郎は、眼尻をさげて、へっぴり腰になって、もみあうときには顔の造作をくしゃくしゃ

にしてやたらに手をふりまわした。汗が彼の鼻の頭につぶつぶになってふきだしていた。わたしと友之助は、それをまた、根こそぎ下へおとしてやろうと、一生懸命棚をゆすぶるのだった。

「やれ、やれッ」

「うわッ、もうひといき！」

　そのとき、下の窯小屋の入口あたりから親方の大声が聞こえた。

「おーい、みんな来いや、泥鉢（どべはち）窯へあげるぞゥ」

　わたしは耳を疑った。泥鉢（どべはち）というのは、まだ泥状の陶土を盛った鉢のことで、それは普通には陽にさらして中の泥を固めるのだ。冬はよくそれを火入れ中の窯の上にのせて固めた。親方はそれをこの五月の陽気にやろうというのだ。

　窯の背は、内部の千数百度の熱気のために、草履（ぞうり）をはいていても足のうらが熱かった。屋根裏が低く、火気と煙とで五分とあがっていられなかった。冬、または雨の折なら仕方がない。この上天気に、そんなところへ上げるなんて、何でその必要があるのであろう。

「おとなは動きにくいで、われら、あがってやれ、と、また追い立てられるのや」

　わたしはそう思ったが行かないわけにはいかなかった。

　原料漉場の前に行くと、ちょうど職人たちの昼休みのときで、今日はふたたびろくろについた職人たちまでみんな集まっていた。親方と権爺がからの鉢へドベだめの泥を手で盛っていた。みんなは、桟板にその鉢を三つずつ乗せて、次から次へと窯へ運んだ。わたしも窯へあがれといわれるのがいやさに二つだけ乗せてこわごわ運んで行った。

　果たして二の間の前にいた若主人がわれわれを呼びとめた。

「勝と与次と徳、われら上へあがれ」

　徳松は足をとめて不服そうに窯の屋根裏を見あげた。二の間以上の屋根裏は、二の間の吹き出し穴から出た煙で、もうもうとなっていた。窯は内部の火気のためにごうごうと鳴り、吹出しや色見穴から焔の柱が立っていた。もう火を止めた一の間の肩の吹出し穴もまだ白く灼熱に焼けたままだ。わたしはそれを見あげ、また徳松を見た。

「こわいなァ」と徳松が小声でいった。

「こわい？　われァ、茶碗山のもんじゃなかったんか」

と若主人がいった。

「窯の天井落ちんやろか……」

「あほかい」

与次郎は、しかし、こんな問答にははじめから無関心だった。彼は、あがれといわれると、すぐ草履を水にぬらして来て、窯前に薪をくべていた前川にちょっとふざけ、それからするすると窯脇の柱をつたって登った。柱は一の間の横にあった。しかたなく、わたしも徳松もつづいた。三公や善助は、運ばれていた鉢の間に立って、バカのように口を開けて見ていた。

与次郎は二の間の背中へ渡った。二の間の背中は、一の間の背中より二尺ほど高い。彼は登ると、そのかまぼこ型の背中の中ほどの縁にしゃがんで、口をぷうとふくらまして見せた。熱くて、息がしにくいというのだ。

作業がはじまった。まず一の間にかけた梯子の中程に三公がいて、下から差出される鉢を、一の間の肩にいる徳松に送る。わたしは徳松からそれを受取って二の間の背中の与次郎にまで運んで行く。与次郎はそれを二の間の背中に小口から並べて行く。わたしは、窯の熱気で濡らした草履がすぐ熱くなった。屋根裏は低い。往復する足の下では窯がごうごうと音をたてている。息づまる思いだ。が、わたしより二の間の与次郎こそ地獄の作業だと思われた。与次郎は熱と煙の中を腰をかがめて渡りあるきながら、いつもの癖の、舌の先が口の端へぶるぶるとはみだしていた。

鉢はどんどん運ばれてきた。いつか三公も窯上に上って、徳松と一しょに一の間の背中にも並べはじめた。梯子には善助が代っている。

やっとすんだ。ホッとしてみんな下に降りはじめた。わたしも、降りられると思うといっそうこわくなって、ふるえながら梯子の先に手をかけた。と、瞬間、わたしは大変なことに気づいた。

二の間の上にいた与次郎が、二の間以上に煙がもうもうとしている三の間の背中へ、そのとき必死によじ登ろうとしている。屋根が低いから、そこから上は文字どおり煙の巣だ。

「与次、危ないぞ、煙にまかれる……」

与次郎は、わたしの大声にふっとわたしの方を見たようだった。煙の中から絶え絶えな声が来た。

「困った……」

「早よ、早よ――端をとおって一の間へ降りろ」

「降りたいけんど、色見穴から火が出とる。――真ンなか通ろうにも、泥鉢あるし……」

　与次郎はもう呼吸も困難なようだった。三の間へ登ることをやめ、泥鉢のならんだ二の間の背中をしゃにむに踏み渡る。鼻をつまみ目をつぶり、――そして、やがて彼はようやく煙の少ない一の間の背中の泥鉢（どべばち）のないところへポイととび降りた。

　その刹那だった。わたしは、一の間の背中に、鋭い閃光と、ぶっ倒れる与次郎と、燃え上がった焔とを見た。同時に、与次郎の何ともいえない凄惨な叫びを聞いた。彼がとび降りた瞬間、もう古くなって修繕を必要としていた一の間の天井が、一ヵ所陥没したのだ。焔は、彼の着物が一瞬に燃えあがった火だった。わたしは、恐怖が身内に爆発して、どう思って梯子からころげ落ちたか。

……

「与次が――与次が……」

　わたしの絶叫に、下にいた、前川も、若主人も、三公も、善助も、同時に飛びあがった。彼らは与次郎がどうなったかまだ知らなかった。しかし一の間の天井から吹きあがって、早や屋根裏に燃えついた火の柱に彼らは気づいたのだ。

「どうなったんや⁉　どうしたんやッ⁉」

「うわッ、大変やッ」

「与次ッ、与次ッ！」

　若主人は絶叫しながら、窯前から窯裾へ、気違いのように駆けずりまわった。前川は持っていたおき搔きを投げ捨てて一の間の前へとび降り、そこの柱にとびついた。善助がその前川をうしろからしっかりと抱きとめた。

「あがってどうしる。――いまさらあがってどうしる……」

「与次ッ、与次ッ」と前川は声かぎりに叫んだ。

「与次郎が……。与次郎が……」とわたしはガチガチ震えながらそこにしゃがんでしまった。

　工場全体が大騒ぎになった。職場から職人たちが駆けつけてきた。親方は、――昼寝にかかっていたと見えて褌一つで喚いて来た。みんなぶつかりあい、わめき叫んで駆けずりまわった。まっさおになった弥七が、何のためか白い湯呑を一つつかんで、みんなのなかを泣くようにしてこじわけ、必死に叫んで走った。

「逃げろ、屋根が落ちる！」

　火はもう猛烈な勢いで屋根に燃えひろがっていた。

×

　数日後、窯の熱度がさめたとき、与次郎の骨は、はじめて火事跡の一の間の背中から拾い出された。窯の天井が落ちたといっても、内部にいっぱいのゴー鞘をつめてあったので、ただ一二枚の煉瓦が落ち、あたりに二三本放射的な割目ができただけであったが、何しろ千三百度の高熱に直接焼かれたものゆえ、小屋の焼け瓦や、燃えはじいた泥鉢（どべばち）の破片やらをかきわけて探してみると、彼の骨はまるで白い藁灰のように細くもろい粉だけのものとなって散らばっていた。わたしどもは、それを古い梅干がめにかき集めて、与次郎の家へ持って行った。彼の老いた父と母とがいっしょだった。与次郎が二十五になったら瓦ぶきにするのだと力んでいた見すぼらしい藁小屋の前に、柿の花が今を盛りと花屑を落としていた。彼の幼い妹と弟が、不意にやってきた晴着の着られる不思議さによろこんで、土間の梯子の下で学校跳びをしていた。片眼がつぶれて牡蠣（かき）のようになったおッ母ァが、かめを仏壇に供えると、土座のいろりばたまでころげもどって泣きくずれた。

「なんで、――なんでこんなむごいめに……」

　親方は火事の翌日すぐK市[21]へ行った。火事で窯が中断され、従って納品のおくれることを、K市の問屋筋へことわりに行ったのだと噂された。親方の留守宅から、与次郎の家へ届けられた香典は金五円であった。

筆名・加賀耿二　一九三六年九月、『学生評論』に発表

※本作品は『つりのできぬ釣師』（新日本出版社、一九七二年）より転載しました。

【注釈・作品の舞台設定の場所（巻末地図参照）】

谷口善太郎の幼少の頃の自伝的小説。「荷を引く馬」の後に続編として「少年」が発行される。「荷を挽く馬」「少年」とも登場する主人公（勝）や働く人達、働く場所（製陶所）は同じである。「荷を挽く馬」では製陶所で少年達が苛酷な条件下で働く姿が描かれており、一人の弟子が登窯の窯づめ、窯焚きで一三〇〇度の高熱で煙・炎に巻かれ命を落とす。舞台設定は、能美郡（現能美市）和気町を含む加賀地方。出てくる地名等。

(20)「茶碗山」（地図番号⑭）

茶碗山が実名で出ている。「荷を挽く馬」「少年」の主人公（勝）が通った陶器工場があった場所。茶碗山は、谷口善太郎が実際に、小学校四年・一〇歳～一二歳まで通った製陶所があった場所で、「和田製陶所」「北出製陶所」があった。谷口善太郎の生家のすぐ近く、谷口善太郎の母も、製陶所で使う「マキ」を茶碗山で集めて運んでいた。

(21)「K市」とは金沢市（地図番号⑩）

一八八九（明治二二）年、国の市制施行により金沢市が誕生した。この時代加賀地方では市は金沢市だけだった。

【解説】

「荷を挽く馬」は、『学生評論』の一九三六年九・一〇月合併号に掲載されました。この作品は、二〇世紀はじめの製陶工場を舞台にしています。この作品より前に、「工場へ」（一九三四年『改造』一〇月号に発表）という作品があり、次の「少年」とあわせて、同じ名前の登場人物が出てくる三部作のような形になっています。作者の生まれ育った地域は、九谷焼という名前で知られる陶器の名産地で、主人公の「勝」が住む村にも、二つの製陶工場があるという設定になっています。片方の工場は伝統的な、工芸品ともいえるものを主に作っているのに対して、主人公が働きに出る工場のほうは、オーストラリアや南米向けの輸出品を中心にしているので、両者は共存しているのだと、「工場へ」では説明されています。その工場に、小学校に通いながら、学校が終わったあと工場に行き、夜まで働いて（夕食を工場に住みこみで働く職人たちとともに食べ）、そのあとで家に帰るという生活を、主人公はすることになります。

この作品でも、農村に入ってきた商品経済と、それに対応せざるを得ないため、工場で働いて現金収入を手に入れなければならない人びとの姿が描かれます。主人公の姉は、近くにできた製糸工場で働いていたのですが、そこの工場主の性暴力の結果、妊娠して工場を追われます。追い打ちをかけるように、村の人びとの無理解によるうわさばなしの対象にもされてしまいます。そうした屈辱と隣り合わせでようやく手にした現金収入も、借金の返済に追われ、実際に自由にできるお金は決して多くはありません。その中で暮らす人びとの生活には、あきらめに似た感情が支配的になってしまいます。それはその場の享楽に向かうこととなり、いわゆる「飲む、打つ、買う」の世界が、工場の労働者たちにも広がってゆくのです。「工場へ」をはじめとする三つの作品は、そうした工場をめぐる状況を、しっかりと見つめて描いていいます。一九三〇年代後半は、社会変革の運動も相次ぐ弾圧で弱体化させられていましたし、作者自身も「三・一五事件」で政治犯とされたこともあって、直接的に批判的な表現をつかうことが難しくなっていましたが、当時の人びとの姿をじっくりと描くことで、日本の社会発展のゆがみがみえてくるのです。

「荷を挽く馬」では、主人公と同様にまだ下働きの少年労働者の与次郎が自分の夢を語ります。十年くらい親方の家に住みこんで働き、一人前の職人になったら、「三百円」くらいは貯めることができるだろう、そうしたら田地も「四五反」くらい買えるから、自作農になって工場勤めも通いの職人になれる、というのです。それだけ小作料の負担は重かったことが感じられます。

陶器をつくるというと、今でもろくろを回して器をつくる、陶芸的な側面が主にクローズアップされていますが、実際には、窯をつくり焼き上げるという地道な作業が必要です。同じく、主人公も与次郎も、そうした下働きの作業を中心におこなっています。窯に陶器を入れるための棚板を入れる、板という名前でも実は煉瓦だからその重さは相当なものです。それを運んで、窯のなかにセッティングする仕事もあります。窯に入れたら、火を絶やすわけにはいきません。そのための燃料の薪を運び、補充しながら火加減を見るのもかれらの仕事です。そうした個々の作業のプロセスが記され、陶器づくりが単なる「陶芸」ではなく、多くの人びとの共同作業なくしてはできない製品であることも実感できます。

だからこそ、与次郎が遭遇する事故の悲惨さが読者に印象を与えるのです。陶土を乾かす作業は、この時期なら窯を使わずともできる作業です。それを、早く陶土が使えるようになればそれだけ多くの製品が作れるという、利潤をあげることを優先して、一三〇〇度に熱せられている窯の上に載せようとさせるのです。与次郎が事故にあっても、親方は香典を届けさせるだけで、納期が遅れることの弁明に都会に出かけます。香典の「五円」は、与次郎が十年働いて貯めようとしていた「三百円」に比べるとわずかな額でしかありません。それによって、与次郎は未来を絶たれてしまうのです。小さな村の工場だからこそ、親方は納期の遅れが死活問題だと考えたのでしょう。自分たちの指示が正しかったのかどうか、そうした総括がなされた形跡はありません。親方はやはり経営者でしかなかったのです。

少年

轆轤場にずらりと並んで職人たちは轆轤を蹴っている。わたしと友之助はずっとすみの仕上台の上で土瓶の耳の型おこしだ。

　轆轤場の一番こちらの端に親方の背中がある。新しいメリヤスのシャツを着て、あぐらをかいて、彼は削りのすんだ徳利の糸底へ、大括弧形――唐草模様形の切目を入れて仕上げをしているのだ。時々眼鏡の上から轆轤場全体を一睨みする親方の横顔が、彼の後ろにいる我々にもある威嚇を与える。

　親方は仕事をしながら唄をうたっている。

ええィえ、
さして行くのは、
新宿町よ……

　午後四時、工場では一番物憂い退屈なときだ。外には初夏の陽の光がある。開けた窓から百姓の点々としている田も見える。けれども職場の中では、空気が動かず、湿気が蒸れて、もうだれもそろそろ疲れを見せはじめてきた。仕事をしながらの彼等の話題も尽きてしまった。そして、仕事じまいの夕方までにはまだ実に三時間あまりもあるのである。

　職場全体がよどんだ沈黙に沈潜している。トントントンと轆轤を蹴る音、ギクギクギクと鳴る腰掛板。職人たちは、手を振り、水桶につかまり、それから轆轤の土にしがみついて一生懸命を装っているのだが、しかしもうだれも彼もあくびの一歩手前まできている。

　その中で、親方の、物憂い歌声だけがつづく。

ええィえ、
やめて下さァれ、
女郎買いばかり……

　わたしはこの時刻になると毎日弱った。あたりの疲れきった雰囲気に巻き込まれて、わたしもまたやりきれない倦怠に陥るのだ。倦怠はわたしを駆って激しい破壊的衝動へとおしつめる。我々の小窓の前に山峡の小みちがあった。小みちは夏草におおわれ、すぐ山裾がせまっていた。櫟や栗や朴が若葉をひろげ、笹が茂っている。わたしはその山の上に禿地があって、そこに部落の子共たちが終日遊びにたわむれていることを知っている。わたしはやりきれなくなる。小窓の桟をこわして脱出することや、便所へ出たとき山へ逃げ込むことや、そんな空想がわたしを駆りたてる。が、遊びに逃げた結果は、夜になって、父や親方から足腰の立たなくなるほど殴られるのが落ちだと思うと、わたしはふっと大息を吐いて現実に立ち返る。何か大きな、目にみえない力できびしく自分が縛りつけられている感じだ。

　時とすると、わたしは子供心にも、淡い一つの人生的な懐疑に陥ることがあった。何のために自分はここでこんなことをしているのであろうか？　朝、親方の家へ行って飯を食べ、午前だけ学校へ行き、午後は工場へ来て仕事をする。職人や親方から人間以下に扱われ、いろいろの仕事をたくさん押しつけられ、そして夜はまた夜で——十一時ごろ自分の家へ帰るまで、親方の本宅でいろいろの雑用を仰せつかるのだ。貧しさの運命だということはわたしにもわかっている。いや、わたしはこの生活から、将来自分が立派な一人前の陶器職人になるのだという望みさえ感じている。しかし、それがどうなのだろう。朝起きて、学校へ行って、工場に来て、寝て——そして、それが無限につづくのだ。自分の働く天地は限られている。禿地へも行けなければ、川原へも行けなければ、歩く道順まで毎日のように決まっている。職人になったところで、これは同じことだ。すると——これは、どうも、人間とはおかしなものだとわたしは思う。

　窓前の小道を人がよく通った。半日仕上台にすわっていると、夕方おそくなるまで、鈴を鳴らした駄馬や、菅笠をかむり、背には陽よけの茣蓙を羽織った旅人やが、ひっきりなしに通った。わたしはその旅人が、どこから来てどこへ行くのか知らなかった。しかしわたしはそれを見るたびに、その旅人の姿から、いまの自分の環境とは違った、いいようのない、広い、快適な、自由な天地のどこかにあることを感じて悲しくなるのだった。

——あくびをかみ殺しながら、ギブスの型に土の縒をつめていると、親方がパラパラと土屑をはらって轆轤場から降りた。下駄をひっかけ、仕上げた徳利の桟板を肩に職人たちの後ろを通って外へ出る。帰るとすぐ貯蔵室から新しい一板を引き出して自分の仕事場へ持って来た。わたしは親方がいま何か大声で話の糸口をきるだろうと思った。背中を並べて轆轤を蹴っている職人たちも、それを期待してか、いくらかざわつきはじめたことが、瞬間感じられた。仕事の切れ目には親方はよくふっと思いついたように何かを喋り出す。自分自身、仕事の変わり目という心の軽さにそうなるのだろうが、それがいつも澱んだ物憂い職人たちにある生気を与えた。

「な、安部。この間われ、おらわれァ……」

しかし親方はそのとき喋らなかった。徳利の板を仕事場におくと、彼は眼鏡をはずし、わたしの方へ向いて言った。

「勝、ちょっとついて来い」

わたしは手をとめて親方を見た。ごましお髭の、ごましお頭の、赤松の根っ子のような親方の顔は笑っていなかったが、その太い眉毛の下の目には、何かかくしているような、お前だけには通じるだろうというような、いやな微笑の影があった。

「手を洗うて——あん」

わたしはぞうっとした。

わたしは親方がいま何を自分に要求しているかをすぐ感じたのである。二、三日前の夜、わたしは親方の本宅の炉の間で、そこの明るいランプの下で、お内儀さんの瞼の裏の睫毛を抜いてやっていた。親方のお内儀さんは、どうした病気か、下瞼の裏に睫毛の生える病気を持っていて——多分悪性のトラホームがこうじてそうなったのだろう、——年中目やにのたまったくちゃくちゃの目をしており、そのために三日にあけず毛抜でそれをぬいてやらねばならなかったのだ。——すると、そこへ、一たん奥へはいった親方が再び出て来てわたしに言うのである。

「勝、ちょっと奥へ来い」

奥へ？　わたしは不審だったが親方について行った。奥座敷を二つ越え、奥まった納戸にはいると、そこの瀟洒な四畳半に明るい台ランプが静かについていた。親方はそこへ来ると、何のためかごろっと仰向けに寝た。頑固な微笑を赭ら顔一ぱいに浮かべ、

「われ、手洗うて来たか」

「ううん」

「そんなら、——いや、ええわええわ……。何じゃ、ちょ、ちょ、ちょっとここへ来てみてくれ。毛虱ァたかってわれ……」

そう言いながら、仰向きに寝たまま手ばやく前をま

くった。台ランプの、台の周囲だけが丸く暗いそのはずれの明るみに、親方の腹から下の毛だらけの半身が丸出しとなった。

「われの明るい目で一つさがしくれ。痒（かゆ）うて痒うて、たまらん」

そして、親方は、ポリポリと下腹の毛の間をむやみに掻きむしるのである。

わたしはまっかになってしまった。恥ずかしさと、汚濁感とで、わたしはしばらく襖（ふすま）ぎわから動けなかった。

――またあれだ！

わたしは逃げ出したかった。

わたしは手を洗って、顔をしかめながら表へ出た。親方は、窯小屋（かまごや）の横手の坂道に立ち、そこに薪を割っている源五郎と大声で話をしていたが、わたしの姿を見ると、すぐ話しをやめて坂を登りはじめた。窯小屋の上の高台には薪棚がたくさん並んでいる。親方は人目をさけるためそこへ行くのに違いない。わたしは自分も西陽のカッカと照る窯小屋わきを攀（よ）じながら、ひどく惨めな気持になった。

高台へ来ると親方はちゃんと薪棚と薪棚の間にすわっていた。肌ぬぎになっていた着物をとり、それを敷いて寝そべる。もう掻いて貰うときの快感の想像で目を細くしている。

「陽様照っとるのに……」

「なおええわ、明るいところで、きょうは一つ尻（けつ）ぎりやってくれ」

「罰あたりな……」

わたしはペッと唾（つば）をはくと、顔をしかめて親方の腰のそばにしゃがんだ。親方のきたない裏面生活にふれた思いで、泣きたくなるのだった。

実をいうと、わたしは親方を恐（こわ）がったが、一方に心から尊敬もしているのであった。というのは、退屈で恥知らずな工場にあっても、親方だけは常に群俗をへいげいする英雄であり、また仕事以外に生活を持たない純粋の男と思われたから。

親方以外にわたしはだれも尊敬できなかった。なるほど職人や兄弟子たちに対してはその職人としての腕のあることや、金儲けをするという点で、わたしは彼等を羨望（せんぼう）した。しかし人間としての彼等には――機会さえあれば酒を飲み、夜は血眼になって博打をし、おまけに我々少年弟子をしじゅう虐めてやまない彼等には、何か修身の世界のような人生を夢見ていたわたしは尊敬することができなかった。むしろわたしは大いに軽蔑した。わたしのような少年弟子は、友之助、徳松、与次郎（この男はわたしがはいるとまもなく窯で焼け死んだが）など数人いたが、彼等もよるとさわるとこんな風に話し合った。

「……人格がないんじゃ」

親方の長男はとても腕達者な職人だった。筋のとおった鼻をツンと尖らして、その「兄さん」が土瓶などをやり出すと、助手を命じられた徳松などは終日てんてこ舞いをした。土を捏ねている間に兄さんのところでは水引きの土瓶が板に一ぱいになる。それを表の乾棚へ運んで帰って来ると、もうさっきの陶土が轆轤の上でなくなりかけている。速いの速くないのって、まるで団子をちぎるようだ。しかもその一つ一つが、きちんとそろい、兎の毛ほどのゆがみも見せていない。

「奴ア——化物じゃ」

腕自慢の秀松などもこういって兄さんだけにはかぶとを脱いでいた。

が、この兄さんも、わたしにとっては理想の人物ではなかった。彼はまれな道楽者で、大酒も飲めば、博打——くろうと筋にまじって一ぱしのやくざ者を気取っていた。美しい嫁さんを持っているくせにきたない女遊びもした。工場で、働きに来ているおよし後家をおさえたのはわたしがはいってから間もなくのことであったが、そのほかにも、どこか近村の機場に幾人もの情婦を持っているといううわさもあった。そのうちの一人が子供をはらんで、親方の家へ母と一緒に掛け合いに来たのをわたしも見た。ある寒い夜、もう夕飯がすんで職人たちがみんな二階の寝所へあがった後だった。暗い玄関の、小さな潜戸のところへ、提灯をつけてひそかに姿を現した二人の女が、土間の便所で小便をしていたわたしを呼んでおずおずと言った。

「あの——若旦那おるまっしゃるけ？」

わたしは、女の一人が、若くて、腹が大きくて、やつれているのを見た。わたしは炉の間にはいって親方たちに告げた。

「わしに会いたい？」

親方のそばの兄さんは真蒼になった。

「何や知らんけど、おらんと言え」

「何の用や」と親方がきいた。

わたしは知らぬと答えた。

「きいて来い」

わたしは再び土間へ出た。戸に肩を寄せていた母親が、提灯を持って後ろにうつむいている娘をかえりみて言った。

「これのことで。——あ、そうけえ、大旦那さんもおってやけえ。そんなら——恥を言わなわからんが、わしら桂の向川の者じゃ。これが福田の機場で、どうやら、この若旦那の……」

今度はわたしが蒼くなった。

わたしの家でも、その前年の秋、姉が同じような被害を近村の機場で受けていたので、わたしは玄関に来ている母娘の絶望的な立場を、身にしみて同情することが出来た。

しかし、炉の間にはいると、もう兄さんはいなかった。わたしの話を聞くと、膳場に女中たちとあと片づけをしていた嫁さんが、まず激しくわたしを見、それから泣き出しそうな顔になって目を伏せた。女中たちも目を伏せてことさら注意深く茶碗を取り扱っている。

親方は、兄さんの逃げたと思われる奥座敷の方へ、怒鳴ろうとして、真赤な顔を捻じ向けたが、それでもかろうじて怒鳴らなかった。怒鳴らなかっただけに唸るような声であった。

「畜生めッ、うわさばかりかと思うとれァ、そんなら、ほんとうやな。おのれ、親の顔に泥を塗りゃがって。おいこと、われ早よ行って野郎を引きずって来い。風をくらって、苗代かどっかへ逃げやがったのや。いや、われじゃらちあかん、おらが行って引きずって来る。——あ、そうや、嫁、われは可哀そなもんじゃ、われァ泣かんとおけ」

親方は炉縁の火箸を蹴とばしてたった。目の悪いお内儀さんはただ炉端でうろうろしているばかりだった。

「馬鹿な人じゃ。金さえ出しァ、何も機場の素人娘ンねえかて、殿田ィ行きァいくらでも女ァいんのに……」

「ほんとうじゃ、うちの兄さん、博打こきのくせに、女遊びァきたたないさけにな」

しばらくして二階へあがると、職人たちが寝所でそう囁き合っていたが、わたしはそれ以上に——何か世間じゅうが泥になったように思えた。

　これに反して、親方の次男は、親方とともに、しばらくわたしの魂をつかみ、わたしをひきつけた。彼は二十二、三で、酒は飲んだが、いつもずんぐりとして無口の、しりの下がった柔和な目をもち、常に職場で目立たずに暮らしていた。彼はよく、静かなガランとした釉薬場で、わたしと組んで釉薬掛けをしながら（その場合わたしは素焼きの埃払いをするのだ。）いろいろの話を聞かせた。

「活動写真ちゅうのは、動く写真のこっちゃで。山があって、木が生えとる。その木の葉が一つ一つ風に動く。人が通って行くと草が足にぱさぱさする。鉄砲撃つと、どかんと煙が出て、弾の飛んでくのまでわかる……」

　またこんな話もした。

「小学校から中学校、高等中学、それから大学じゃ。大学生になるとみんな四角い帽子をかぶる。髭を生やしてもう豪いもんじゃ……」

　わたしが、お前さ親方の子なのに、何でもっと上の学校へ行かなかったのかときくと、彼は寂しい目になってさりげなく答える。

「行けば行けたんじゃ。しかし――職人には学問はいらん。学問より、職人には――人間には精神の高さと豊かさが大事じゃ」

　わたしはこの人からいろいろのことを教えられた。たとえば、秀松がわたしをなぐった場合次兄は言う。

「人右ノ頬ヲ打タバ、汝左ノ頬ヲ出セ」

　またいろいろの本も借りた。修身や読本以外に本を知らなかったわたしが、やっと十一で不如帰を読み、黄菊白菊を読み、金色夜叉を読み、平家物語を読んだのもこの次兄のおかげだ。

　不如帰ではわたしは浪子に同情した。金色夜叉では、わたしは何で貫一が洋行しなかったのかと不審がった。金をくれて、洋行さしてくれるなら、女一人ぐらい何でもないではないか。

「それァしかしわれにァまだわからんこっちゃ」

　どぶりと、次兄は灰薬の小桶へ素焼きの乳入を突っこみながら笑う。

「恋は人生の花じゃ。青春の宝じゃ。金では売れんし買えん」

「うわあ」とわたしが笑いだす。「そんならお前さも銭より女が大事か」

「女（めろ）？　女じゃない、これは精神上の問題じゃ」

「精神上て？」

「おいや、精神上の——人間の愛の問題、心の花の問題……」

　わたしはいよいよわからなくなる。が、それと同時にますます次兄を偉い人のように思う。

　ある晩、この次兄が本宅の表の川岸へ、人目をさけてわたしと徳松とを呼び出し、小声で言った。

「もう、われら、家の用ァすんだか。——すんだなら、人に知れんようにしてちょっとついて来い」

　月の夜だった。二階の、職人たちの寝所から尺八が聞こえていた。足元の小川がサラサラと銀の鱗（うろこ）を流していた。

「どこへ行くの」

「どこでもええ」

　疑問のままわたしと徳松は並んで次兄について行った。次兄は押し黙って、いつに似合わぬいらいらした様子で、部落をぬけ、神社の境内を通り、やがて工場へつづく山裾の小道へ出た。そしてそこでもう一度我々に念を押した。

「きょうのこと、だれにも言うな」

　工場は、春の夜の月の下に、後ろに山をひかえながら静かに、低く、眠っていた。だれも——番人さえもおいてないので、夜は全くの廃墟だ。次兄はそこへ来ると、月の光が影を作っている建物の軒下ばかりを選んで通り、窯（かま）小屋前へ出た。手さぐりで錠前をはずし、細めに戸を開ける。そして言った。

「はいれや——しかしはいってもそんへんむたむた踏むな」我々は体をすぼめて中へはいった。次兄もはいった。中は真暗だった。が、わたしはそこの暗い土べに沢山の焼上品の置かれてあるのをありありと感じた。ちょうど窯あげの最中で、我々はその日、窯からそこへ焼き上げた品物を出しておいたのである。

　次兄が、そのころはやった筒形の懐中電燈をともした。さっと流れる淡い光に窯場の闇が破れた。小山のようにうずくまった窯、その前の、細長い土間の光景は、果たして昼のままであった。桟板に乗せて、足の踏み場もないほど雑然と並べてある土瓶、花瓶、水差しのたぐい。小物の乳入や一輪差しは大きなかごに、煎茶（せんちゃ）や湯飲みや盃は石油箱に——次兄の電燈はそれらの上を、丸い光の溜(たま)りを描いてチラチラ動く。光が当たると、昼なら何でもないそれらの白い艶やかな陶器は、何か生き物のようにキラキラ輝く。大かごの中の、芋の子のように集まっている丸い一輪差しなども、その一つ一つが今にもピチピチと跳ね出しそうだ。わたしは、何のためにここへつれて来られたのかという疑問をも忘れて、しばらく恍惚(こうこつ)となった。

「徳……」という次兄の声がした。自分の足もとを照らし、土瓶の間を踏み越えて、次兄はいま向こうの石油箱のそばへ行こうとしている。

「山水の染付した煎茶(せんちゃ)はどの箱じゃ」

「その壁の方の、一番下の……」

徳松も、品物を乗せた桟板の端を踏まないようにして向こうへ渡る。

「三番目のこれか」

「いや、その湯飲みの蓋を入れた箱の一番下の箱……」

「勝……」今度は次兄はわたしを呼ぶ。

「ここへ来て、この電気持っとれ」

わたしも向こうへ渡った。電燈を受け取り、それをつきつけていると、次兄は徳松に手伝わせて箱積みを崩した。一つ一つ、上から横へ積みかえると、一番下から呉須で山水を描いた煎茶椀の箱が出た。

「どうしるの」と徳松がきいた。ききながら、彼の、大人になりかけの目はずるく笑っている。

「何でもええ」

次兄はいよいよむっとして、今度は懐から二枚の風呂敷を出した。そしてそれを手早く足もとにひろげ、箱の中から煎茶を出しはじめた。一つ一つ埃(ほこり)を吹き、糸底と中を調べて数えて出す。しかしそれをやり出した次兄の手は、なぜかしきりに震えている。

わたしと徳松とは、しゃがんでいる次兄の頭を越えてお互いに顔を見合わした。我々は――少なくともわたしはここにおいてはじめて少しばかり不安になったのである。

三十組、百五十箇を数えると、果たして次兄は言った。

「われら、これを、走って行って大木へやって来い。――だれにも知れんよにして行くんじゃぞ。そして銭を貰うて来い。銭は五円じゃ。おいらはさきに橋本屋へ行っとるさけ、銭はそこへ持って来い。ほんとにだれにも言うな。言うたらなぐるぞ。あしたンなっておやじが何というても知らんと言え」

　わたしは次兄の顔をまともに見た。大木といえば部落でのいかさま商人だ。そこへ秘密に父の品物を持ち出す？　すると——

　次兄は、わたしが無意識に彼の足もとを照らしているその光の外で、もう立ちあがってしきりに顔の汗をふいていた。下がった目じり、柔和な灰色の瞳。唇も厚く、様子もいつものとおり重々しそうだ。しかし、わたしはそのいつものままの次兄の顔から、もはやいつもの次兄を感ずることができなかった。あんなにも魂の気高さを説き、深い、知的な何ものかを蔵してわたしをひきつけていた次兄——だが、その次兄も、洗えばやはり泥坊をする人間だった。

　尊敬していただけに、この幻滅はわたしにとって相当のショックだった。もちろん、わたしも、子共心ながら、子が——大人となれば親のものを持ち出すことぐらい何でもないことで、また兄さんと違って次兄にはそれをやらざるを得ぬ不自由さのあることも瞬間感じはしたが、それだけでこの幻滅はぬぐえるものではなかった。何しろ虐(しいた)げられた破廉恥(はれんち)の生活の中で、次兄だけがわたしの理想だった。敬慕者だった。普通の人間にそれが許せても、わたしは次兄にだけはそれを許せなかった。

　——この男も、そうか、この男も……

　自分の生活の精神的なよりどころを失った少年は、いつまでも次兄を睨(にら)んでいた。懐中電燈をぶらんとさげて、それで無意識に三人の足もとを照らしながら、わたしは自分の足もとの崩れていくのをまざまざと感じていた。

　次兄が去ると、徳松はわたしと並んで月の小道を行きながら言った。

「勝、次兄(おっさ)何でこんなにしてまで銭欲しがるか知っとるけ」

　わたしは吐き出すように答えた。

「知らいでか。殿田へ淫売買いに行くんや。フン」

　徳松は足を停めてわたしを軽蔑したように言った。

「まだ子供じゃなあ——淫売買いぐれえならわれ、次兄毎晩いっとるわ。安物買うたおかげで梅毒(かさ)うつったんや。そいで銭ァ要る。われ梅毒て知っとるけえ？」

　わたしはどうでもいいと思った。徳松まで馬鹿に思えた。……

　すべてこういう中で、親方だけは、全くわたしにとってはいつまでも一つの驚異でなければならなかったのである。彼は月に一窯、実に千両もの金をあげる工場主でありながら、職人と同じく、毎日工場へ来て仕事場にすわった。しかも、女はもちろん、博打もしなかったし、酒も——晩酌以外には飲まず、たまに気が向いて職場で飲むことがあっても、その飲み方にはとても愛嬌があった。彼は仕事が一区切りに来ると、仕事場にすわったまま、その桟板の上のできあがり品を頑固な指で一つ一つ歌うように数えながら言う。

「一郎兵衛に仁助さ、三右衛門に新太郎、権兵衛に六右衛門——ええと、土瓶の仕上げが十二箇で、一つ二文半と——二銭五厘のォ、二二が四ィの五でもう三銭の手間か。三銭は酒の一合で一銭五厘はハガキの一枚と。——お、そや、勝ゥ、われ橋本屋へ行って酒一合買って来い！」

吝嗇のためでなかった。毎日工場へ来るのは——彼の言葉によれば、丈夫な間は働かねばならぬという信念からであり、金も、彼は必要なことにはおしげもなく出した。ある時、部落の若連中が祭の寄付を工場へ頼みに来ると、彼はすみの轆轤場からあぐらの膝をパチンとたたいて叫んだ。

「わかった。持って行ってくれ、持って行ってくれ。五両——そいで足らんかァ」

我々の日常の食事にしても、当時としては立派なものだったといえる。鰯時になれば毎日鰯を買って食わす。鰯が過ぎて鯖になれば、晩の膳には鯖の煮物が葱といっしょにぷんぷんにおっている。鰈時には鰈を、生魚のないときには干物を——とにかく、上等物はなかったが、我々の膳には、年中魚気のないときとて一日もないのだ。のみならず、その膳場では、親方もまた我々と同じ膳にどかりと大あぐらをかくのである。

「まじめで、大腹の大将じゃ」

部落の人々はみんなこう言った。

仕事場における、我々に対する親方の態度は、もとより恐しく高圧的なものだった。ちょっとした失策にも彼は我々を絶対に容赦しなかったし、どんなに疲れている時でも、またどんなにおそくなった時でも、彼は課しただけの仕事は必ずやりとげさした。それは、考えてみれば、もう一つの親方とは似ても似つかぬ無慈悲な親方だった。しかし、それは、仕事を絶対のものだとする親方の信念がそうさせるので、我々は辛い思いをしながらかえって親方のその信念に打たれた。同時に、その厳格さも、ひとり我々に対してのみならず、上級弟子に対しても、職人に対しても――老人の安部さんや血気ざかりの近藤に対してまで同様だったというところに、わたしの魂の救われる余地があった。頭の禿げた安部などが、親方に怒鳴られて、親方の前に、鉢巻の手ぬぐいを片手に掴みながらペコペコ頭をさげているのを見ると、わたしはその安部さんに同情するより、むしろ、親方をますます偉く思うのだった。

　兄さんがかくし子の不始末をした時の親方の態度もまた、この正義派の少年をして目を瞠（みは）らすにたるものだった。女の方にどういう解決を与えたか詳しくは知らぬ。が、みずから幾度も先方へ足を運んで、最後に解決して帰ると、親方はその日、工場へ来るなり、轆轤（ろくろ）場に仕事をしていた兄（あに）さんを、物をもいわずに後ろからとびついて轆轤場の下へひきずりおろした。痛烈な一撃を鼻柱にたたきつけ、通路に捻伏せ、そして――怒鳴る。

「貴様は、おおれの子やぞッ、殺そと生かそと、おれの勝手やぞッ」

　三十に近い兄さんは、不意をくらって声も出せなかった。もちろん逃げるすきも抵抗するひまもない。鼻血を出し、手足をもがいて、土の上にのたうつ。職人たちは色を失って、みんないっせいに轆轤場からとびおりた。

「それァまたどしたこっちゃ。大将、そんなお前さ、大将、大将、大将……」

「どもこもあるけえッ、ほっとけ」

　親方は近づく安部さを突きとばして、

「貴様のような奴ァ――満座ン中で――これじゃッ――これじゃッ――死ねッ」

　兄さんは、腕で顔をおおい、髪を乱して、すぐふらふらになってしまった。けれども職人たちは親方に殴る意志がなくなるまで彼のそばへ寄れなかった。

　二、三日、わたしは親方が怖（こわ）くてそばへ寄れなかった。しかし、親方の、破廉恥（はれんち）に対する燃ゆるような闘志は、わたしをいよいよ感動させた。わたしは家へ帰ると、父にも母にも長い間口ぐせのように言った。

「偉いもんじゃ。見せしめのために、親方はあん時、ほんとに兄さんが死んでも構わん覚悟やったんじゃ」

　何人からも畏敬（いけい）され、何でもできる親方――しかもよいことはするが悪いことはせぬ親方――実際、わたしは、親方を英雄だと思った。世界中で一ばん賢い、偉い人間だと思った。

ところが――その親方にも、裏へまわれば、実に毛虱をたからすような下劣な裏面があったのである。

二度三度、わたしは親方に窯上の高台へ引きだされるごとに、親方に対する味気ない思いをますます高めていった。もはやきたないとか、不快だとかいうより、親方に対する不信と嫌悪が深まって、わたしはしだいに敵意さえ感じていくのであった。わたしの知るところによれば、毛虱とは、何かきたない遊びをしなければ絶対にたからぬものだった。

――おれが子供だと思って、何食わぬ顔をしているが……

「のう……」

わたしはある日、わたしと組んで釉薬掛けをはじめた前川のお父うに、思いあまってきかずにいられなかった。嫌悪しても敵意を感じても、親方までを信頼の外に追い出してしまうことは、考えてみると実際わたしには堪らぬことだったから。

「あのう、変なこっちゃけど、――毛虱ちゅうものァどうしてたかるもんじゃ」

馬面の前川は、仕事をしながら、下顎(あご)を捏(こ)ねまわして浪花節(なにわぶし)をうなっていたが、わたしのだしぬけな質問に面くらったらしい。じろりと見てすぐ怒鳴り飛ばした。

「何やとウ、毛虱ィ？　われァまだ毛の生えんくせに毛虱が何じゃァ」

わたしは顔を赤くして事情を話した。前川は途中から愉快そうに笑い出した。

「そうか、どうもこのごろ、大将の様子が変やと思うとったァ。……」

そして、相変わらず笑いながらまた叱(しか)りとばした。

「そんなこと、われら餓鬼(がき)がまだ知らんでもええ。毛虱いうたかて、湯でもうつれば、宿屋の浴衣(ゆかた)からでもうつる。大将ァ、いつもK市[22]へ行きァ宿屋に泊るんじゃぞ」

わたしは少しばかり安心した。が、それもしばらくで、わたしはそれから間もなく、もっと物凄(ものすご)い親方の裏面生活を目撃する機会を得た。

――その日、わたしが工場へ行くと、兄さんがわたしを窯小屋の前につれて行って、一通の手紙を差し出しながら小声で言うのであった。

「あのな、われァきょう仕事をせんでもええさけな、こいから殿田へ行って、これをおやじに渡して来てくれ。笹屋におるで……」

　親方はその四、五日前からK市へ問屋まわりに行っていた。わたしは兄さんを不審そうに見た。

「殿田にの？」

「うん。よんべから用事で来とるんじゃ。とにかく、この手紙にも書いてあるが、じき帰って来るように言え。早よ帰ってくれんと、仕事の段取りがつかんでどむならんて」

　この瞬間、もしわたしがもっと年をとっていたなら、おそらく最近の親方に対するあの不安と疑問をより新たにしたに相違なかった。しかしわたしはこの時不思議とそんな屈託を感じなかった。わたしは「用事で来ている」といった兄さんの一言にすっかり安心したのである。いや、そんな心の動きさえ感じなかったと言っていい。そんなことより、わたしはこの時この思いがけない開放的な「仕事」の前に——この爽やかな初夏の半日を、解放されて、自由に、のびのびと遠足できるという仕事の前に、すっかり心を躍らしてしまったのである。殿田温泉といえば、一方顰蹙すべききたない遊里だったが、他方また、わたしなどまだ一、二回しか行ったことのない近在での都会地だった。そこには店屋が軒を並べ、自転車や俥や馬車が通っていた。薬師如来の境内には、日露戦争記念の大砲もあったし、池には鯉も噴水もあった。そこへ行けるのである。しかもきょうは空も晴れ渡った爽やかな五月日和なのだ。わたしは、手紙を受け取ると、実際雀躍りしながら工場わきの山峡へと駆けだして行った。

　爪先登りの小道は、すぐ左右に杉木立をひかえて、静かに、小暗く、山あいを這うていた。わたしはそこを駆けだしながら、ひとりでに口をついて口笛の出るのをどうすることもできなかった。

　杉むらをぬけると、道はもう緩慢なくだり坂である。眺望もひらけて、低い松山と松山との間に田がつづく。道わきの山には、美しい赤松がすくすくと立ち、下生えの雑木が若葉に燃えていた。雉の鳴く声もどこかに聞こえた。

「おーーい！」

わたしは口に両手のラッパをあてて叫んだ。すぐ山彦が晴々しく応じた。

――オーーイ！

「たんたんたんのたあーん！」

――……タンノタアーン！

田圃にいた百姓が不思議そうにわたしを見た。わたしは愉快でたまらなかった。

しばらく行くと崖下の田に父と母のいるのが遠くから見えた。父はリュウマチで痛む腕を蟹（かに）のように曲げて、鍬のずっと根本の方を持って、這（は）うようにして畦ぬりをしている。母はそのかたわらで泥ン子になって「刻み」をしている。

わたしは父母には、毎日朝別れたきり、夜十二時ごろになるまで会えなかった。それも、わたしが家へ帰るころには、父はもう床の中にはいっており、母だけがボロのような床の横につくねんとすわってわたしを待っているのである。だからこんな父母を見るのはわたしには久しぶりだった。

――やっとるな。

わたしは口笛をやめて近づいて行った。父も母も手をとめてうれしそうにわたしを待っている。

「われやったんかい。何やさっきからだれやら大（で）けえ声あげて来ると思っとったら……」

頬かむりの中の母の小さな顔は汗と泥で仮面（かめん）のようだった。

「どこへ行くのや」と父が言った。

「殿田へ」わたしは手足を躍（おど）らして見せた。

「殿田へ？　殿田へ何しに行くのや。大将ァよんべから笹屋へ来とってんや」

「大将を呼びに行くのや」

「あ、そか」父はぺっと唾（つば）を吐いて、「そんなら、何やぞ、道草せんと早よ行って来いや。道で蛇（へび）や蜥蜴（とかげ）にからかうとったらあかんぞ」

「そんなことせん」

わたしは歩きだした。父も鍬を持った。が、父はすぐそれを捨てると、

「あ、坊主……」

今度は田のなかをわざわざ崖の下まで歩いて来た。

「ええ機会（とき）や、仲居衆（なかいしゅう）にそう言うて湯に入れて貰うて来

い。殿田の湯ァ、胃病になかなかええ湯じゃで」

「だけんど——銭ァあるけえ」

「馬鹿やなわれ。何も、大将がおってやなら、銭ァ要らんがな。仲居衆（なかいしゅう）にそう言えァ、ちゃんと銭とらんと入れてくれっちゃわ」

　わたしは、それはそうだろうが、仲居にそんなことを言うのは恥ずかしいしいやだと言った。父は目玉をギョロリとさせてきめつけた。

「馬鹿やな、何が恥ずかし……」

　わたしはそこを離れた。小谷はすぐ尽きて——間もなくもっと広い谷へ出た。田の間に川があり、川に沿って広い往来が走っていた。殿田温泉は、そこから三つばかり部落を越えた川下にあるのだった。

　わたしはその往来を、石を蹴り蹴り歩いて行った。

「あ……」

　温泉に近づくと、わたしはふと、いつかしきりにある屈託（くったく）に悩んでいる自分を感じた。例の親方の問題についてでない、父の言った、仲居衆に頼んで湯にはいるということについての屈託なのだった。あの場は父に素直にうなずいて来たものの考えてみるとどうも恥ずかしくてそんなことが言えそうにもなかった。広いピカピカした廊下があって、美しい仲居がわたしをつれて歩いて行く。言うとすればそんなときでなければならないのだが、わたしはそれを想像しただけでももう頸筋までカッカとほてって来るのである。といって、こんな機会でもなければ、殿田の湯にはいれぬことは父の言ったとおりだ。殿田の湯はさきの父の言葉のとおり胃腸に特効があるのであったが、しかし、一回五銭という高い湯銭が、我々のはいることをさえぎっていて、わたしなどはまだ生まれてから一、二回しかはいったことがないのだった。

——黙って帰れば損するようだし、そうかというて頼むのは恥ずかしいし……

　考えると、わたしはいつかとぼとぼした足どりになっていた。

　やがて町の入口に来た。右手の山に薬師如来（やくしにょらい）、石段があって、その上り口に赤いお休みどころの旗を立てた茶屋があった。土産物（みやげもの）を売る店がしばらくつづき、橋があった。橋を越えると、片側は芸者屋街で、片側には宿屋の高い黒い塀だ。

　しきりに湯のにおいがした。芸者と威勢のいい角刈りの絆纏（はんてん）の男とが急ぎ足でそこの路地へ曲って行った。後ろから馬車が来て、ラッパを吹きながらわたしの横を駆けぬけて行った。わたしはキョロキョロしながら歩いた。

笹屋は、広場に向かって、まるでお寺の門のような大きな玄関を構え、塀が、その上に枝ぶりのいい松をかぶってずっとつづいていた。玄関へはいろいろの人が出入りしている。わたしは、その様子を見ただけで、すぐにははいれず、チラと表から中を見たきり、一度その前を通り過ぎた。広い台所らしいところと、板がピカピカ光っているやや暗い大きな廊下とが見えた。わたしは郵便局の表で着物の前を掛けあわすと、鼻の下を手でこすって、懐の手紙を手に持って、はじめて玄関へ向かった。うてて、心臓がドキドキおどった。

広い玄関に、白い鼻緒の焼印のある同じ下駄が沢山並んでいた。わたしはそこに立つと、元気をだして、台所と料理場との境のあたりにうろうろしている四、五人の男女の姿を目の外におきながら、読本を読むときのような抑揚のない大声で叫んだ。

「毎度さァん。おら渡井の山田の工場の使いじゃが、山田の大将に会わして下され」

そのとき廊下の奥から、一人の肥えた仲居が片側の暗い板戸を片手で撫（な）でながらこちらへ近づいて来た。台所へ曲ろうとして、わたしを見つけ、

「何て坊ンチ、何か用？」

わたしはどぎまぎしながらもう一度同じことを言った。

「あ、山田さんのね……」

仲居はしかし、親方がいるともいないとも言わなかった。しばらく、じっとわたしを見ている。それから横にそれて、台所のまん中の大きないろりの縁に長いきせるでたばこをのんでいるお内儀（かみ）さんらしい人のそばへ行って、小声で何か言った。おてんこ髪（丸髷（まるまげ））のお内儀さんは上目づかに幾度もふんふんとうなずいている。

すぐ仲居は、わたしを置き去りにして廊下の奥へ駆けて行った。

——ははん、いるけんど、いるというていいかどうかききに行ったのやな。

わたしは忽然（こつぜん）と親方に対するあの不信の念を呼びさました。親方は用事で来ているのではなく、遊んでいることはこれで明らかだと思った。

——そうか、やっぱり！

そこへさっきの仲居がバタバタともどって来た。

「それじゃあがってよ。――あ、ちょっと待って、その足ふいて!」

わたしは首まで真赤になった。いかにも自分の足はきたない。わたしは草履をぬぐと、仲居のつまんできた雑巾で、砂埃だらけの足をふいた。

仲居のあとから広い廊下を通って行く。どこもここもピカピカで柱も板戸もお重の蓋のようだ。二十間ほど行くと、パッと明るいところへ出て、廊下が十文字になっていた。仲居はその廊下を右手にとって曲がる。彼女はそれが癖なんだろう、相変わらず片側へ寄ってそこの壁や戸をわたしの渡した手紙で撫でて行く。左に庭の見えるところを過ぎ、再び建物の中の廊下を通る。ここでもT字形に廊下がわかれていた。廊下は今度は右手に庭を見て、変な工合に曲った。とわたしの耳に、急に三味線や太鼓の音がやかましく飛びこんできた。キャッキャッ、わあッ!　と騒ぐ男女の喧騒も聞こえてきた。仲居は騒ぎにつられていつか急ぎ足になっている。

――親方の部屋だな。

しかしわたしは驚かなかった。もう覚悟していた。むしろ不安ながらある好奇心さえ起きていたといっていい。芸者を集めての散財で、きたない淫売遊びでないらしいこともわたしの心をある程度まで救っていた。三味をひくのは芸者である。そして芸者の方が、淫売と違って、ずっと上品な者だということをわたしはかねがね職場で聞いていたのである。

「ちょっと待っててね」

果たして騒ぎの部屋のそばまで来ると、仲居はそういってわたしを廊下にとどめた。そしてそこの障子をあけて中へはいって行った。

わたしは怖る怖る障子ぎわまで行った。

だが、わたしはその部屋へ一歩も足を入れることができなかった。室を一べつするとわたしはたちまちそこに立ちすくんでしまったのだ。その部屋には、二、三人の仲居がいて、銚子のおかんや器物の世話をしているだけであったが、そのつぎの広間の床の前に親方がどっかり大あぐらをかいていたからだ。親方はもうへべれけに酔っていた。彼の前には、昔の大名の絵に見るような猫足の立派な大食卓が置かれて、その上にビールや銚子や食い荒した料理の鉢皿などが一ぱい並んでいる。食卓をかこんで座敷一ぱいに芸者、舞子、仲居の大一座――彼女らは早い調子の三味をひき、あるいは太鼓を打って騒げるだけ騒いでいる。親方のほかに羽織を着たもう一人の男――彼は片手に扇を持ち、みずから自分の頭をたたいて特別うれしそうにはしゃいでいる。美しい細い目の芸者が一人親方の横にくっついていて、親方の盃に酒を注いだり、団扇で親方を静かにあおったりしている。そして、親方は、褌一つの真っぱだかで、朱塗りの大盃を手元にひき寄せて、一人でははは、はははと悦に入っているのだった。

いや、それだけなら、わたしは何も立ちすくむほど度肝をぬかれはしなかっただろう。が、その大一座が、あるいは笑い唄い手を打ちながら、みんな揃って一心に見ている次の大広間を見るにおよんで、わたしの童心は瞬間めちゃくちゃにおびやかされてしまったのだった。そう、わたしはそこに見るべからざるものを見た。人間の獣心が、かくも下劣で、かくも恐るべきものだということを如実に示すものを見た。

次の間は、こちらからはカギの手、親方には正面に当たる部屋で、親方の部屋との間の襖は全部とりのぞかれ、わたしのところからも丸見えになっていた。最初わたしの目にはいったものは、部屋一ぱいに並んで、こちらへ砲列をしいて、妙にくねくねと調子をとって動いている肉塊の行列だった。それが、腰を曲げてしりをつきあげた裸体の女の、太股からしりのあたりを後ろから見たところだと気がついたのは、次の瞬間だった。女たちはみんな裸体に、すげ笠をかぶり、赤いたすきをして、腰には色とりどりの腰巻をしていたが、それは揃って背中までまくりあげている。部屋には何か白い柔らかいものが一ぱい敷きつめてある。女たちは、それを踏みしめて、三味に合わしてきゃっきゃと唄い騒ぎながら、ことさらしりをつきあげつきあげこちらへさがって来る。――豪遊の趣向に窮した親方が、座敷一ぱいに豆腐を敷きつめてそこを田圃になぞらえ、五人の裸体の芸者をそこへ追いこんで早苗を植えさせながら、その見るべからざる醜悪なものを後ろから見て満悦していたのだ。わたしはこの奇怪なる情景から一瞬戦慄を感じた。わたしは本能的に恥ずかしく恐ろしかった。不覚にも、わたしは心のやり場を失ってそこに泣き出してしまった。

わたしをつれて来た仲居は騒ぎのなかを親方のそばへ

行って手紙を渡していた。

「あの、ご返事要りませんの?」

そんなふうに言っているのだろうが、三味や太鼓の音で何も聞こえなかった。

すぐ仲居は出て来てわたしの泣いているのを見つけた。

「あら、どうしたの?」

「怖い——家行きたい……」とわたしは泣きじゃくりながら答えた。

「あはははは」と仲居は笑い出した。「何が怖いもんか。あんた男じゃない」

そのとき親方がはじめてわたしに声をかけた。はじめは何を言っているかわからなかったが、すぐ騒ぎが静まって声が聞こえた。

「……じゃないか、何じゃ。泣かんと、われもここへ来て見て行け。あっはははは」

わたしはみんなの視線を感じていよいよ顔をあげられなかった。

「まァ、子供ね。びっくりしたんじゃわ」

「それァ子供でのうても、ミイちゃんの観音様を拝んじゃあたしだって泣きたうなりまさァ」

芸者のなかで羽織の男がふざけた。裸体の女たちはわあっと叫んで別の部屋へ駆けて行った。

親方がまた大声で言った。

「花子、そいじゃその子あっちつれて行って、湯にでも入れてやってくれ。——なんじゃ、みんな、帰って来い。さ、騒いだ騒いだ」

わたしは仲居につれられて部屋から出た。廊下はさっきのとおり明るかった。庭さきには陽が照っていた。しかし、ああ、何とさっきとは心の持ち方の相違だろう。わたしはもう毒気にふれた病人のようになっていた。悪夢の中にいるように、理性が働かなくなり、親方に対するあの嫌悪すら感じなくなっていた。それ以上に心が打ちのめされてしまったのだ。仲居に肩を持たれて歩きながら、わたしはただ早く家に帰りたい一心だった。湯にはいることなどはとくの昔にどこかへけしとんでいた。

長い廊下の果てへ来ると仲居はとまった。わたしの肩から手をはなして、

「さ、ここがお湯よ。あそこン中で着物を脱いで、あのガラス戸をあけて——はははは、そんなに怖かった? 駄目ね。あ、そうそう、いまじき手ぬぐい持って来てあ

げるわ」

そして髪の根へ手をやりながら急いで去って行った。

わたしは着物を脱いで湯殿へはいった。はいりたくなかったけれども、はいらぬと言ったらまた何か不幸が見舞いそうで不安だった。湯殿のなかは静かだった。客は一人もおらず、高い色ガラスの窓から、赤や、紫や、橙色の光が明るく斜めに射し、湯気が広い湯面からゆらゆらとのぼっていた。

「ふうーっ」

わたしは湯につかりながらはじめて大きな溜息をした。くらくらと目がくらむようだった。

戸があいてさっきの仲居が顔をのぞかした。手ぬぐいと石鹸を石段のところにおいて、

「一人なのね。ゆっくりはいりなさいよ」

わたしは戸が閉まってからそれを取りに行った。

少し心が落ちつくと、わたしは今見て来た悪夢のような情景をいろいろに考えはじめた。――あれはむろん人間世界ではあり得べからざる情景だったと思う。しかし今となると、わたしはそのことより、それをさせて悦にいっていた親方の心のあり方こそ、より恐るべきものだと感ぜずにいられなかった。普通の人ならあんな情景は正視するにたえない。それを親方は酒の肴にしていたのである。それは気違いでなければ地獄の沙汰だ。

豆腐を敷きつめていたことについても、わたしは心から親方を憎悪せずにいられなかった。豆腐はそのころ一丁一銭五厘、わたしの家などでは、正月とか三月の節句とか四月の祭とか、とにかく何か紋日でなければなかなか口にできないご馳走だった。それを親方は広間一ぱいに敷きつめていたのだ。

「何百円になるかわからん」

わたしは一粒の米にも三体の仏がいるという父のふだん言葉を思い出さずにいられなかった。

と、わたしはそのとき大変なことに思いあたった。あれをやっていたのは決して親方だけではなかったということだ。やらしたのは親方である。しかしそれをやって面白がっていたのは、親方をはじめ、あそこにいた男女すべてだったということだ。あの下劣な行為に没入して面白がっていたのは、客も芸者も、男も女もみな同じだったということだ。

わたしは恐ろしい巌頭に立った思いがした。そして最

近自分の胸を悩ましつづけている、例の人間の裏面生活の問題について、改めて一つの新しい疑問に逢着せずにいられなかった。最近のわたしの悩みは、この人だけはと信じている親方まで、やはり兄さんや次兄や職人たちと同様に下劣な反面を持っているのではなかろうかという危惧にあった。ところが、それは決して危惧だけでなく、事実それを持っているということにきょうはじめて確定した。すると——

　わたしは体を洗うことさえ忘れてしまった。すべての者が下劣な仮面をもっているということ、親方も、兄さんも、次兄も、職人たちも、それから芸者も舞子も仲居たちも、みんながそんな生活を生活しているという事実は、とりもなおさず、自分が人間としては恥ずべき下劣なものだと信じているその生活も、実は人間にとって少しも異常でないもの、だれもが行なうごく普通のものだということを意味するではないか。すると、いったい、これはどういうことになるのであろうか？

　わたしにとって、親方がそうであるかないかということよりも、それが人間として恥ずべきことかどうかという点にまで今や問題が発展してきたのだった。しかしわたしはわからなかった。いくら考えてもわからなかった。わたしはまだ修身の世界以外に何も知らなかった。（わたしが今日の人間世界に、たとえ泥坊しても下劣でない場合があり、大きな慈善をしても下劣きわまる場合のあることを知ったのは、それからなお十数年もあとのことだった。）わたしは目をすえて湯からあがった。

　着物を着ているとまたさっきの仲居がやって来た。今度はとてもまじめな顔であった。

「どう、さっぱりしたでしょう。——じゃ、あっちへいらっしゃい、いいものをあげるから……」

　わたしはギクリとしていやだと言った。下劣でないことかどうか知らぬが、あんな恐ろしい部屋へ行くのはもうまっぴらだと思った。

「あら、どうして？　向こうの部屋へ行くんじゃないわ、別の部屋よ」

　仲居はまたわたしの肩に手をかけて歩き出した。廊下の例の十文字のところへ来て、そこの小さい部屋へはいった。はいると、部屋のまん中に、菓子を盛った朱塗りの高杯が一つぽつんとおいてあった。仲居はわたしをその前にすわらした。

「それおあがりなさい」

わたしは気味が悪かった。向かい合ってすわった女の肥えた膝のあたりを眺めながらわたしは黙っていた。

「食べないの？　じゃ……」

女は手をのばして菓子を紙に包んだ。そして、それと一緒に、別に帯の間から紙にひねったものを出してわたしの膝の上に乗せた。

「これね、わたしの志。あんたきょうお使いに来たでしょう、そのお駄賃やわ」

そしてまたつづけた。

「そいからね、わたしね、あんたに一つ頼みがあるの。あんたきいてくれる？——あのね、きょうのことをですね、あんた家へ帰っても、工場の人にも、あんんたの家の人にも、だれにも黙っていてほしいの。どう、きいてくれる？」

わたしは膝の金包みを掴んで女の前へほおり出した。あまりに見えすいた、きたないやり方だった。別に喋る気はなかったが、こうなるといよいよ親方がいやになった。

「そんなもん、いらんわ」わたしは精一ぱいの反感をこめて言った。

「まア、そんなこと言うもんじゃないわ。とっときなさいよ。ね、とっときなさいよ」

わたしは女の顔をまともに見た。頬骨の勝った、眉毛の薄い、がちゃんとしたみにくい顔がいまさらのようにわたしの目にうつった。

「ね、黙っていてくれるわね」

女の瞳がわたしをのぞくように凝った。

「…………」

わたしはそれでもうなずいて立った。女はあわてて菓子と金包みをわたしの懐へねじこんだ。

「そう、安心したわ。じゃほんとに頼みますよ。お友だちにも、工場の人にも……」

仲居に送られて表に出ると、わたしはそこから脱兎のように駆け出した。薬師如来の前を通ったがそこへも寄らなかった。一刻も早く殿田から立ち去りたい一心だった。

田の間へ来た。わたしは懐へ手を突っこんで紙包みをひきずり出した。菓子の分はまた懐へおさめ、金の分を開いて見る。大きなメンコのような五十銭玉が一つはいっていた。わたしはそれを一、二度宙に放りあげると、やがてそばの溝へたたきこんだ。が、二十間ばかり来ると、急にまた思い返して引き返した。道を通る旅人が、幾人も幾人も、泥だらけになってそこの溝のなかをかきまわしているわたしを見て過ぎた。

筆名・加賀耿二　一九三六年一〇月、『文学界』に発表

※本作品は『谷口善太郎小説選』（新日本出版社、一九六三年）より転載しました。

【注釈・作品の舞台設定の場所（巻末地図参照）】

谷口善太郎の幼少の頃の自伝的小説。「荷の引く馬」の続編が「少年」である。「荷を挽く馬」「少年」とも登場する主人公（勝）や働く人達、働く場所（製陶所）は同じである。「荷を挽く馬」で一人の少年が、窯づめ・窯焚きで焼け死んだ後の話である。職人の中でも一番尊敬していた、主人公（勝）は「悪夢のようなショックを受ける」、しかし、遊び呆けていたのは親方だけではなかった。谷口善太郎が「日本の魯迅」に例えられた小説である。

舞台設定は、能美郡（現能美市）和気町を含む加賀地方。出てくる地名等。

(22)「K市」とは金沢市（地図番号⑩）

一八八九（明治二二）年、国の市制施行により金沢市が誕生した。この時代加賀地方では市は金沢市だけだった。

【解説】

「少年」は『文学界』の一九三六年一〇月号に掲載されました。「荷を挽く馬」とほぼ同じ時期に書かれた作品です。この作品では、親方たちの個人的な資質に焦点があわされています。この作品では、「勝」は、「将来自分が立派な一人前の陶器職人になる」という未来を望んでいるようです。けれども、毎日仕事に追いまくられ、村のこどもたちが工場から見える空地で遊んでいるのを見ると、人生に対しての懐疑に陥ることもあるようです。それは、親方がかれに個人的な用事をやらせることとも関係しています。「お内儀さんの瞼の裏の睫毛を」抜くことであったり、親方の下腹部にたかっている「毛虱」をとることだったりと、きわめてプライベートな用事なのです。そのような形で、個人経営的な工場主の、私的な欲望を充足しようとするすがたが現れてきます。

「工場へ」と「荷を挽く馬」ではあまり描かれてこなかった、親方一家のプライベートな側面が、この作品では中心になっています。親方の子どもたちのうち、成人した二人は一人前の職人として親方の仕事をサポートしています。職人としての力量は確かですし、次男は主人公に本を読ませ、職人には学問よりも精神の高さと豊かさが大切だと諭す存在でもあります。主人公は「不如帰」や「金色夜叉」を読み、文学へのこころざしを抱くようになっていくのです。けれども、現実のかれらの素行は決してほめられたものではありません。兄の方は妻がありながら、近くの織物工場に働く女性を妊娠させ、その親にどなりこまれる事件を起こしますし、弟の方は市場に出す前の完成品をひそかに盗んで売りさばき、遊郭に通って性病に罹患した治療代を捻出するのです。「放蕩にふける若旦那」というのは、よく文学や芸能でからかいの材料となりますが、その点では、この一家はありふれた存在として小さな工場ではありがちなことだという印象を与えます。

それでも主人公は、工場で陣頭指揮をとる親方には一定の尊敬を払っていました。けれども、使いにやられた温泉場で見た光景が、かれに衝撃を与えます。やはり親方も他の人たちと同じように、個人の欲望に身を任せることを平然と行えるのだと、主人公は感じるのです。

日本では、仕事や商売で成功した人間が個人的な「豪遊」にうつつを抜かして最終的には没落するというパターン化された物語の型があります。古代には鏡餅を弓の的に見立ててその土地の長者が矢を放つと、餅が鳥に化して飛び去り、長者は没落したという言い伝えがありますし、この作品の時代より少し後の、第一次世界大戦を機に日本が好景気になったとき、成金と呼ばれた一部の富豪が、暗い玄関先で靴を探すときに札束に火をつけてその明かりで探させた者がいたというエピソードもあります。座敷いっぱいに数十円もかけて（与次郎の香典が五円だったことを思い出してみれば、この金高がどのくらいなのかがわかるでしょう）豆腐を敷き詰め、そこで五人の芸者に田植えをさせるという親方の趣向は、そうした没落へとつながる驕りを感じさせます。それだけではありません。主人公は、親方だけでなく周囲の人間もそれをおかしなことだと感じていない様子に衝撃を受けます。人間という存在が表と裏をもつことは必然なのだろうかと自分に問いかけます。すぐに答えが出せる問題ではないからこそ、そこに思いをいたす主人公の姿が印象的です。

主人公は温泉宿の仲居の女性から、「お駄賃」として菓子と五十銭硬貨をもらいます。一度は硬貨を溝に投げ捨てるのですが、思い返して溝の中を主人公が必死になって捜すところで作品は終わります。これは、主人公自身も金銭に対する欲望を捨てられないということではありません。与次郎が「三百円」貯めることで自作農になって暮らしを楽にしたいと考えていたことを主人公は知っています。親方が数十円かけて座敷に敷き詰めた豆腐は、一丁一銭五厘のものではあっても、主人公の家では節句や行事の日にしか口にできません。自分たちが労働の対価として獲得する金銭のもつ重みを知っているからこそ、かれはやはり溝の中を捜さなければならないのです。その主人公の気持ちがよくあらわれた場面だと思います。

土地はだれのものか

一

夕飯を食うと勘五郎は電気ランプを摑んで家をでた。雨はまだ降りつづいていて、部落ばなへ出て見ると、往来に沿った小川がところどころで路に氾濫していた。大川の流れの音がその雨にまじって何か地を衝く海鳴りのように聞こえた。土手に灯が一つ二つ見えた。今夜も消防が警戒に出ているのに違いない。風はなかったが、雨のあおりで、野中の往来を歩いて行く彼はときどき蓑ごと、一、二間どどっと前へ押しやられた。一本松の地蔵のところの街燈が雨の中で消えたりついたりしていた。

　彼は下部落の旦那の家へ行くつもりであった。三月ほど前から、彼は追分の小作地をめぐって旦那と対峙している。そこに機場を建てるつもりの旦那はそれを返してくれというし、彼は返せぬというし……。そして、対峙のまま、彼はごり押しにその田を耕し、苗代も仕立てて来たのだが、もはや事態はそんなことではすまされない土壇場へ来てしまった。というのは、この雨があがれば、彼の方ではそこへ苗代を植えつけねばならないのに、旦那の方では断然そこを埋め立てるといってきたからである。だから彼はこうして四、五日毎晩のように旦那の家へ出かけて行くのだった。

　考えてみると、旦那の方にも道理はあると彼は思うのだった。工場というからには、トラックが往来からじかに門へ着くような場所でなければならないし、旦那の土地が工場の建つほどまとまっているところでもなければならなかった。それにはあの追分の田圃がどこより格好の場所なのである。が、そうだからと言って、あの小作地が自分から取りあげられるということについては、彼はどうしても承服出来ないのだった。何しろあの追分の田が彼の小作地のすべてであった。それを取りあげられたら彼はその日から百姓が出来なくなるのである。親の代から――あるいはそのまた親の代からつづいてきた大事の百姓が出来なくなるのである。百姓でなくなった自分を考えることは、ただそれを考えただけでも勘五郎には茫となってしまうことだった。

　旦那の家に行くと、旦那は家にいて炉端にくつろいでいた。

勘五郎はすでに言いつくしてしまったことなので炉端にすわった。

松岡は、

「どうもお前の執念深いのにア、わしもちょっと棒を折る」と言って膝を抱えた。

勘五郎はそのまましばらく黙っていた。指先できせるをもてあそんでいるとそばの内儀さんが炉の茶釜から茶を汲んでくれた。女中がその彼をちらちら見ながら勝手と炉の間を出たりはいったりしていた。子供たちは奥でおさらいをしているようであった。

「だけんど、おらアあの田圃とりあげられたら……」

「だからさ、だから、わしはこれまでに何べんもお前にそう言うとる。ただ取りあげるのじゃない、取りあげる代わりに、工場が出来たら、お前をその工場の門番に、一生……」

「あい、それア何べんも聞いた。だけんど旦那……」勘五郎はちらりと松岡を見やって、「おらアあの田圃を親の代から育てて来た者じゃ。おらアあの田圃のどこにどんな小石があって、どこにどんな穴があるかということまで知っとる……」

「そんなことア分かっとる」

「旦那は知るまいが、あの上ン田の大川の方の畦に毎年たんぽぽが咲く。そいから、あれア明治四十四年やったかな、地震で下ン田の畦が崩れたとき、おらと死んだ父っつぁとで今のように石で畦を積んだのじゃが、あの石ンとこに秋になると曼珠沙華が咲く。おらが餓鬼どもは毎年稲刈りにはあの曼珠沙華ンとこで遊ぶくせになっとる……」

勘五郎はもっと別のことを言いたかったのだが、うまく言えなかった。ただそんなに永く手塩にかけて来た土地だから手放したくない、という意味だけでなかった。何と言ったらいいか、そんなに永く手塩にかけている間に、おらはあの土地から離れて存在し得ない人間になってしまった、それを切り放されたら、ちょうど魚を水からあげたようにおらは生きた人間でなくなる、そんなことが言いたかったのだが、うまく言えなかった。

松岡はあきれたように「どうもお前は……」と、そんなことを言いながら顔をそむけた。

しばらくして松岡は勘五郎の気をかえるためにか女中に酒を命じた。それから奥へ行って何か書類を一揃え

持って来た。そして、酒が来ると手ずから湯呑茶碗につ いで、

「ま、とにかく一ぱいやれ」と勘五郎に差し出した。

「ところで、話は違うけど、お前川向こうの成瀬の工場を知っとるかい?」

「へえ、知ってます」と勘五郎は答えて茶碗を炉縁においた。

「あそこもお前、工場が出来る時ちょうどこんないざこざが起こったんだがな。しかしようしたもんじゃ、文句いうた百姓アお前、いまじゃ工場の見まわりになって月五十円も儲けて大喜びしとる」

「そうけえ」

「そうけえって……。さ、もっとやれ、もっとぐっとやれ、お前、酒、好きやったやないか」

松岡はきょうこそ一気に解決してしまわねばならぬと考えた。彼はつづけた。

「それアそうやろかいなお前、月に五十円もというたら、三段や五段作っとった百姓にア思いもおよばん金儲けやろうからな。だからさ、だから、わしもお前にアそれくらいのことはしてやるつもりじゃから、どうじゃい勘五郎、お前も一つここらでもういい加減うんと言うてくれたら。わしだってお前、これこのとおり(と彼は書類を一々見せた。)もう県庁の許可はとってしまったわ、大阪の会社とも契約結んでしまったわ、しかも建物はもうちゃんと町の請負師にあつらえてしまっとるんじゃ。それをお前……」

「いや、それアよう分かっとる。よう分かっとるけんど……」

「まア待て。それをお前、お前がかってに田圃へ鍬を入れたりなんかするもんじゃから……」

「だけんど旦那、おらだって、つばくらが来るようになれア、黙って可愛い田圃を捨てておくわけにア……」

「そこじゃて。そのお前の働き者のことアようわしにも分かっとるで。だが勘五郎、返して貰わんなんものアこれアやっぱりどうしても返して貰わんなん。そこで結局の話はこうじゃ、わしも乗りかかった船じゃから、そのお前の、耕したという田圃の手間賃も出そうじゃないか。それから工場の方も、田圃を埋め立てにかかると同時にお前を雇おうじゃないか。え、勘五郎、それでもう手を打ってくれ。わしもこれで県下に少しは知られた人間

じゃ、いつまでもぐずぐずしている手はなかろうじゃないか。え？」

「そうじゃ。それに、工場が出来れば村中のためにもなることじゃし……。それア勘さんにすれア、ほんとに永年作ってきた田圃じゃから、手放すのは我が子に別れるほど辛かろうけど……」と内儀さんもそばから口添えてきた。

勘五郎は再び黙った。ここまでくると彼は少し腹が立った。手放すのが辛いとか、耕した費用を出せとかという、そんな単純な問題ではないのである。彼は自分の気持が分かって貰えないのがはがゆかった。

「どうじゃ？」と松岡が催促した。

「………」

「え、勘五郎、そうしてくれるな？」

「旦那！」と彼は顔をあげた。もう相当の決心だった。

「おらやっぱり田圃を作らさして貰います。おらどう考えてもそんな岡へ上がる気にアなれませねえ」

「そんなお前……」

「うんにゃ！　田圃は旦那、万年たっても潰れん。だけんど、工場はきょうあってあすなくなるかも知れんもんじゃ。おらそんな不安なもんにこの齢になって頼るわけにゆきましねえのじゃ！」

松岡はさすがに、これは大変なものにとりつかれたと思った。彼は急いであたりの書類を片づけはじめた。

「そうか！」と言った。「それじゃ仕方がない。わしもいやなことじゃが最後の手段をとらねばなるまい！」

「どうさっしゃるのじゃ？」と勘五郎は不安の目を向けた。

「どうしようとそれはおれのかってじゃ。あの田はおれのもんじゃからな」

「だけんど、それを育ててきたのはおらが一家じゃ！」

彼等は睨み合った。雨はまだ轟々（ごうごう）と音を立てて夜の天地を包んでいる。……

二

翌朝勘五郎は早くから田圃へ出た。彼は旦那のゆうべの最後の言葉を決定的なものと考えた。こうなれば自分も最後の肚（はら）をくくらねばならぬと考えた。そうだ、旦那の先に田を植えつけてしまうんだ彼はそう決心してその準備の見まわりに出たのである。

三日三晩降りつづいている雨はきょうもまだ天の底が抜けたように降っていた。田はどこもここも畦を越すような水である。溝という溝は濁流にあふれて、もう流すものがないからただ奔馬のように暴れ狂って流れている。大川の土手はと見るといつの間にそんなことになったものか、高い土手のふちに立っていた松の木が二本も三本も土手崩れで倒れていた。

「恐ろしこっちゃのう。もう三日もつづいたら大川の土手が崩れるかも知れんぞの」

声がしたので、滝のように水を落としている笠を上げて見ると、古松がずぶぬれになって自身の田のところに立っていた。彼の田の畦が五間も流れてそこから水が川のように次の田へ流れているのである。

「おおいの、水もこうたんとあっちゃ……」

勘五郎はそんなことを言いながらそこを過ぎた。

苗代も湖のようになっていた。雨が絶えずその水面をたたくから、水面一面に荒い水頭と水玉が散って騒々しかった。しかし手を突っ込んで見ると、かえって雨のおかげで苗が五寸あまりにものびていた。この分なら植えて植えられぬことはないと彼は思った。

次に彼は往来へ出て追分へ行った。

県道が分かれて、一方は大川の土手へ、一方はまっすぐに旦那の部落へ――その分かれ道にその田があった。だから「追分」である。

ここでも水は田にあふれて雨といっしょに煮えくり返っていた。勘五郎は畦へ下りると、溝からの水口を鍬でとめ、水尻は別の方へまわってよその田へ落ちるように畦を切った。そうしておいてしばらくのうちに水がひくようならあす田が植えられるというものである。よその田との落差はわずかだったが、畦を切ると水は凄い勢いで流れ出した。彼は気をよくして次の田もそうした。また次の田もそうした。そして最後の田までそうすると今度は鍬をかついだまま旦那の部落へ向かった。別に用事はない、が、しいて言えば敵状視察、あるいはその敵状視察の間にもひょっとしたら？　ということが期待されたからである。

旦那の邸の門をはいると、右手の納屋の玄関に下男の三次が鎌を研いでいた。勘五郎はそこへのそっと寄って行った。自身、何だか、様子をうかがいに来た泥棒猫のような感じがしておかしかった。

「どうしたんじゃい、この雨の中を？」と三次は手をとめずに彼の方へ顔を向けた。

「うん、そこまで来たんでな。――旦那は？」と彼は何気ないふうに言って鍬をおろした。

「旦那はって、お前、よんべ旦那に何を言うたんじゃい？」

「何も言えやせん」

「何も言わんもん、何で旦那があんなに怒るもんか。旦那は朝早よから町へ行かっしゃったわ」

「町へ？　何しに？」

「何しにてお前、裁判所へ訴えに行かっしゃったんじゃないか。お前は何て馬鹿なやつじゃい！」と、三次ははじめて手をとめてペッと雨の中へ唾を吐いた。

　勘五郎はさすがに胸に衝きあがるものを感じた。彼はあわてて、きかずにいられなかった。

「そうすっと、旦那はおらを括（くく）らっしゃるつもりかい？」

「あほな！」と三次は笑った。「括りゃせんけど、田圃に縄を張るのじゃ」

「縄を？」

「そうさ。裁判所から来て、お前がはいれんように縄を張って行かっしゃるのじゃ」

　勘五郎は髭面を歪めてふふんと言った。何だ、子供じゃあるまいし、縄を張ってどうなるもんじゃ、彼はそう思ったのである。そしてその翌朝――彼は雨の中をほんとに田植えにかかったのである。

「おい、坊も来い。さと、われも来るんじゃ」

　彼は朝飯を食うと、女房はもちろん、上の二人の子供にまでそう言って田へ出た。

　雨はまだ降りつづいていた。いや、降りつづいていたどころかその量がますます多くなって、しかもけさは、何でも上流の武本へんで大川の橋が流れたとか流れるとかいうので、部落はなかなか騒々しかったが、彼はそんなことに構っていられなかった。何しろ旦那が積極的に出たのである。ぐずぐずしているとほんとにあの田圃は埋め立てられてしまうのである。

　苗代はきのうにもまして濁水に波立っていた。彼は女房と畦を切って水を落とした。その間、二人の子供は、いずれも莫蓙帽子を頭からすっぽり被って、脚絆をはいた姿で、吹き降りに身を寄せ合いながら畦につっ立っていた。彼等の眉毛から雨が雫になって落ちていた。

「突っ立っとらんと手つだわんか。雨で身体はこわれアせん！」

彼は畦を、鍬を持ってあっちへ行きこっちへ行きしながら彼等を叱った。

苗が水の上へ頭を出すようになると、彼等はいっせいに田へはいった。

「見ろ、こうしてとるんじゃ」

勘五郎は、両手にいっぱい苗を摑んで、ぐっと引きぬいて、それをパシャパシャと水にたたいて根を洗って見せた。子供たちはてんでに袖で顔の雨をこすりこすり赤くかじかんだ小さい手でそれをまねた。

八時ごろだった。七兵衛の隆雄がやはり雨の中を鍬をかついで通りかかって彼に言った。

「お父う、もうそんなことしても遅いざ。追分へ何やら変なものがたんと来とるざ」

彼はしかし驚かなかった。彼はむしろ、裁判所が来れば、――自分がある田を親の代から作っていることを裁判所が知って、かえって自分に有利に旦那に注意してくれるに違いないときのうから信じていた。彼は去って行く隆雄に、顔をあげて目にはいる雨水を袖でこすりながら声を送った。

「ほう、もう来たかいの。えらいこっちゃのう！」

こうして彼は九時ごろ、子供たちだけ家へ帰して、いよいよ追分に向かった。

果たして、隆雄の言ったとおり、追分では自分の田圃の全部に縄が張られていた。

道よりの田の畦際に真新しい木の立札も立ててあった。

「この田にはいるべからずと書いてある」と、字の読める女房が雨の寒さに歯をガチガチいわせながらその札を見上げた。

「ふん、何ぬかしてけつかる！」

勘五郎は立札を抜いて、路の向こう側のよその田の中へ力一ぱい抛った。それからかごに入れてかついで来た苗の束を田の方々へまいた。子供じゃあるまいし、あんなものに威かされてたまるかという気だった。

雨はもうひどい吹き降りになっていて、背をかがめて苗を植えていると、蓑を透し、笠を吹きあげ、首から、背中から全身にしみこんだ。ざあアと猛烈な音を立てて、これでもかこれでもかとその力を強めた。勘五郎は実際天の底が抜けたのだろうと思った。植えた苗が見る見る水の中にたたき伏せられていった。

「おいッ、こらッ、おいッ！」とだれかが叫んだような気がした。勘五郎は顔をあげて往来を見た。斜めに吹きつける雨の中に、黒のカッパを頭からすっぽりかぶって駐在所が自転車を持って立っていた。

「え！」と勘五郎はきき返した。巡査の白い歯が髯の下でまた何か叫んで動いた。勘五郎は田からあがって行った。

「貴様ア、ここにあった立札をどうしたんじゃ⁉　だれの許しを受けてこの田へはいってるんじゃ⁉」

巡査はのっけから大声で怒鳴った。

勘五郎は「ほ、巡査まで」と思ったが、わけを言ったところでこんなところでは、はじまらないと思って黙っていた。巡査は、

「え、勘五郎、あの立札をどうしたと言ってるんじゃ！」

とまた怒鳴った。

「捨てました」と勘五郎は答えた。

「なに、捨てたア⁉」

巡査はほんとうに驚いたようだった。

「なんちゅうことをしてくれたんじゃ。あの立札は、貴様、法律やぞ！　裁判所の立札やぞッ！」

「……⁉」

「ようし、来い！　裁判所の立札を捨てたとあっちゃおれも黙っておれん。貴様を逮捕する。本署まで行くんじゃ！」

巡査は自転車ごと近づいてやにわに彼の腕をねじあげた。

勘五郎は自分が大変なことをやったことにはじめて気づいた。蒼くなって女房を振り返ると、女房もいつの間にか植えさしの苗をつまんで心配そうにそこへ来ていた。

「旦那様、わしら何も……」女房が何か言いかけたが巡査はきかなかった。

女房は雨の中でおんおん泣き出した。

三

ちょうどそのころ、松岡は自宅で、駐在所から電話のかかって来るのを今か今かと待っていた。

彼は、勘五郎と最後に会った晩、勘五郎が帰ると妻とこんなふうに話し合ったのであった。

「あんまり可愛がるのもよしあしじゃな。ものの道理を考えんとただ一途(いちず)に駄々をこねている」

「どうなさいます？」

「仕方ない、立入禁止の処分でも申請せずばなるまい」

「でも、そんなことなさったら、勘さん――それこそ面倒になりませんか」

「禁制を犯すというのか。うむ、あいつならやりかねないな。しかし――ああ、そうじゃその方がかえっていいよ。その方がかえって警察で一つおどかして貰って早くかたがつく」

彼はその翌日裁判所へ行ったついでに町の警察へも寄った。そしてそのことを言って打ち合わせた。

「少し横着なところはありますが、そのほかはただ無知で頑固なだけなんです。わたしも永年の地子ですから、もしそんなことをやりましても罪におとしたくないんだし……。それで、どうか一つ……」

つまり彼は、勘五郎が禁制の縄にひっかかるのをちゃんとあらかじめ勘定に入れていたのである。

十一時ごろその電話がかかって来た。

彼はにたりとして受話器をとった。

「そうですか、それはどうも……」

「それで、いまから本署へ行こうと思うんですが……」

と駐在所が言った。

「そうですか。それじゃわたしもあとから参ります。いろいろどうも……」

彼は電話を切るとすぐひるを食った。それから雨装束をつけると雨の中を自転車で町へ急いだ。警察のドアをギイと押してはいると、勘五郎は巡査らの執務している後ろに、巡査の外套を借りて羽織って、自身は裸になって野良着を火鉢に乾かしていた。そのそばに駐在所もこちらへ背を見せて椅子に掛けていた。彼等はちらとこちらを見たようであった。松岡はそれを見て見ぬ振りをして署長室にはいって行った。

しかし、実際は勘五郎は何にも気づいていないのであった。

彼は全く動顛（どうてん）してしまっていたのである。どうしてここまで来たか、何でこんなことにならねばならなかったか、彼にはそれさえまだ考えられなかった。ましてや表からだれがはいって来ようが、彼はそんなことはまるで意識の外にあった。彼に分かっているのは、ただ自分の来ているのは警察であること、そして自分はそこへつかまったのであること、それだけであった。彼は恐怖の中でこんなことを考えていた、——おとつい自分は仏壇に詣らなかった。それからこんなことも考えた、——留置場というところはおれを縛って入れておくのだろうか？　彼は下部落の駐在所にいるとき表の雨の中を郵便屋がせっせと通って行ったのを思い出した。すると女房がずっと泣き叫んで追っかけて来たことが思い出された。彼は再びつかまっている自分を感じ、何か泣けそうになって来た。野良着を火鉢の上にかざしている彼の手ははじめからずっと震えどおしであった。

一人の巡査が彼等のそばへ来て立った。脚をひろげ、両手を火鉢にかざして、駐在所に言った。

「ひどい雨ですな。百姓たちア騒いでいるでしょう」

「うん。しかしこれが秋でのうてよかったですよ」と駐在所が答えた。

勘五郎はちょっと見あげ、またすぐ目を伏せた。巡査はその彼の頭の上で、

「松岡……」あと何とかかんとか顔の表情で喋ったらしかった。

「おや、もうね。それア早かったですな」

勘五郎はピーンと緊張した。松岡という言葉が彼の意識を呼びさましたのである。彼は俯向いたままで耳をすました。しかし巡査らはそのあと何も言わなかった。

駐在所はのびあがって向こうを見て何かそわそわしていたが、やがて立って向こうに行ってしまった。

しばらくするとそばの巡査がまた言った。

「じゃ、もうそろそろ着物を着かえるとするか。かわいたらしいから」

「へえ」と勘五郎は顔をあげた。

「着かえて、向こうへ行くんだ」

留置場！　彼は恐怖で目先がまっ暗になった。が、連

れて行かれたのは廊下の横の別室だった。はいると、テーブルの向こうに金ピカの役人が一人掛けていて、それが案外ににこした目で彼を待っていた。

彼は二時間ほどしめあげられて警察から釈放された。

蓑を着て再び雨の中へ出たが、彼の胸は旦那に対する恨みで煮えくり返っていた。彼はすべてのことを理解したのである。「あほな！　括れアせん！」と言ったときのうの三次の言葉がうそであったばかりでない、旦那はそれを最も陋劣な手段で、つまり自分に罠をかけることによって実行したのである。しかも何も知らぬ自分がそれにひっかかってのっぴきならぬところへ落ちこむや、旦那はここぞととびついて来たのである。彼は今まで、旦那と争い、旦那に楯つき、旦那を手古摺らして来たが、常にある点で旦那に対する親愛の情は失わずにいた。いや、旦那を旦那と思い、松岡家を自分の命を託した主筋と思えばこそ、彼は安心して無理も言えていたのだ。それはちょうど子供が親に対して、他人には言えぬ無理を安心して言う、あの心理に似ていた。彼は旦那と争いながらもそうした気持を常に心のすみに蔵していたのだ。ところが旦那は、己れの都合のためには、ぜんぜん自分を敵人扱いにしてしまった。……

警察の前は、ちょうど警察につき当たるT字形の街になっていて、差入れ弁当屋や、代書店や、粗末なたばこ屋や、草鞋などをさげた荒物屋などが並んでいた。雨は相変わらずやけくそに降っていた。彼は角のたばこ屋の、雨樋がざあざあと滝のように水を落としている電柱のそばまで来ると、ふと思い出したように立ちどまって警察の方を見た。それから、ガラス戸を閉めきったその店の軒下へゆっくり寄って行って跼んだ。何のために？　彼自身それを知らなかった。ただ彼は、いま出しなに、旦那がまだ、衝立で囲っただけの署長室に残っていて、笑い声を立てているのを見て来ていた。彼の胸には、彼自身まだ気のつかぬ狂暴なものが巣を作りつつあったのである。

警察の表を注視して、待っていると、旦那は間もなく出て来た。土色のカッパを着て同じ色の手袋をはめはめ。が、ドアの前の石段を自転車置場の方へ降りようとして、一瞬ぴたりと足をとめた。彼を見つけたのか、それとも忘れ物をしたのか、雨が激しくてその表情は分からなかった。旦那は中へ引き返して行った。

「いずれにしても自転車があそこにある間は……」

勘五郎はそう思ってねばった。

　雨のために街の人通りはほとんどなかった。たまに通る者は、カッパから目ばかり出した棒手振(ぼてふ)りとか、同じくカッパを着て自転車ですっとんで行く人間とか、そんな者だった。おかげで、蓑に笠という町では謂わば妙な姿でたばこ屋の軒下に踞んでいる彼の異様な姿はだれの目にもつかなかった。しかし、やがてたばこ屋の人々が騒ぎ出した。小さなガラス戸を開けてたばこを売る、その売場の下のわきに彼は踞んでいたのだが、しばらくすると六つばかりの女の子がそのガラス戸のところへ来て彼を覗いた。次に痩せた髪のうすい前垂姿の主人がその子に代わって戸をあけた。

「あんた、そこで、何しとンにゃ？」

　勘五郎はじろりと睨んで見あげた。別に睨むつもりではなかったのだが、彼のその場の激しい心持と、その陽に灼けた、雨にぬれた鬚面とが自然そんな表情を作ったのだ。主人はペッと外へ唾をはいて彼に命令した。

「お客様がよりつかんで困る！　あっちへ行け、気色(きしょく)の悪い！」

勘五郎は二、三尺横に動いて今度はゴミ箱の蓋の上へ腰をかけた。

　だが、旦那はなかなか出て来なかった。それから二時間、勘五郎が、笠の下で雨に火の消えるのにいらいらしながらたばこをのみつづけていても、たばこ屋の前から、差入れ屋の表へ場所がえして待っても、出て来なかった。松岡は警察署の裏から家へ帰ったのである。

　勘五郎の胸の中の狂暴なものが次第に形をとって外に現われて来た。彼はきせるを雨の路上へたたきつけた。じだんだ踏んで目先にあった小石を力いっぱい蹴飛ばした。小石は雨の中をすっとんで、警察の表の、鉄鎖を低く垂らしている垣のコンクリートの支柱に当たって植込みの檜葉(ひば)の中へはねかえっていった。差入れ屋の若い者がそれを妙な顔をして見ながら夕方の差入れ弁当を警察へ運んで行った。

　そのうち、土砂降りの街に夕方の電燈がついた。たばこ屋はじめあたりの家々は表の板戸を閉めはじめた。ついに彼は、何か大声をあげて泣き叫びたい気持でそこを去らねばならなかった。

「どうすれアええんじゃ！」と、彼は雨の街を行きながら口に出して言った。そしてまた「どうしてやれアええんじゃ！」と叫んだ。絶望感と、疲労と、雨にぬれた寒さとで、彼は歩き出すと全身鉄のように重くしびれている自分を感じた。

十時ごろ村へ着いた。彼は最後の元気をふるって松岡の表まで行ったが、そこもやはり固く門を鎖していて彼をいれなかった。彼はしばらく門の石段に突っ立っていた。門の前の大欅（けやき）の幹を、枝から集まった雨水がいかにも滔々（とうとう）と伝わり流れていた。門燈の光で、それがきらきらと生き物のように美しかった。彼はもう一度雨の中でつぶやいた。

「どうすれアええんじゃ！」

四

彼は十一時ごろ家に帰って来た。寝ずに待っていた女房は、ずぶぬれの彼を見ると、すべてを察してただ黙って着物を着かえさせ、炉へどんどん木株をくべた。彼はその横で砂をかむようなおそい夕飯を食った。

彼等は囲炉裏を囲んだが、どちらも何も言わなかった。彼も喋らなかったし、女房もきかなかった。しかし彼等にはすべてが分かり合えた。

電燈が故障で消えた。

三時間ほどたった。外は相変わらずのひどい雨風だった。海鳴りのように嵐が荒れ狂い、大粒の雨がたえず横手の障子をたたきつけていた。表を人の叫び声が駆けて行った。勘五郎は女房と向かい合っていることにたまらなくなって、

「もう、われ、寝ろ」と言った。

「うん、寝るけんど……。お前さまも寝さっし……」

女房は火箸で炉の木株をつついた。残り少なになった木株から火の粉がパチパチとはぜて、闇の中に彼等の顔が照らし出された。ぞくぞくと深夜の寒さが感じられた。

女房が納戸へ去ると彼はごろりと炉端に横になった。彼は寝床で寝る気になれなかった。

彼は今さらのようにあの警察の別室での情景を思い出した。旦那を横において警部補の最後に言った言葉はこうであった。

「田を返す返さんという問題は、それは二人の間の問題だから警察は知らぬ。しかし、お前がどうしても返さぬという肚なら、警察としては、いやなことだがこのままお前を釈放するわけに行かない。なぜかといえば、そんなら、お前はここから出たら、またきょうのような罪をおかすに違いないからな」

彼は役人の言葉に腹は立たなかったが、そのかげにかくれてにたりにたりしていたであろう旦那の心を思い起こすと、今でも腹の底が煮えくり返ってくるのだった。永い間作り作りしている間に、それを借りているという意識はあっても、それを返さねばならぬものだと考えなくなってしまった自分が不覚だったと言えば言える。しかし、いかに何でも、地主と地子の間にあってあんな手を用いるとはあれは何だ！

背戸に何か大きな物音がした。桑畑の中にある溜肥小屋が吹きとばされたのに違いなかった。しかし彼は動かなかった。溜肥小屋がとんだところで何であろう、自分はもう百姓でなくなってしまったのではないか。

また人が表を騒ぎながら駆けて行くのが聞こえた。勘五郎は、雨の大川の土手に、電気ランプをたよりにたくさんの百姓の右往左往している情景を頭に描いた。けれども――これとてももはや自分には無関係のことだと思った。土手が崩れて洪水になったところで、自分にはもはや流れる田圃が一つもなくなってしまっているのではないか。

ふと彼はこんなことが思い出された。

「そういえば、おれはもう、天候や季節というものにまるで無関係の人間になってしまったのだ……」

勘五郎は泣きたいような気がした。天候や季節と無関係の人間になる？　雨が降ろうが風が吹こうがそれに喜びも悲しみも感じない人間になる？　春が来ようが秋が来ようがそれに無関係の人間になる？　おお、それはまるで自分が生きていないということと同じことではないか。

彼は自然とともに生きて来た自分の過去をなつかしく思いひろげた。ああ、何とそれは苦しくもまた美しき生活であったろう。まず春だった。大川に雪どけの水が流れ出すと、自分たちはあわてて苗代にかかった。子供たちは川原へ流木を拾いに行った。広い川原に鶺鴒（せきれい）が飛んで、さんさんとふる春の光の中であそこに子供たちの唱歌が聞こえた。町の肥料屋のはいりこんで来るのもそのころだった。彼はきまって部落の川本に腰をおろした。自分たちは昼休みにそこへ集まって行った。そして、山桜の咲いた背戸の縁先で、あるいはたばこをくゆらしたり、あるいは去年の帳面をひろげたりして肥料屋と値の懸け引きをやった。五月、しとしとと雨が降るともう田だった。自分たちは死にもの狂いだった。部落はどこへ行っても気持のいい泥と空腹に満ちていた。新緑が部落を包み、田ではつばくらが飛んでいた。田植には毎年新田の勇治が唄をうたった。

送りましょかいの
送られましょか
せめて峠の
茶屋までは……

六月七月、適当な雨と適当な日照りとが必要だった。太陽と雲はそれを自分たちに与えたりまた与えなかったりした。自分たちは一喜一憂した。草取りは日照りの日に限られていた。灼きつくような夏の陽を背いっぱいにあびて、パシパシした逞しい稲の葉に目をいためながらひとうね終えて向こうの畦に行きつく、ひょいと顔をあげると向こうの山の上に白い雲がむくむくと峯を作っていたのだった。そして、――八月になるともう稲妻だった。

「稲光はこわいけんど、稲に乳を持って来てやるんやから……」

障子際に蚊やりを焚いている夜など、子供たちはピカリと目にはいる電光におびえながらもそう言って我慢した。実際、あくる日田圃へ出て、葉の先に顔を出している可愛い青い穂をつんで口にかんでみると、じわりとあまくさい乳が出た。いよいよみのりの秋が来るのだった。

「そうじゃ、秋に雨の降ることがほんまにこわかった」

勘五郎は思わず口に出してつぶやいた。気がつくといつか炉端にとろりとしていて、目に涙がにじんでいるのだった。もう障子の外が白々としていた。

女房が起きて来た。彼がそこに寝ころがっているのを見ると、

「あら、お前さん、恐ろしや、とうとう寝んじゃったかいの」とびっくりして目をこすった。

「うん、いや、ちょっとここで寝た」勘五郎は答えて女房に知れぬように目頭をふいた。

雨は一時小降りになっていたが、その時また凄い降り方で降って来た。

「これアひどい！」

「ほんとに！――そんじゃけんどお前さ、そんなことしとったら身体に毒や、ままの焚けるまでちょっと寝させ、あん」

女房はそう言いながら土間へ釜の下を焚きつけに行った。

やがて子供らも賑やかに起きて来た。

「あ、お父、いつ帰って来たんや？」

上の男の子は、炉の間へ出て父を見つけると帯をしいしい喜んだ。

「おらら、よんべ十時ごろまで寝んと待っとったのやぞ」

勘五郎は何も言えなかった。

「おらよんべ帰らしたを知っとった」上の女の子がにたりとして炉端へ寄って来た。

「おらも知っとった」と二番目の男の子がまねた。

「何や、知っとったんなら何で言わんのや」

「われン見てな寝ぼすけに言うたかて……」と女の子が笑った。

「そうや、兄イの寝ぼすけ！」と二番目の男の子が言った。

「こいつ！」と長男が気色ばんだ。次男は姉の腰へかくれてはまた「寝ぼすけ！」と叫んだ。長男はとびついて行った。勘五郎にはそれらが一々胸にこたえた。彼はたまらなくなってかえって怒鳴りつけた。

「餓鬼どもッ！　赤ん坊が目をさますちゅうこと分からんかッ！」

ふいに、再び小降りになった雨の空へ、部落の火事太鼓が鳴り出した。

みな一時しーんとなった。

「火事やろか？」と長男が言った。

耳をすましていると、つづいてどこかの半鐘もなり出した。いや、遠くの半鐘、近くの半鐘がみないっせいに鳴り出した。

勘五郎はさすがに蒼くなった。

女房が真蒼な顔をして駆けこんで来た。

「お父！　橋じゃろうか⁉」と彼女は言った。

「うむ、橋ぐれえならええが……」勘五郎はとっさに立っていた。「洪水かも知れん。念のためにわれ赤ン坊を負うとけ。――われらおっ母のそばを動くな！」そして彼はものも言わずに跣足で外へとび出して行った。

　彼の家の前は往来まで四、五間の間桑畑になっている。その桑畑を往来までとび出すと、彼は出合頭に、夫は子供を抱え、妻は夫にすがりつくようにして駆けて来る隆雄夫婦に会った。彼はそぼ降る雨に突っ立って怒鳴った。

「橋かア⁉」

　隆雄はちらりと見たきりだった。

「馬鹿ッ、逃げろ！」と叫んで駆けて行った。

　勘五郎は瞬間往来の上手――自分の部落の方を見やった。往来の左手に六右衛門の竹藪が、右手に作松の藁家があってそこから部落となっている。その部落の入口から見える往来の向こうへ、何か轟々と泡立った五尺ほどの生き物の断層が、凄い速力と勢いであたりを一気にぶちこわしながら殺到して来るのが見えた。水だ！　彼はどう思って家まで駆けこんだか知らなかった。

「アマへあがれッ！　アマへッ！」

　彼は土間へとびこむとそう怒鳴った。〔藁家の屋根裏をアマという〕女房は炉の間に子供たちを集めていたが、

「水け？」と跳びあがった。

「ええッ、馬鹿ッ、早よしろ！」

　女房は赤ン坊の負帯を締め締め三人の子供を土間へ押し出した。勘五郎はそれを引っ掴んで、土間からアマへ掛けてある急な棒梯子へ一々放り渡らした。長女は脇下を抱えられてくすりと笑ったようであった。子供たちのあとから女房も遮二無二登って行った。登りながら彼女は叫んだ。

「釜じゃ！　お父、釜！」

　勘五郎は流しの横にある焚きたての飯の釜を引っ抱えた。それからその横にあった女房の絆纏をさらった。もう背戸に家へぶつかった怒濤の音がした。井戸の脇の障子が激しく刎ねとばされ、そこからどっと水が流れ込んできた。勘五郎は梯子にとびついて行った。見る見る土間に濁流があふれて、薦や井戸蓋や、杵や、笠や、盥や下駄などがぶつかり合って浮かびはじめた。息つく間もないほどの速さだった。

「恐ろしやア、大げえン水ねえけの？」

アマへあがると、女房はずっと奥の、藁や豆がらの間の暗いところに子供たちと寄り固まって震えていた。

「うん、どこか武本へんで土手が崩れたンに違いねえ。こんなひどい洪水おらも生まれてはじめてじゃ」と、勘五郎も興奮して、それでもやっと命拾いをした思いでぬれた股引きをぬいだ。

「どうなるんじゃろ⁉」と、女房は心配そうに言ってその股引きをしぼった。

「よっぽど崩れたんやろうか？」

「そうに違いねえ。多太助の前へお前、いま水の押しかけて来るのを見たときア、おらこれアあかんと思うた」

「何もかもめちゃめちゃじゃ。この間蒲団仕立てなおしたのに……」

「蒲団も何じゃが、仏様をわれ……」勘五郎は仏壇をそのままにしておいたのが気にかかった。

また猛烈に雨が降って来たようであった。彼等はそれに気圧（けお）されてしばらく黙った。何か底恐ろしい気になって来た。

「いまのうちにまま食うとこけ」と女房が言った。

「うん、そうしよう」

「子供たちも蒼い顔をしながら釜の周囲へ集まった。長男が言った。

「茶碗ないな」

勘五郎はじろりと睨んだが、女房に、

「井戸ン横の棚か？」と言って立った。とって来てやる気だったのだ。

が、勘五郎はとりに行けなかった。アマの床は簀子（すのこ）で出来ている。その簀子の床に三尺四方ほどの穴があってそこから下へおりるのだが、その穴にもう梯子がなかったばかりか、水が穴の口まであふれて渦を巻いて流れていたからだ。勘五郎は今度は頭のてっぺんにじーんとしびれを感じて女房らの方を振り返った。

「見ろ、嬶（かか）ア！」

「ああ！」と、近づいて来た女房も色を失ってしまった。

「そういえばさっきから……」

「うむ」

どすんどすんと何かがさっきから家にぶつかっていた。水の圧力だけでない、水の圧力とともに家をたたき壊そうとする何か凄い力のものが……。彼等はものの話に聞いていたのである。大川の土手が根こそぎ崩れると、田より川底の高い大川からはあらゆる大石小石が流れ出して家をぶち壊すということを。彼等は命拾いしたどころか、これから命を捨てねばならぬ自分たちを感じた。

勘五郎は無言で横手の煙出し穴へ行って外を見た。恐ろしい光景が見られた。煮えくりかえっている雨の下に、果たして外は一面逆巻き流れる濁水の大河だったのだ。しかもその水量は目の前の屋根廂(ひさし)にまでたっしていた。部落はその怒濤の中に、ただ樹々の梢と、藁屋根の頭だけを見せているに過ぎない。ああ、これは根こそぎ流されると勘五郎は思い、向こうから見たら自分の家もああなっているのだと戦慄した。上流から流れて来たのだろう、大きな枝つきの樹が、彼の鼻先でごぼっと根のところをあげてひっくり返ったり、枝のところを腕のようにつきあげたりして流れて行った。手近の六右衛門の竹藪はきれいに流れに没していた。その向こうに頭だけ見える六右衛門の屋根へ、いま六右衛門が、雨のあおりに吹きとばされそうになりながら家族たちと縄で数珠つなぎになって這って出ていた。彼の家ではもう屋根裏まで水が来たのに違いなかった。

勘五郎はそばに集まっているみんなに言った。

「死ぬなら、みんないっしょに死ぬのやぞ！」

子供たちはわあッと泣き出した。

彼は自分の帯を解いて次男を背負った。女房の背中の赤ン坊には女房の絆纏をかぶせてやった。(赤子は無心に眠っていた。)長男には自分の手拭で、長女には女房の前垂れで、ともに頬かむりをさせた。それからアマにあったまだ使わぬ井戸縄で四人の身体を数珠につないだ。子供たちは数珠つなぎにするともう泣かなかった。いつか水は簀子を越えて彼らの脛にまでたっしていた。

彼は煙出しの枠へ足をかけて屋根へ出た。吹き降りがまともに来てたちまち全身ずぶぬれになった。つづいて長女が、次に長男が、最後に女房が出た。みな歯をガチガチさせていたが、健気(けなげ)にも目は生々としていた。

登攀(とうはん)の呼吸で、彼等は朽ちた屋根藁に足先を突っ込み突っ込み峯へ登って行った。

「ああ！」と勘五郎は、雨を顔にまともにあびながら四方をみた。何という物凄い光景であろう、濁流は、大川の土手から、南は向こうの端まで、滔々と数尺の波を脈うたせて矢のように流れていた。樹、藁、材木、何かの箱、唐箕、板切れ、そんなものが押し合いぶつかり合って流れている。どこを見ても部落は一つもなかった。いや、あるにはあるのだが、見えるのはただぽつりぽつりと屋根の頭だけで、ないと同じことだった。どこがどの部落かも分からなかった。しかもそれはなおも刻々と増していることが分かった。

勘五郎はすべての田畑が流れてしまったのを感じた。それによって生き、それについて争い、それによって喜んだあのすべての田畑が……彼は松岡と争ったきのうまでのことを思い出した。あの田を返せ、いや返さぬ――ああ、何と自分たちはケチくさいことを言い合っていたものだろう。この大自然の威力の前には、それはまるで釈迦の手の平を走っていた提婆達多（だいばだった）の所作と同じことではなかったか。

彼は自然の前にはあまりにも小さい人間をいまさらのように感じた。彼は怖いというより頭の下がる思いであった。

屋根の峯は、吹き降りのあたりが強くてとても腰をかけているわけに行かなかった。それに、周囲を流れる流れのために、屋根がどんどん上流に走るような錯覚が感じられて危なくてならなかった。彼はみんなに怒鳴った。

「みんな峯に跨（また）がれ。跨って突っ伏せ！」

女房が躊躇していると、

「何をぐずぐずしとる！　こんなときに男も女もあるけッ！」と叱った。

長男は峯にしがみついて、それでもこわごわ方々を見ていた。女房はその上へのしかかるようにして、長男の両脇の屋根の押え竹を両手でしっかりと摑んでいた。彼女の背中の子は、この雨の中に出されてもまだ目をさまさず、絆纏の中で母親の肩の方へ頭を垂らして熟睡していた。勘五郎は自分のそばの長女を抱えた。彼女は屋根の竹へ頬を押しつけて、目をつぶって右歯をガチガチガチガチいわせていた。

「怖がらんでもええ、お父もおっ母もみなおるんじゃ」

と彼はそのぬれた髪をなでてやった。

「あッ、蛇！」と、長男が女房の下からはね起きた。なるほど蛇だった。彼等が固まっている、その屋根の峯へ向かって、屋根の方々から三つも五つも鎌首をもたげて登って来るのだ。気がつくと、彼等が登る以前からもいたものらしく、峯の方々に地に置いた縄のようにもつれ集まっているのだった。彼等も洪水で巣を壊されたのだ。

見ていると、逆巻く激流を渡って、なお次から次へと矢のように屋根へとりついて来る。

　勘五郎は、腰の鎌をぬいて蛇らを追ったが蛇は逃げなかった。彼等もまた命がけなのであった。

「放っとけ、かみアせん」

「身体へ巻きついて来る」

　長男は腕に巻きつく蛇をもてあまして悲鳴をあげた。蛇は高みを望むのか、勘五郎にも女房にも巻きついて来た。

　家が流れて来た。

　生木、藁、材木――そんなものに混じって、ちょうどいま自分たちが命を託している屋根と同じ藁屋根が、半分以上濁流に沈んだまま、何か船頭のない屋形船のように浮きつ沈みつして流れて来たのだ。屋根の上には声を限りに救いを求める幾人かの人間が乗っていた。

　また流れて来た。

　また流れて来た。

　二つも三つも前後左右して流れて来た。見ると六右衛門の家も作松の家も、もうそのあるべきところになくなっていた。

　人々の悲鳴と高らかに称える念仏の声がどどどっと轟（とどろ）き渡る濁流の音にまじって空にひびいた。雨はまたいくらか小やみになってきたが、水はいよいよその量を多くしてきたに違いなかった。

　そのとき彼等の屋根もずくんとひどい衝撃を受けた。急いで上流の方を見ると、およそ径五尺ほどの樫（かし）の大木が彼等の家へまともにぶつかって、それがいまちょうど根の方を屋根の下へ突っ込み、幹から枝にかけてをぐぐぐっと脈動させながら底へ吸いこまれてゆくところであった。(その枝に蛇がうようよと巻きついているのが見えた。) 勘五郎はあッと思った。次の瞬間屋根全体がぐらぐらっとして、急に屋根が二、三尺沈んだ。と、彼はもう自分の屋根が上流へ走るあの錯覚を感じなくなって、代わりに向こうの堤防が(その大川の堤防に人が右往左往していた。)どんどん上手へ走って行くのを見た。彼等の家もついに流されたのである。

「われら、死ぬときはみな一緒やぞ!」と、勘五郎は屋根があおりを食って激流に乗り出したとき大声に叫んだ。子供たちは泣き叫んだ。女房は一生懸命に念仏を称えはじめた。赤子は目をさまして火のついたように泣き出した。屋根は彼等を振り落としそうに大きく激しく波にもまれながら流れて行った。

もはや勘五郎は何も思い出さなかった。田のことも、松岡のことも。それからあんなに自然を愛し、自然とともに生きて来た自分の生活のことも。彼はただ痛いくらいに死の恐怖に直面していた。屋根は流れている、このままゆけば、やがて屋根はバラバラにほぐれて自分たちは濁流にのまれるのである。十分後か、三十分後か、それは必ず来るのである。その恐怖の現実感が肉体にまでひしひしとこたえた。彼は長女と長男の身体をしっかり自分の胸の下に圧さえて、次男を負った自身は屋根の傾斜へ両脚を立ててひろげて、ただ前方を皿のように睨んで流されて行った。

一本の松が彼等の前方に現われて来た。すべてのものが流れている時、その野中の老松だけはびくともしないで激流の中に突っ立っている。勘五郎の心臓は激しいよろこびで鼓動した。彼はそれをどこの松だか知らなかった。（それは例の地蔵の一本松だったが、勘五郎にはもはやそんなことを識別する理性はなかった。）彼はこう思ったのだ。そうだ、自分の屋根はちょうどあの松に向かって進んでいる。あの松の枝にとびついて助かるのだ！

「おい、嬶ア！」と彼は叫んだ。「あの松の枝にとびつけ！　われとおらがしっかりとびついて子供たちをひきあげるのじゃ！」

だが、彼等の屋根がそこへ近づく先に、どこからか別の屋根が流れて行ってそれにひっかかった。屋根は一瞬とまり、流れをはばんで、次の瞬間にはぐっと幹の横へねじられた。屋根はバラバラになった。もちろん、乗っていた人間もろとも見る見る濁流にのまれてしまった。

勘五郎の屋根は、その横を、ひどいあおりを食って流れて行った。

しばらくするとまた前方に物が現われた。今度は大きな欅と瓦葺（かわらぶき）の家だった。洪水の中にも流れの中心はある。あらゆる流失物を表面に浮かべて矢のように進むその流れの中心をあびて、その家は巍然（ぎぜん）と流れの中に立っていた。読者がすでに気づかれたごとく、これは松岡の家とその門前の欅だった。しかし勘五郎はそれも気がつかなかった。これは不思議でなかろう。彼は流れ出した瞬間から時間と空間の観念を失ってしまっていたのだし、場所も無限に広い濁流の中だったし、松岡の家も、その濁流の中に半ば没して不断とまったく様子を違えていたのだから。勘五郎の胸は再び高鳴りはじめた。が、彼は希望と同時に恐怖も感じた。あそこへ屋根がぶつかる。バラバラになる。その瞬間が勝負だと思った。彼は片手をのばすと女房の髪をひっ摑んで言った。

「分かったか。あそこへぶつかる。おらが一二三という、それを合図にあの二の屋根へとび移るのじゃ！」

長女や長男も屋根の峯で腰を浮かべた。勘五郎は涙を感じた。何という健気な！——屋根はどんどん近づいて行った。

屋根はまず大欅にその端をぶつけた。勘五郎はあっと思った。それから流れが角に当たって逆巻いている家に向かった。屋根はぶっつかった。そして一回転すると今度は二の屋根とすれすれにゆるく流れはじめた。

「今だ！」と勘五郎は思った。

「とぶんじゃ！」と彼は叫んだ、「一、二の三ッ！」

彼等は数珠のままいっせいにとんだ。濁流が渦を巻いている一間あまりの間隔を、腐って足場の定まらぬ藁屋根から向こうの雨にぬれてつるつるする瓦屋根の上へ。勘五郎はとぶ前から長女の身体を抱えていて、とぶと同時に長女と激しく後ろへ引きしゃくられた。女房がとびそこなって、その先につらなっている長男までを濁流に引き落としたのだった。もし勘五郎が、とぶと同時に瓦の上に俯向きに転ばなかったら彼等もともども落ちていたであろう。彼は長女と間髪を入れず長男をひきずりあげ、つづいて女房も助けあげた。幸い藁屋根の端がまだ水の下にあった。女房と赤子が少し水を飲んだだけで六人はまったく無事だった。

彼は大屋根との間にある小さい窓の桟を瓦でたたき壊した。ガラス戸もたたき破ってはずして捨てた。そして女房から順々に家の中へ縄でおろした。中は二階だったが、水が股のところまで来ていた。暗くて死の家のように静かだった。破った窓からの光で見ると、その水の中にいろいろの箱類がつかっていた。人は一人もいなかった。

彼等はその水の中に立つと、今こそ抱き合って滔々と泣いた。助かったのだ！　あの、家の流れぬ先に屋根に頑張っていた幾分間、——そうだ、彼等はそれを百時間のように感じていたが、事実はたった十分間にも足らなかったのだ！　それから、あの激流にもまれて流れて来た幾分間、ああ、よくもあの恐怖にこらえてそれにうち勝ってきたものだ！　まだ恐怖の戦慄がとまらないだけに、勘五郎には女房が可愛かった、子供たちが可愛かった、自分が可愛かった。彼等の身体にはまだ幾匹もの蛇が巻きついていたけれども、——そして赤子は火のついたように泣き叫んでいたけれども、彼等はひしと抱き合っていつまでも、いつまでも泣いているのだった。

しばらくしてやや気が落ちつくと女房が言った。

「ここはどこやろ？」

「うん」と勘五郎も考えた。「篠田へんと思うが、欅があったな？」

「気がつかなんだ」

「ひょっとしたら……」

勘五郎は水を掻き分けて動き出した。彼はこんな家の構造を知っている、北側はこんな物置のようでも南は座敷なのだ。彼は浮かんだ箱類を鎌で押しやり、——それらにも蛇がたくさん集まっていたからだ。——一歩一歩足で床を探って進んで間の板戸をこじあけた。パッと明るくなって、座敷のまん中の、箱か何かを台にして畳を並べた急造の台の上に人が六、七人寄り固まっていた。松岡一家であった。

「そうか、やっぱり！」と、彼はそこに突っ立ってしまった。

松岡は愕然としたようであった。無理もない。彼は勘五郎がきのうのつづきにやって来たのだと錯覚したのだ。きのうのつづき、——あの土砂降りの、町のたばこ屋の前に踞んで自分をねらっていた勘五郎のつづき！　この氾濫のどさくさをいい機会にして、鎌をもって、勘五郎は一家をひきつれて自分を殺しに来たのだ！

彼は台の上に突っ立ちあがると、頭を天井にぶっつけ、妻や子を後ろにかばって叫びだした。

「待ってくれ勘五郎！　お前の腹立ちは分かってる。しかしおれはもう無財産になってしまったのじゃ！　田はみんな流れてしまった！　蔵も納屋も流れてしまった！　家も半壊しになってしまった！　おれはもう工場出来ないのじゃ！　おれはもう……」

だが、松岡を見た瞬間の勘五郎の思考はそれと全く違ったものであった。彼は、——いや彼こそ、その瞬間もう全く裸一貫になってしまった自分を強く感じたのだ。いった田をなくした上にさらに家まで失ってしまった。その自覚が強いおれはあすからどうすればいいんだ？

く胸に盛りあがって来ていたのだ。

彼の鬚面は見る見る輝いて来た。彼は鎌を捨てると、背中の次男を強くゆすり上げて彼等のそばへ寄って行った。

「そうか旦那、そんならやっぱりあの田圃はおらから取り上げねえのか。ありがたい！――おい嬶ア、おらら命ばかりか、田圃まで助かったらしいぞ！」

そして彼は、再び松岡の方へ向くと昂然と言った。

「それ見ろ、旦那、おらのいうたとおりじゃろ？　工場はきょうあってもあすなくなるかも知れんもんじゃと、おらァ言うたじゃろ！　しかし心配さっしゃるな、田圃は流れても土地ア流れアせん。土地ア万年たってもそのままのもんじゃ！」

五

十日経って水がひいた。

二ヵ月経って堤防の応急修理が出来た。

K市[23]の親類へ避難していた松岡（彼は一週間目にそこへ行ったのだ。）は、久しぶりに家へ帰って持地の見まわりに出た。もう真夏であった。どこへ行ってもカンカン陽が照っていて、彼はふいてもふいても流れる汗によわった。

持地の被害は惨憺たるものであった。幅二町、延長二十里のT川[24]が、十日もつづく豪雨のあとに氾濫したほどであって、どこもここも厚さ一間にもおよぶ川砂に蔽われ、しかもその間に一抱えもある大石が累々と甲羅（こうら）を干しているのだ。往来はどこにもなく、ただ川原のようになったもとの田の上をかってに歩いて行くのだ。彼は自分の部落の下手を見て、次に上手へ行った。と、一本松の下手に妙なものが見つかった。問題の追分と思われるあたりに、元は青竹だったのだろうが、いまでは葉も枯れてしまった貧弱な川原竹を立てて、ずっと一帯に縄が張りめぐらされていたのだ。ぐるっとまわって見ると、もと道路だったあたりに次のような立札がたっていた。

立入るべからず
松岡仁一郎殿持地
川口勘五郎請地

彼は縄張りの中を見た。すでに大石はすっかりとりのけられて、はや一段歩ばかりは、何をまいているのか、畑になっていた。

彼はながい間立札の前に立っていた。やたらに顔をふいていたが、汗であったか、涙であったか、それは彼自身にも分からなかった。

それからさらに三年たって、あたりは一帯美田になった。しかし松岡はそのために自身一鍬の労働も加えなかった。けれども、彼は、その田地から、今も多額の小作料を受け取る立場である。

筆名・加賀耿二　一九四〇年三月、『中央公論』に発表

※本作品は『日本プロレタリア文学集29』（新日本出版社、一九八六年）より転載しました。

【注釈・作品の舞台設定の場所（巻末地図参照）】

農民の土地に対する執着を、一九三四（昭和九）年七月一一日の手取川大洪水のすさまじさをまじえて描いている。洪水の描写は動画的で映画を観ているようである。

舞台設定は、能美郡（現能美市）を含む加賀地方。出てくる地名等。

(23)「K市」とは金沢市（地図番号⑩）

一八八九（明治二二）年、国の市制施行により金沢市が誕生した。この時代加賀地方では市は金沢市だけだった。

(24)「T川」とは手取川（地図番号⑮）

手取川は、延長七二キロの一級河川である。白山を水源とし、現在は上流に手取川ダムがあり、中流域の旧鳥越村吉野谷村で手取峡谷を形成している。旧鶴来町で流れを変へ、能美市と能美郡川北町の境界を流れ、白山市の旧美川町で日本海に注いでいる。日本有数の急流河川である。

「手取川大洪水」。一九三四（昭和九）年七月一一日の手取川の大水害は自然災害とはいえ、戦慄すべき不測の大災禍であった。当時の能美郡、石川郡の手取川沿岸一帯を泥海と化し、約三千町歩にわたる広漠な土地を一大湖沼と化した。流失家屋は能美郡だけで二九四戸、石川郡で三八戸。

死者九七名、負傷者三五名、行方不明者は一五名にのぼった。（昭和九年石川県水害誌による）

【解説】

「土地はだれのものか」は、「立札」というタイトルで、『中央公論』一九四〇年三月号に掲載されました。一九三七年にはじまった日中戦争のもとで、言論への圧迫は徐々に強まってきました。一九三七年の年末には、宮本百合子や戸坂潤といった、時流に批判的な作品を書いたり、論陣を張ったりした作家や評論家の何人かが執筆禁止という扱いを受けています。また、一九三八年には、日本軍の蛮行を記述した「生きてゐる兵隊」という作品を書いた石川達三が処罰されるできごとも起きました。そうしたなかで、一九三〇年代にはプロレタリア文学の作家として活動してきた作家たちも、時代の状況を写し出すのに苦心しています。谷口も、一九三七年には京都の文化運動への弾圧に関係して取り調べを受けたこともありましたし、一九四〇年には雑誌の特派員として日本軍占領下の中国にわたり、農村の実情を観察してルポルタージュを書いたりもしました。

その厳しい時代のなかで、谷口は故郷の農村を襲った水害を材料にして、農村の現実をみつめる作品をつくりあげたのです。商品経済の発達は、地主にとっても今までのように小作地からあがる収入でやっていくことを困難にしていきます。地主といえども、新しい事業に取り組んでいかなければ、大きな資本に飲みこまれてしまいます。この作品の地主、松岡が今までの農地を工場に転換しようと考えるのも、生き残るための方策なのです。しかし、その土地を今まで耕していた勘五郎にとってはそれは自分の存在意義にもかかわる重大事だったのです。

客観的にみれば、松岡の勘五郎に対する態度は「綿」の坂村にくらべれば、決して非道とは言い難い面があります。勘五郎の耕作地は取り上げて工場にするが、勘五郎自身は工場の守衛として雇用を守ると言明しています。そこに、耕作地としての土地にこだわる勘五郎との食い違いが起きてしまうのです。

勘五郎の抵抗が個人的なものにとどまっていくのも、

時代の反映だといえるでしょう。「綿」や「恐慌以後」では、地主坂村の横暴に対抗するため、農民たちは東京の労働農民党に連絡をつけ、農民組合をつくります。それだけ、農民の間でもまとまってたたかおうという意識があったのでしょう。けれども、当時の権力は農民組合も弾圧の対象にします。谷口には、「帰郷」という作品があります。一九三七年の、日中戦争がはじまる直前の作品なのですが、父の一七回忌のために久しぶりに帰省する主人公の目から、故郷の変容が描かれています。昔の仲間に話を聞くと、一時期は演説会などもおこなわれたが、代表的な人たちが四人も警察に捕まって、そのあと運動も下火になってしまったというのです。主人公に対しても、彼の帰郷はなにか農民運動を再興させるための下工作ではないかと警察は疑い、彼が村の人たちに配った土産物を押収しようとしたり、彼を訪ねて来ようとした人を監視して会わせないようにするのです。「帰郷」では、その中でもひそかに読書会を組織している人たちがいるという展開になるのですが、「土地はだれのものか」を発表した一九四〇年の段階では、そうした組織的な抵抗の姿も描くことはできなくなっているのでしょう。勘五郎は個人的に耕作を続け、地主の立てた立ち入り禁止の立札を抜き取るという抵抗をするのです。

そこに、大洪水が起きます。この洪水は、一九三四（昭和九）年に加賀平野を貫流する手取川を襲った洪水から発想したものだと考えられます。この描写は、二一世紀の現在、日本各地で起きている水害のことを考えると、水害のありようをリアルに描いているといえるでしょう。勘五郎一家は何とか難を逃れ、松岡の家に避難します。もう工場をつくることもできないので、松岡は勘五郎の耕作権を認めるのです。土地の「有効利用」を考えた松岡の思惑は、自然災害の前には無力だったのです。

勘五郎はここが自分の耕作地であるという立札をたてます。前回とは逆の意味の立札が、土地はどのように利用されなければならないのかということへの、作者の回答でもあるのです。災害という不可抗力を使わなければ抵抗を描けないという制約はあったものの、土地は実際に耕作という利用をしているものに権利があるのだという意識を、作者は描き出しました。時代の制約があったとしても、書くべきことは書こうという意欲を感じることができます。そこがこの作品の大切なところだと考えられます。

【注釈の参考文献】

①「谷善と呼ばれた人」（谷口善太郎を語る会、新日本出版社、二〇一四年一月二〇日）
②「辰口町史　第三巻　近代編」（辰口町史編纂専門委員会、一九八六年九月三〇日）
③「辰口町史　第五巻　集落編」（辰口町史編纂専門委員会、一九八五年一〇月三一日）
④「石川近代文学全集４」（石川近代文学館、一九九六年三月一日）
⑤「軌跡・石川の近代文学」（石川近代文学館、一九九八年一二月二〇日）
⑥「谷口善太郎小説選」（新日本出版社、一九六三年一二月二〇日）
⑦「日本プロレタリア文学集・二九」（新日本出版社、一九八六年一一月三〇日）
⑧「七〇年への道」（谷口善太郎、京都民報社、一九六九年五月一日）
⑨「ふるさと探訪こくぞう　第五集」（安土次雄、二〇一二年）
⑩「昭和九年石川県水害誌」（石川県、一九三五年一二月一日）
⑪「つりのできぬ釣師」（谷口善太郎、新日本出版社、一九七二年四月一〇日）

年譜

西暦（和暦）年	谷口善太郎の年譜	谷口善太郎の作品歴	社会の動き（▼明朝体は加賀地方の動き）
一八六八（慶応四・明治元）			明治元年。
一八九四（明治二七）			日清戦争。
一八九六（明治二九）			▼手取川未曽有の大洪水。
一八九八（明治三一）			▼北陸本線（敦賀―小松―金沢）開通。 ▼陸軍第九師団司令部が金沢に設置される。 ▼鍋谷～湯谷～寺井の道路開通。
一八九九（明治三二）	九月　石川県能美郡国府村（現・能美市）和気町で谷口家の次男として誕生。		
一九〇〇（明治三三）			治安警察法（治安維持法の前身）の公布。 ▼木綿から絹羽二重織（主に輸出）に移行。 ▼手取川の洪水。

和気小学校時代の谷善

年	事項	社会の出来事
一九〇四（明治三七）		日露戦争（〜〇五）。 ▼第九師団に動員命令。
一九〇六（明治三九）	四月　和気小学校尋常科入学。	
一九〇七（明治四〇）		▼国府村と山上村合併。 ▼遊泉寺銅山専用鉄道（遊泉寺〜小松）開通。 ▼遊泉寺銅山の坑夫スト未遂。
一九〇九（明治四二）	三月　父がリュウマチで働けなくなり、この頃から九谷焼製陶所で働く。放課後は毎日工場へ通う。	
一九一〇（明治四三）		日韓併合（朝鮮を植民地化）。 大逆事件。
一九一一（明治四四）		特別高等警察（特高）発足。社会主義者を厳しく取り締まる。
一九一二（明治四五・大正元）	三月　尋常科を首席で卒業。 四月　父親への教師の説得で高等科入学。学業の傍ら九谷焼製陶所へ。文学書に接し始め、啄木に傾倒。	
一九一四（大正三）	三月　高等科を卒業。教師と村の青年で「国造（虚空蔵）読書会」をつくる。	第一次世界大戦。
一九一六（大正五）		アインシュタイン・一般相対性理論

国造読書会（和気小学校にて１番左が谷善）

西暦（和暦）年	谷口善太郎の年譜	谷口善太郎の作品歴	社会の動き（▼明朝体は加賀地方の動き）
一九一六			▼九谷焼・和田製陶所倒産（和気）。
一九一七（大正六）	**六月** 母ふさ死去。「からすき」（京都深草）同人との交流を深める。		**ロシア革命。** ▼山上村養蚕全盛期。
一九一八（大正七）			▼第九師団シベリア出兵（ロシア革命に干渉）。
一九一九（大正八）		歌集『平地木』を自費出版。	**朝鮮三・一独立運動。** **パリ講和会議（第一次世界大戦の戦後処理、国際連盟の設立などを決める）。** ▼友愛会尾小屋支部結成。
一九二〇（大正九）	**一月** 製陶所倒産。東京へ出る。五反田の製陶所で働き夜は英語学校で学ぶ。	「亡母を想ふ」一四首を『からすき』に発表。	▼九谷焼・北出製陶所倒産（和気）。 **第一回メーデー（上野公園）。** ▼尾小屋鉄道（尾小屋〜小松）開通。 ▼遊泉寺銅山閉山。
一九二一（大正一〇）	**二月** 父危篤の報を受け、東京から戻るが重篤でもなく、立命館で学んで弁護士になることを志し京都へ。父・八右衛門病死。 **三月** 清水焼土谷工場に就職。	**二月** 「狂ほしい静かさ」一三首を『第一の群れ』に発表。 **四月** 「病魔」二七首を『からすき』に発表。	

年	事項	作品	社会
一九二二（大正一一）	三月　銀行破産で学資二〇〇円を失う。 五月　清水焼労働者のストライキが起き、集会の演説を聞き感動する。日本労働総同盟京都連合会に加入。 七月　日本共産党創立に参加する。入党。	二月　「千代女の話」を『からすき』に発表。 三月　「金石小景」を『からすき』に発表。	日本共産党創立。 ▼尾小屋鉱山ストライキ頻発。 ▼和気に電灯灯る。
一九二三（大正一二）	一月　日本共産党京都支部創立総会出席。 四月　徳野そとと出会う。		関東大震災。震災の流言で自警団が朝鮮人中国人を虐殺。大杉栄や伊藤野枝、川合義虎も犠牲（亀戸事件）。 ▼辰口特設電話開通
一九二四（大正一三）	三月　山本宣治と京都労働学校を設立。 四月　過労と栄養不足で結核に倒れる。三宅島で半年間転地療養。 一〇月　京都へ帰り、職業的な活動家を決意し労働学校の専従となる。	一月　「潜入と蠶食」を『進め』に発表。	

徳野そと（左端）

谷善（前列右端）と労働総同盟の人々

西暦（和暦）年	谷口善太郎の年譜	谷口善太郎の作品歴	社会の動き（▼明朝体は加賀地方の動き）
一九二五（大正一四）	五月　総同盟が分裂。日本労働組合評議会を結成。中央執行委員。 九月　徳野そとと結婚。	二月　「労働学校の運動」を『郷土文芸』に発表。	▼ラジオ放送開始 治安維持法公布（社会主義者、共産主義者を厳しく取りしまる法）。 普通選挙法公布（所得制限を撤廃し、二五歳以上の男子に選挙権が与えられた）。 ▼能美電鉄（天狗山～辰口～新寺井）開通。
一九二六（大正一五・昭和元）	七月　日本楽器争議のカンパ要請に河上肇を訪ねる。		▼養蚕業不振に
一九二七（昭和二）	九月　長男・一雄誕生。	一月　「評議会の人々」を『解放』に発表。	金融恐慌 第一次山東出兵（日本が中華民国山東省へ派兵）。 ▼労働農民党石川県支部発会。 ▼山上村議の行政訴訟勝利（県税戸数割の県決定が取り消される）。
一九二八（昭和三）	二月　普通選挙法による第一回選挙で山本宣治が当選。 三月　三・一五事件で逮捕。 四月　起訴。未決拘留中、大喀血。	一月　「『無条件合同論』の破産」を『解放』に発表。	第一回総選挙実施（普通選挙法）。 三・一五事件（共産党、労働農民党への大弾圧）。 治安維持法改正（死刑、無期刑、目的遂行罪を追加）。

年	月	事項	月	作品	社会
一九二八	一一月	意識不明の状態で京都刑務所から担架で担ぎ出される。以後、面会や執筆の禁止、刑事監視の下で自宅監禁が五年間続く。			全国に特別高等警察（特高）が設置される。
一九二九（昭和四）	二月 三月	三・一五事件の判決。判決留保。 山本宣治が右翼暴徒に刺殺される。喀血。病床で、妻そとの口述筆記。この頃、ビラや論文を書くが筆名は一六～一七になった。	九月	「階級戦士としての同志山本宣治」を『社会問題研究会』に発表。	四・一六事件（共産党大弾圧、同年中に五千名近くを検挙し壊滅的な打撃）。 世界大恐慌（～一九三一年）。
一九三〇（昭和五）			二月	「日本労働組合評議会史」を『社会問題研究会』に発表。	▼尾小屋鉱山破産。
一九三一（昭和六）	二月	評議会の野田律太氏と作家・貴司山治氏の訪問。二人に小説の執筆を勧められ、執筆を開始。	二月 七月 八月	須井一の筆名で書き始める。 「三・一五事件挿話」を『戦旗』に発表。 「綿」を『ナップ』に発表。	▼石川県下で小作争議二九件発生。 満州事変（中国東北部へ侵略拡大）。
一九三二（昭和七）		『改造』『中央公論』など一般雑誌に発表する為に友人の安達精二を「須井一」にして官憲の目をくぐった。	六月 七月 九月 一〇月 一二月	「踊る」を『プロレタリア文学』に発表。 「井魚君の心配」を『読売新聞』に発表。 「自己批判」を『読売新聞』に発表。 「幼き合唱」を『中央公論』に発表。 「樹のない村」を『改造』に発表。 『清水焼風景』を「改造社」から刊行。	▼能美電鉄（新寺井～鶴来）と金名鉄道（鶴来～金沢）が接続。 満州国建国。 五・一五事件（海軍の青年将校らによる右翼テロ、犬養毅首相暗殺）。

清水焼風景

西暦（和暦）年	谷口善太郎の年譜	谷口善太郎の作品歴	社会の動き（▼明朝体は加賀地方の動き）
一九三三（昭和八）	 『ナップ』1931年8月号・表紙	一月　「労働者・源三」を『改造』に発表。「庄五郎おやじ」を『都新聞』に発表。「恐慌以後」を『プロレタリア文学』に発表。「銃殺―文利の話」を『京都帝国大学新聞』に発表。「バットの箱」を『京都日出新聞』に発表。 四月　「城砦」を『改造』に発表。「鉄」を『大衆の友』に発表。 五月　「熊」を『文芸春秋』に発表。 七月　「行軍」を『京都帝国大学新聞』に発表。「歌ごゑ」（戯曲）を『経済往来』に発表。 九月　「船の中で」を『文化集団』に発表。「逃げる」を『改造』に発表。	作家小林多喜二が特高に逮捕され築地署で拷問・虐殺される。日本国際連盟脱退。 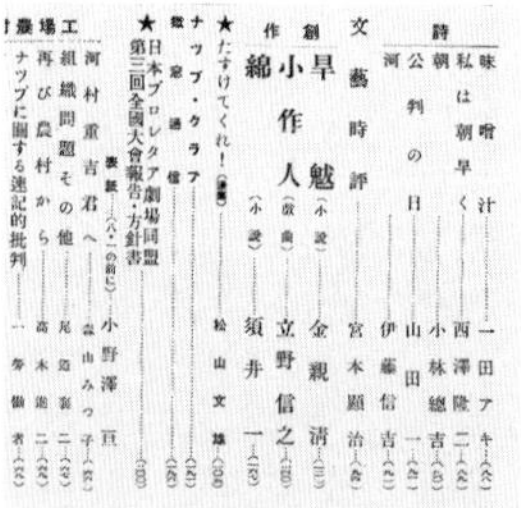 『ナップ』1931年8月号・目次
一九三四（昭和九）	健康も回復し散歩もできるようになったが生活は貧窮のどん底。 一〇月　筆名を加賀耿二に改める。 一二月　三・一五事件の公判。治安維持法違反で懲役三年執行猶予五年。党との連絡切れる。	一〇月　加賀耿二に筆名を改め公然と作家活動。「工場へ―少年時代の一」を『改造』に発表。	▼手取川大洪水（昭和九年大洪水）。

一九三五（昭和一〇）

京都における民主主義的文化運動、人民戦線運動の発展に尽くす。病気は全快。

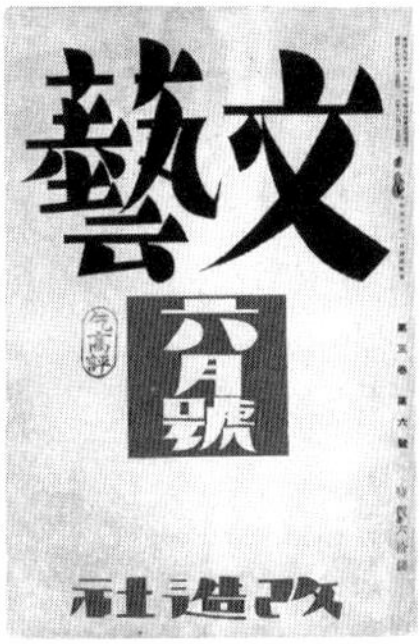

『文藝』1935年6月号・表紙

一月　「山本宣治の思ひ出」を『社会評論』に発表。
三月　「雪の夜の話」を『文芸』に発表。
四月　「夕しぐれ」を『京都帝国大学新聞』に発表。
「広告」を『京都帝国大学新聞』に発表。
六月　「港一瞥」を『社会評論』に発表。
「暁前の死―或る百姓の一生」を『文芸』に発表。
七月　「プロ作家の見た水害報告」を『労働雑誌』に発表。
一〇月　「兵助の受難」を『社会評論』に発表。
「血の鶴嘴」を『文学案内』に発表。
「私の最も影響された本」を『文芸評論』に発表。

▼能美電鉄バス運行開始（寺井～辰口・辰口～和気）。
▼無患子トンネル貫通。

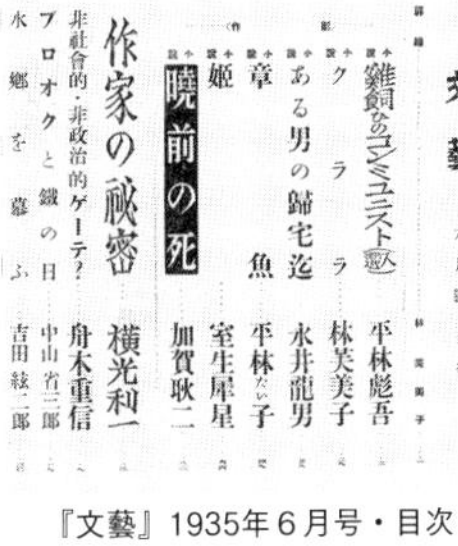
文藝　六月號　目次
雜飼ひのコンミユニスト（選入）　平林彪吾
クララ　林芙美子
ある男の歸宅迄　永井龍男
章魚　平林たい子
姫　室生犀星
曉前の死　加賀耿二
作家の祕密　横光利一
非社會的・非政治的ゲーテ？　舟木重信
プロオクと鐵の日　中山省三郎
水郷を慕ふ　吉田絃二郎

『文藝』1935年6月号・目次

一九三六（昭和一一）

作家同盟は既に解散。

二月　「海上雲遠し―銭屋五兵衛実録」を『水産公論』に発表。
三月　「再生記」を『改造』に発表。
「お千代」を『労働雑誌』に発表。
「ある平凡な話」を『文学評論』に発表。
四月　「参宮列車で」を『京都帝国大学新聞』に発表。

二・二六事件（陸軍皇道派青年将校の反乱、クーデター、政府要人を殺害）。

西暦（和暦）年	谷口善太郎の年譜	谷口善太郎の作品歴	社会の動き（▼明朝体は加賀地方の動き）
一九三六		五月 「監獄部屋に就いて」を『学生評論』に発表。 七月 「夏の宵」を『土曜日』に発表。 八月 「途上」を『改造』に発表。 九月 「荷を挽く馬」を『学生評論』に発表。 一〇月 「少年」を『文学界』に発表。 一一月 「私の息子」を『性教育』に発表。 一二月 「或る羽撃ち」を『文学案内』に発表。	
一九三七 （昭和一二）	日中戦争が勃発し小説の執筆が困難になる。 一二月 人民戦線事件で『学生評論』『世界文化』『土曜日』の関係者が検挙。谷善も四〇日余り拷問と取調べを受け、執筆禁止を条件に釈放される。病気が再発する。	一月 「或る正月」を『京都帝国大学新聞』に発表。 「裸になる女」を『夕刊大阪新聞』に発表。 三月 「希望館」を『中央公論』に発表。 「家鴨の子たち」を『土曜日』に発表。 四月 「あの頃の日記」を『文学案内』に発表。 「美しき自然」を『若草』に発表。 七月 「再生記」を『改造』に発表。 八月 「帰郷」を『改造』に発表。 一〇月 「清水のあたり」を『都帝国大学新聞』に発表。	虚講橋事件（日中全面戦争へ）。 ▼満蒙開拓青少年義勇軍壮行会（辰口小学校） 南京大虐殺。

年	事項	作品	社会
一九三八（昭和一三）	二月　衣笠貞之助を知り、病床にあって脚本家になる。筆名・田井善三。新日本映画研究所に参加。 六月　映画「黒田誠忠録」（脚本田井善三・主演坂東寿三郎）封切。	六月　「黒田誠忠録」（映画）を脚色。 八月　「山蘭」を『若草』に発表。 一一月　「柿の話」を『京都帝国大学新聞』に発表。	国家総動員法発令。
一九三九（昭和一四）	二月　長女・佳子誕生。 三月　新日本映画研究所団弾圧で解散。 一二月　松竹撮影所解雇。窮乏と孤立と病で最も苦しい時期。	八月　「強い勝子」を『若草』に発表。	ノモンハン事件（ソ連軍と武力衝突、大敗し北進論から南進論へ政策転換）。 国民徴用令広布 第二次世界大戦（ナチスがポーランドへ侵攻）。
一九四〇（昭和一五）	四月　中央公論社特派員として中国へ。中国人民必勝を確信して六月帰国。	三月　「立札」（土地はだれのものか）を『中央公論』に発表。「春の彼岸」を『京都帝国大学新聞』に発表。 一〇月　「枝から枝へ」を『京都帝国大学新聞』に発表。	日独伊三国同盟締結。 紀元二千六百年記念祝賀行事（神武天皇即位二六〇〇年）。 大政翼賛会発足（全国）
一九四一（昭和一六）		一月　「鎖」を『西日本』に発表。「国際列車」を『京都帝国大学新聞』に発表。 三月　「農村はたたかってゐる」を『週刊朝日』に発表。 四月　「元氏の二日間—北支の印象より」を『大陸』に発表。	国民学校令実施 ▼大政翼賛会・久常村支部発会。 治安維持法・予防拘禁導入 東条英機内閣成立 日本対米英宣戦布告。アジア太平洋戦争に突入（マレー上陸・真珠湾奇襲）。

西暦(和暦)年	谷口善太郎の年譜	谷口善太郎の作品歴	社会の動き(▼明朝体は加賀地方の動き)
一九四一	九月 保護観察員が永田雅一に代わり、その勧めで新興キネマ（後の大映）に入社、脚本部員に。	八月 「京の夏」を『京都帝国大学新聞』に発表。「北支の農民」を『中央公論』に発表。 一二月 「北支の百姓」を『不動産時報』に発表。	
一九四三（昭和一八）	一二月 映画「海峡の風雲児」（脚色田井善三・主演嵐寛寿郎）封切。	一二月 「海峡の風雲児」（映画）を脚色。	▼学徒出陣（四高校庭で出陣学徒壮行会）。
一九四四（昭和一九）	三月 長男・一雄死去。学校配属将校の軍事教練の強制による肺炎などの発症が死因。		
一九四五（昭和二〇）	三月 家族を農村に移し、自らは本土決戦の時には人民戦線にたつ決意をして、丹波町胡麻に移住。開拓農民となり日本農業組合に参加。 八月 敗戦を開墾地で迎え、だちに党再建運動に参加。 一一月 映画「狐の呉れた赤ん坊」（原作谷口善太郎・主演坂東妻三郎）封切。 一二月 日本共産党再建。近代日本研究会の創立に参加。大映を退社する。	一一月 「蕎麦まき」を『新生日本』に発表。「狐の呉れた赤ん坊」（映画・原作）封切り。	東京大空襲。 沖縄戦（～六月）。 原爆投下。 ポツダム宣言受諾（無条件降伏）。 婦人参政権（衆議院選挙法） 農地改革。 特高警察解体。 治安維持法廃止。 農地解放令。

幼い頃の長男一雄と

年	月	事項	月	著作	社会
一九四六（昭和二一）	六月	日本共産党京都地方委員会再建委員に。 胡麻郷農民組合を創設。日本農民組合京都府連合会再建に参加・顧問。 日本文化連盟の運動に参加・京都支部議長。	四月 五月 七月 八月	「十姉妹」を『教養』に発表。 「浮雲過太空―河上先生を送る」を『東西』に発表。 「草の塚」を『東西』に発表。 「蕾の梅―山宣追悼会参列記」を『日本興論』に発表。 「牢獄と貴族」を『時論』に発表。 「メーデー昔話」を『労働評論』に発表。 「逃亡記」を『文明』に発表。 「その頃の河上先生のこと」を『雑草集』に発表。	日本国憲法公布（昭和二二年五月施行）。
一九四七（昭和二二）	四月	京都二区より衆議院選挙に立候補し落選。	一二月	「いのししの被害」を『農政評論』に発表。	トルーマンドクトリン（冷戦開始）。
一九四八（昭和二三）			五月	「待月昇」を『回想の河上肇』に発表。	東京裁判判決。
一九四九（昭和二四）	一月	京都一区より衆議院挙に立候補し初当選。	四月 五月	「議員に選ばれて」を『新日本文学』に発表。 「メーデーに思う」を『労働評論』に発表。	
一九五〇（昭和二五）	六月	朝鮮戦争勃発と同時にマッカーサーによって公職追放となる。 蜷川虎三に京都知事選挙への出馬を説得する。			蜷川虎三京都府知事に当選。 朝鮮戦争勃発（〜五三年）。

西暦(和暦)年	谷口善太郎の年譜	谷口善太郎の作品歴	社会の動き(▼明朝体は加賀地方の動き)
一九五〇			レッド・パージ開始(マッカーサーにより共産党員と同調者を公職追放)。 警察予備隊発足。
一九五一(昭和二六)	火災保険外交員をしながら半非合法的に党活動を続ける。	六月 「道づれ」を『人民文学』に発表。	サンフランシスコ講和条約調印 日米安全保障条約調印
一九五二(昭和二七)	四月 公職追放解除。京都府委員となる。 九月 京都第一区より衆議院選挙に立候補し落選。結核性腹膜にたおれ、二年余り病床につく。	一月 「犬と泥棒」を『人民文学』に発表。	米国最初の水爆実験(米ソの核開発競争激化へ)。
一九五三(昭和二八)			▼内灘米軍試射場反対闘争 自衛隊・防衛庁発足。 ▼陸上自衛隊金沢駐屯部隊発足。
一九五四(昭和二九)	病気回復する。		
一九五五(昭和三〇)	二月 京都第一区から衆議院選挙に立候補し落選。		第一回原水爆禁止世界大会 高度経済成長(〜一九七三)
一九五六(昭和三一)	四月 党京都府委員会の責任者に選ばれる。		国連加盟 ▼辰口町発足(山上村、久常村、国府村の合併)。
一九五七(昭和三二)	一月 党関西地方委員となる。		▼NHK金沢放送局でテレビ放送開。

蜷川虎三知事（左）と谷善

年	事項	作品	社会
一九五八（昭和三三）	五月　京都第一区から衆議院選挙に立候補し落選。		
一九六〇（昭和三五）	日本共産党京都府委員会常任委員として安保闘争をたたかう。 一一月　京都第一区から衆議院選挙に立候補し当選。追放されてから一〇年目の議席奪還。		日米新安全保障条約調印。
一九六一（昭和三六）	日本共産党第八回党大会で中央委員となる。「議会と自治体」編集責任者に。	一〇月　「公園で」を『小説中央公論』に発表。	
一九六三（昭和三八）	一一月　京都第一区衆議院選挙。松本清張、中野重治らの応援を受けトップ当選。 選挙応援の松本清張（左）と	四月　「『綿』をかいたころ」を『新しい人』に発表。 五月　「私の学校」を『民主青年新聞』に発表。 一〇月　「第二の故郷・日吉町」を『日吉陶業誌』に発表。 一二月　「党躍進祝賀会で」を『アカハタ日曜版』に発表。	▼三八豪雪。

西暦（和暦）年	谷口善太郎の年譜	谷口善太郎の作品歴	社会の動き（▼明朝体は加賀地方の動き）
一九六四（昭和三九）		三月「年末年始」を『文芸春秋』に発表。 七月「河上肇と共産党」を『読書の友』に発表。	東京オリンピック
一九六五（昭和四〇）			トンキン湾事件・ベトナム戦争開始（～一九七五年四月）。 日韓基本条約調印。
一九六七（昭和四二）	一月　京都第一区衆議院選挙で当選。		
一九六八（昭和四三）			小笠原諸島復帰
一九六九（昭和四四）	一二月　京都第一区衆議院選挙でトップ当選。	五月『七十年への道』（パンフレット）を京都民報社から刊行。	アポロ一一号人類初の月面着陸。
一九七〇（昭和四五）	一一月　沖縄県へ調査活動に。この年、共産党衆議院議員団長に。	一一月「怒りに燃える島」を『赤旗』に発表。	大阪万博（～九月）
一九七一（昭和四六）			▼尾小屋鉄道廃線
一九七二（昭和四七）	五月『つりのできぬ釣師』出版祝賀会が蜷川虎三らの呼びかけで開かれる。 一二月　京都第一区・衆議院選挙に梅田勝と二人立候補し二名の当選・自らもトップ当選する。	四月『つりのできぬ釣師』を新日本出版社から刊行。	沖縄復帰 日中国交正常化（日中共同声明調印）

年	事項	社会
一九七三（昭和四八）		オイルショック
一九七四（昭和四九）	四月　腎臓腫瘍の疑いで慶応病院で手術。腸閉塞・化膿性腹膜を併発。 六月　六月八日午前五時五〇分に永眠（享年七四）。	
一九七六（昭和五一）	九月　京都市東大谷墓地で谷口善太郎顕彰記念碑「守道不封己」の除幕式。	
一九七七（昭和五二）	六月　石川県辰口町で谷口善太郎顕彰記念碑と副碑（文学碑）の除幕式。	
一九八七（昭和六二）	六月　谷口善太郎を顕彰する石川の会が発足。	

「つりのできぬ釣師」出版祝賀会

補遺

バットの箱

「その人間が紳士であるか否かということは、彼が大衆の中で外面的および内面的な見だしなみをしているかどうかによってきまる。……」

　これはTデパートの仕入係春木君の持論である。だから彼はいつもキチンとした身だしなみをしている。折目の正しい洋服を着、軽い流行のソフトをかぶり――家にいると、月給六十円の暗い影や、朝からミシンにかじりついている妻の姿に圧倒されてとても自分を紳士だとは思い得ないが、こうした姿で外へ出ると、朝の街上には折カバンを抱えた見すぼらしい何かの外交員や、うすきたない学生の群れや、はんてん着の人足などが流れていて、嫌でも応でも彼の姿を紳士らしく浮きあがらせてくれる。そこで彼はまず自分の姿から自分を紳士だと意識する。もちろんこの場合、人は彼の着こんでいる洋服が月賦であることなどを指摘してはならない。

　今出川河原町から西行きの電車に乗ると、今度は彼のいわゆる内面的――心理的な身だしなみがはじまる。彼は人の間に座席を求めるときには必ずいんぎんにえしゃくして紳士の襟度をしめす。坐るとズボンの折目を気にしながらキチンと膝をそろえる。車掌が来ると、上衣のポケットから回数券をとりだして表紙とともにこれを差し出す。彼にいわせるとパスを一枚ちぎって差し出すのはあれは無智な非紳士的な行為で、紳士たるものは必ず規定どおり表紙とともに差し出さねばならぬ。もちろん彼は乗りかえ券をもらっても、八公熊公のように決してクシャクシャにしたり、丸めたりはしない。いわんや隣の婦人がキップを買うためにあけたそのガマ口の中を、チラリとでものぞくようなことは断じてせぬ。きゅうくつのようだがこれは紳士の内面的な身だしなみである。

……

　ある日の夜おそくのこと、彼は烏丸今出川で今出川東行きに乗り換えるために電車を降りた。もう十二時近くで、街の店はみんな寝静まり、街の四ツ角では青や赤の信号燈が、深夜の眼をまたたいていた。そして線路の交叉している路面は、何か冷え冷えとして広く静かだった。彼は一緒に降りた四五人の乗客の話声を後に従えながら、いつもの通り顔をシャンとつったてて、舗石の上を乗り場の方へ足を運んだ。

いま乗り捨てた電車が交叉点の上を、追いついた円タクと並んで越えて行った。

その時、彼はさらに東行きの線路を横ぎろうとして、そこの舗石の上に真新しいバットが一つ落ちているのに気がついた。街燈の光のやや小暗い中に、緑の箱の色と、金色の二匹の蝙蝠（こうもり）が光って見えた。と、彼は――日頃の紳士をわすれて――変にそぞろな衝動を覚えた。

「からだろう」

彼はそう思った。が、不思議なもので、こういう時には、人間はそのいっさいの粉飾をわすれて赤裸々な欲の奴隷になる。春木君は、あまりに箱が新しいので、とてもそのまま見すごすことができなかった。彼は、何かそれにひきつけられたように近づくと、小さく靴先で蹴ってみずにはいられなかった。そんなことをしては、背後につづく幾人かの人びとにさもしく思われるだろうとは思ったが、どうにもそうせずにはいられなかった。するとその箱は、思いなしかかなり重かった。もし中身がないのなら、蹴った瞬間に箱はかるくレールの向こうへ飛んだであろう。だが、それは或る重量をもって十センチばかりすべっただけでレールの上に止まったのである。

「中身は確かにある」

不幸な（?）ことに、春木君の脳髄は瞬間そう認定した。彼はもう磁石に吸い寄せられた鉄のような気持ちになった。明日一日の煙草代がたすかる。――

彼は紳士の体面を忘れて――いや、この瞬間にも紳士の体面を忘れないで、つまり、歩く足を止めずに、また心では、少しの物質をも粗末にしないのが現代の紳士だ、と自らにいい聞かすことによって紳士の「公明」さを保ちながら、それを拾った。さすがに人びとの視線を背後にぞくぞくと感じながら……。そして人びとに気づかぬように、手早く腹の前で箱を開けて見た。と、どうしたことだ、あんなにも重いと思った箱の中には、ただきらきらと皺くしゃの銀紙が光っているだけで、中身は一本もなかった。

彼の全身の血はかけ足で頭へのぼった。顔が急にカッと熱くなって、恥ずかしさと、心の狼狽で、物を見る視線が乱れた。人びとの前から消えてしまいたいと思った。

彼はただちに箱を捨てようとした。が、その瞬間、彼の内部にひそむいつもの「紳士」が、いつもに十倍して頭をもたげた。——ばか、今すてたら恥のうわぬりだ。捨てたら空のものを拾ったことが人びとに知れ渡って、自分のさもしさがいっそう露骨にバレる。どうせ拾ったからには、いっそ中身があったように見せかけろ。紳士らしく、恥を知れ、と。

そこで紳士春木君は、まったくしらじらした心でその空箱をポケットにおさめた。まったくしらじらした心で、彼は体面上家までその空箱を持って帰る気になったのである。

須井一（谷口善太郎）一九三三年一月、『京都日出新聞』

しらみ退治

正月は結婚式の多い月だ。

「民青結婚」というのは、戦後、はやりだしたものだろう。仲間が会費をもちよって、たのしくしかも厳粛にやる。なかなかよい。しかし、戦前は、われわれはほとんど結婚式などやらなかった。

後に党の中央委員となり、堺刑務所で獄死した国領五一郎同志は、そのころぼくらと京都で活動していたが、婦人活動家に愛人ができ、ぼくらに結婚のことを相談しただけで、さっさと勝手に世帯をもった。ぼくらもそれを不思議と思わなかった。

ぼくの場合、彼女と知りあい、結婚を決意し、人を介して彼女の親類へもらいに行くと、社会主義者に娘はやれぬと、石川県の彼女の家から人がきて彼女を京都からつれ帰ってしまった。彼女は家で頑強に抵抗して、ついに父から勘当をうける。彼女は柳行李一つもって家をとびだす。お定まりの一騒動になったが、これは当時の階級運動のなかでは珍しくない話。あとがおもしろいのである。

ぼくはそのころ評議会京都地方評議会の常任で、八条夷馬場の事務所に住んでいた。ぼくは彼女が家をとびだしてきたことを知らなかったが、その日は一九二五年九月二十一日で、例のロシアの労働代表レプセが来日した日だ。大弾圧があって、ぼくもその翌日の未明に同居の上村正夫同志と堀川署に検挙された。早朝の汽車で京都についた彼女は、そんなことを知らないから、のこのこ評議会事務所へやってきて、たちまち張込みの刑事に追いかえされる始末となった。

しかたがないので、彼女は友だちの下宿にころげこんでぼくの釈放をまつ。そのうち（二十六日に）レセプは日本政府の弾圧に腹をたてて帰国する。ぼくらもやっと釈放になったのが二十七日。

ぼくは事務所に帰って、そこに彼女のいることを知った。彼女は、ぼくの検束中、事務所に通って留守居の組合員たちと活動していたのだ。しかし、ぼくは、すぐには彼女に事情を聞いているひまなどなかった。上村もぼくも、留置場で、菜ッ葉服や下着にしこたま〝しらみ〟をたからしてかえっていた。これを家にあげてはならない。上にあがる前に、玄関の土間で、パンツまでぬいで裸になってあがれと皆がいう。ぼくたちは衆人環視のなかで全裸になった。土間の奥にいた彼女はびっくりした顔でそれを見ていた。それから、奥村甚之助という評議会京都地方委員長にいいつけられて、ぼくたちのぬいだ衣類を、裏へ持ちだし、石油カンにつっこんで、焚火で煮はじめた。しらみ退治である。

二、三日後、ぼくたちは、奥村君が見つけてくれた今熊野の裏長屋の借家に、彼女は友だちの下宿から、ぼくは事務所の二階から、おのおの柳行李を一つずつ持ちよって世帯をもった。電燈会社へ送電をたのむことを忘れたので、夕方になっても電燈がつかないので、ローソクの光で、ミカン箱を飯台にして、さし向かいにめしを食ったことを覚えている。これがわたしの「結婚式」であった。

谷口善太郎　一九六九年一月二三日、『学生新聞』

谷善と俳句

谷善は1945年、本土決戦があることを想定し、妻、娘の安全と自らは人民解放戦線の先頭に立てるよう、開拓農民として船井郡胡麻へ移住しました。

胡麻で敗戦を迎えた日の句です。

雲の峰くづるる日なり蕎麦をまく

戦後は丹波、丹後の農民運動の組織化に没頭、胡麻郷農民組合を創設し、かたわら「鳥ケ岳俳句会」を立ち上げ指導しています。

「谷口善太郎を語る会」を立ち上げて間もない2012年、会では谷口善太郎墓前祭を復活させることを計画し、日本共産党京都府委員会に資料提供をお願いしました。その中にあったのが「句誌　鳥ケ岳」です。ガリ版刷りの十数ページの冊子です。

ただ、残念ながら京都府委員会が所蔵しているのは原版ではなくコピーです。そして第1集がありません。第1集には、きっと発刊のことばがあり、鳥ケ岳句会を結成したいきさつや目的が書かれているのでしょうが、見ることが出来ません。胡麻在住の知人に探索をお願いしましたが、見つけることが出来ませんでした。第1集がないことは残念ですが、谷善の俳句について知ることが出来る貴重な資料であることは間違いありません。

編集兼発行人は加賀耿二、つまり谷善です。発行所は「京都府船井郡胡麻郷村字胡麻　吉村定美方　鳥ケ岳句会」となっています。第6集までは月間で、第7集から隔月になっているのは谷善の衆議院議員当選などの事情によるものでしょう。編集兼発行人は第10集まで加賀耿二となっていますが、谷善が忙しくなってからは会員の助けがあることがうかがえます。

句会は席題句と当季雑詠句を無記名で清記し、互いにいいと思う句を選び合って講評していたようです。

衆議院議員への当選や、左京区一乗寺への引っ越しなど、リアルタイムで読み取ることが出来ます。第10集で終刊宣言はされていませんが、第11集以降が発行されたかは不明です。

第2集、第3集、第8集および第10集から、加賀耿二の句と加賀耿二に関わる消息を抜き書きしたものを次に転記しました。

句誌『鳥ケ岳』胡麻郷鳥ケ岳句会

◆第2集・1月号（昭和22年1月）

題詠（大根）

赤ままの枯れまに大根洗ひけり

当季雑詠

わがペンの音に気づきぬ夜半の冬

句会席題（初雪）

初雪を小用に起きて見たりけり

初雪にみかんの皮の捨てどころ

句会席題（鰤）

いらいらと人の流れや鰤の店

鰤店にゴム長二人憩みゐし

句会の記

第三回句会（十二月例会）は十二月二十一日（第三土曜日）の夜、国民学校の宿直室でひらいた。集る者、井尻白駒、林実、川村信春、吉竹定美、塩内繁、加賀耿二、ほかに新入会者として丸山支苦の七名。あまり顔ぶれは多くなかったが、病気だった塩内の元気な顔が見えたり、丸山のほかにも二三の新人会者の申込みがあったりして、みんな大よろこびであった。炭をカンカンおこして、誰かが持ってきたムシイモを頬張りながら例によって句の互選。

「赤ままの枯れまに大根……」の句の「赤まんま」というものを誰も知らなかったり、「大根とやじられている村芝居」といふ句がとび出したり――いや賑やかなこと。席題は「鰤」「初雪」でこれまた大変。出題者は支苦だったが、苦吟のあまり「鰤なんて難しい題を出すからだ」四方から抗議続出。ナニ、どんな題を出してやってもやさしいなどと云ったためしのない連中ばかりだから出題者もけろりンしゃんである。今後、雑誌の賣價を一部三円とすること、雑誌には名句鑑賞、会員の随筆などものせることなどを協議決定、散会したのは一時過ぎであった。なお、今月号から投句は一應無名で全部のせることにしましたから、ここにのった句のなかからどの句が選ばれるか、それが誰の句であるかを興味を持って見ていただきたい。一月の投句規定は別項の通りですから、会員も読者もふるって御投句下さい。

幹事記（谷善と思われる）

◆第3集・2月号（昭和22年2月）

題詠（歳の暮）

陶工宇野三吾訪問

逝く年を青磁の壺と語りけり

当季雑詠

餅つきの子を叱りつつ笑いつつ

嘘と眞実

子供のない人が「吾子と……」などという句を作ったり、妻のない男が「わが妻と……」など詠じたりするのは、その句がどんなに形の上で整っていてもどこか生命がない。実際において、俳句というものが自分の生命を託する詩である以上、こんな嘘の世界に没入していては作者もたのしくないのに違いない。なぜなら、それは遊びであって、眞剣な生命の火花でないからである。

編集雑記

今月の入会者は次のとおり。

井尻松蘿、平林まさえ、塩貝寛治、安原武彦、井尻黙翁　の五名

入会者はどんどんふえるが、句会の集まりはあまりふるわない。一月の例会の如きは、同じ晩に青年団の常会がかちあったという事情もあったが、集る者、胡月、武彦、それに耿二の三名という淋しさ。どうにもならないので、選句も席題もやめて只雑談に時間をつぶした。今度からこぞって出席して欲しい。

会場は今月から会員の家を巡ぐりに提供して貰うことにした。青年学校の方が興郷寮を絶対に貸さないというのでこれはやむを得ない。今月は別記（裏表紙記載）のとおり二月二十二日夜、中村塩内繁氏方で開くことにした。二十二日夜にのばしたのは、今月も第三土曜日（十五日）には青年団が常会をやるからだ。

雑誌も今月から紙も印刷所も変えてやや満点に近いものにすることが出来た。これなら、体裁だけはどこへ出しても恥ずかしくはないと思う。この上は内容だ。諸君が立派な句をもりもり作られることを期待する。

投句についてお願いしておきたいのは、題をよく吟味して貰うことと、キレイにハガキに書いて送っていただきたいことだ。大寒というのを「寒椿」などとやられると閉口する。今月の投句に出題でなかった雑詠を設けたり、大寒に「寒い」も加えたりしたのは右の閉口の結果だ。ハガキに一定して貰いたいというのは、おいおい会

員が多くなって不揃いの用紙だと整理に困るからだ。いづれも厳守願います。

「苦汁録」欄は今月は支苦、武彦、胡月の三君に書いて貰った。他に健二にも依頼したのだが、原稿が〆切りにおくれて間に合わなかった。大変惜しいと思う。

「会句の歴史」は。大野林火編の「俳句のすすめ」（三省堂刊）の中から、耿二が少し書き直して転載したものだ。これはあと三ヶ月ほどつづく予定である。

―二月三日夜　耿二記―

◆第8集・1、2月号（昭和24年2月）

二月二十五日句会席題（丸山支苦の結婚を祝いて）

初雪のどこかに謡聞く夜哉

ささ鳴きや雲ざいの山は近くいる

秋の雑詠

柿一つ供えて吾子を忍びけり

みごもれる百姓女や秋の風

木の葉紙吾子の残せし木の葉着る

題詠（夜長）

しみじみと汽車の音聞く夜長かな

題詠（嫁が君・松の内）

追廻す晴着の裾や嫁が君

松の内母にもたよりかきにけり

消息

谷口善太郎（加賀耿二）氏

衆議院議員に御当選、議会開会で上京中。その間東京都中野区住吉町三四　竹村一機方

◆第10集・5月号（昭和24年5月）

消息

加賀耿二氏

何れ帰郷の予定と承っていますが今回都合で左記へ転居されました。京都へ来られたら是非寄って下さいとのことです。

京都府左京区一乗寺染殿町二二

伊藤哲英　二〇一八年六月八日、『谷善と現代』第2号

つりのできぬ釣師

趣味は？　ときかれると、わたしは、「いまはない」と答える。実際はつりが好きで、テレビの、水面にウキの浮かんだ漫画などを見ても、ぞくぞくするのだが、行っているひまがないからだ。

正月のシーズンには、京都では、琵琶湖の〝寒もろこ〟づりである。

未明に起きて、京阪で浜大津まで行き、そこから汽船で対岸に渡る。たいてい七、八人のつり師と落ち合うが、みんな自分の穴場をもっているからつれにならない。霜柱の畦道(あぜ)をふんで、江尻の枯芦をかきわけてつり場をつくる。陽はやっとあたりを照らしはじめたばかりである。背中にも腹にもカイロをいれているが、湖面を渡る寒風が耳をちぎっていくほど寒い。だが、まき餌をし、仕掛けを竿につける間も寸秒を争う気である。仕掛けを投げこんではじめて落ち着く。黒ずんだ水がゆるいうねりで無限にひろがっている。対岸の大津がかすんで見え、比良は真白である。スーッとウキが消える、パッとあわせる。ビビッと手ごたえ。――思い出してもたまらない。

ヘラブナつりは関西が本場である。関東では現在利根川筋で自然のヘラがつれるようだが、わたしがつりにこっていたころの関西では、ヘラはおもにつり掘づりだった。しかし、つり掘といっても、京阪間には昔の淀川跡が池になったところが多く、東京の市ヶ谷にあるような板でふちどりをした小さなドブ池と違って、ひろびろとした、池の周囲には木が茂り、秋になると、あたりの田んぼにさんさんと陽に輝く稲架がいっぱいのところがたくさんあった。その岸にあぐらをかいてジッとウキを見つめていると、体内が清められてゆくような気がした。

ヘラはデリケートな魚で、餌はなめるだけで、のみこまない。だから、やわらかい竿を使い、ウキも抵抗のない細長い孔雀(くじゃく)の羽の骨を用いる。水から出るウキの頭もシブくしておく。そのウキがチビッと動いた瞬間、静かにあわせる。するとゴツンと大きなあたりで、ググッとあばれまわる。楽しいのなんの、わたしは東山の稚児ヵ池のつり掘で二貫（八キロ）あまりもつりあげたことがある。

つれないときだってある。いや、つりは十回行って一回つれたら大出来なのではないか。ところが、勝手なもので、つり師はつれたときのことばかり覚えていて、あとは忘れている。が、つれたらつれたで翌日また行きたくなるし、つれねばつれないで、あしたこそ、と、また必ず行く。これがつり師の心理で、わたしも十年あまりつりにとっつかれたのである。

わたしの大事なつり竿は、いま、鯉竿もヘラ竿も雑魚竿も、孫のオムツほしにつかわれている。京都の家では、雨の日になると、部屋の隅という隅に、ナゲシからナゲシにつり竿の太いところを三角に渡して、オムツの満艦飾が展開される。殺生なことになったものだが、いたしかたがない。

やあ、明けましておめでとう。

谷口善太郎　一九六九年一月三日、『赤旗』

娘に残した言葉

世間ではいろいろ言われているようですが、父から聞いていることを父の言葉のままに書いてみようと思います。

梅田さんと共に当選した翌年のお正月を少々過ぎた頃でしたか、めずらしく父が家でごろごろしていた時の事、母は買い物に行き二人でお茶を飲みながらの話です。

父曰く「父ちゃんはな、革命家なんだよ。人は波瀾万丈の人生だったと言うだろう。でも父ちゃんは革命家なんだ。清水焼労組の書記も、小説家も開拓農民も代議士もそうなんだよ」と。

父は小さな本棚やお人形の足袋、竹返しという竹のおもちゃを作るほどの器用さをもっている反面、同時に二つの事をさばく技量はまったくなく人生を歩むのが下手な人でした。おかげで家族、とりわけ母の苦労は大変なものだったでしょう。

「いつまで議員さん、やるつもりなん?」と聞くと、「うん、もう一度梅田君と一緒に出て地盤を固めた上で、その次に若い人にゆずって、胡麻に引っ込んで小説を書こうと思ってるんや。二つ位、少しずつやけど用意している。それに『つりのできぬ釣師』以後の自分の事も書いておきたいしな」と老後のやりたい事を話してくれたんです。

その時の父は代々木病院の主治医の先生から「谷口さんは九十歳まで元気でいられますよ」と太鼓判を押され、健康には自信を持っていたのではないかと思われます。

そう言えば、それよりずっと以前に父から終戦直後、「東京に出て映画のシナリオを書くつもりでいたんやが京都府委員会から京都で一緒にやってほしいと言われてきたんや」と話していたのを思い出します。ここに挙げた三つの思い出から考えますのに父は自分では気付いていないのか或いは気付いていても気持ちを押さえていたのかわかりませんが、文学が大好きで終生文学というか、文芸をこよなく愛した人ではなかったかと思うのです。

もう十年長生きしていればと今でも残念に思っています。

父は自分の干支（えと）の猪のごとく自分が正しいと思った道を猛進したのです。

谷口佳子　二〇一四年一月二〇日、『谷善と呼ばれた人』

あとがき

加賀物語と云えば…江戸時代・加賀百万石の前田家を巡る華麗な物語や戦国の世の「百姓の持ちたる国」加賀一向一揆の波乱万丈の物語を思い浮べたり、吉崎御坊を拠点に活躍した本願寺中興の祖・蓮如上人や安宅の関の弁慶、義経、富樫ら、古くは霊峰白山信仰の礎を据えた修験者・泰澄大師などの偉人達に思いを馳せる読者も多いことでしょう。

が、この加賀物語はもっともっと小さな物語です。明治末から大正時代、第一次世界大戦の軍需景気から満州事変への足音が聞こえはじめるほんの二〇年ほどの間に、白山麓の小さな山村に起きた小さな物語です。

物語を紐解けば、ひたむきに暮らす農民達の暮らしが現れて来ます。もちろんそこには英雄、偉人は見当たりません。ごく普通の、私達の曾祖父母を想わせるとても身近な人々の物語です。

小さな物語ですが、どんな絵巻物語にも、どんな英雄譚にも負けない魅力がこもった物語です。読後には名峰白山の伏流水の泉のように清らかでこんこんと湧き出る感動が読者の心を満たすことでしょう。そして、前に進もうとする力がどこからか湧いてくるのを体の芯に感じることでしょう。名も無い人達の名も無い物語。それがどうして読者の心をこれほど強くうつのでしょうか…その謎は？

作者・谷口善太郎は「はじめに」にもあるように貧しい農村に生まれ貧しく育ちますが、幼い頃から物語が好きな、そして短歌や俳句にも興味を示す文学少年でした。

その少年の瑞々しい感性がとらえた貧しさに抗う村人、家族、本人の葛藤の姿。作者のこころの原風景とも言うべきそれらの姿を、そのまま記憶から取り出すように、そして未来への強い願いと想いを込めて作者が記述したところに…謎を解く鍵の一つがあるようです。

また、「新しい戦前」と呼ばれ始めた不安定な現代に生きる私達だからこそ、この物語から何か温かなそして新たなエネルギーを受け取るのではないでしょうか。

さて本書は、谷口善太郎没後五〇年を記念して、彼の故郷・石川県能美郡国造村（現能美市和気町）を描いた七作品を掲載し、「谷口善太郎小説への入門書」として編纂・出版されるものです。

七作品はいずれも農民、農村を描く作家として特に評価の高かった谷口善太郎の珠玉の作品です。

七作品それぞれの末尾に配した「注釈」と「解説」は読者の作品理解を後押しすることでしょう。また、「注釈」を補足する巻末の「作品の舞台（旧加賀地域地図）」は文学散歩用としてもお使いいただけます。「年譜」には「作品歴」と「社会の動き、加賀地方の動き」の欄を並列に配し、谷口善太郎の小説と彼の活躍した時代を理解する手引としました。

尚、七作品中に、現在では不適切な表現ととれる箇所がありますが、著者自身に差別や偏見を助長する意図はありません。執筆当時の時代背景を鑑み原文どおりとしました。

本書に触れて、更に谷口善太郎の小説群に進みたい読者には、本書に掲載した七作品の底本でもある次の三冊がお勧めです。

『谷口善太郎小説選』　一九六三年　新日本出版社
『つりのできぬ釣師』　一九七二年　新日本出版社
『日本プロレタリア文学集29』　一九八六年　新日本出版社

「清水焼風景」や「幼き合唱」など多くの名作が収められています。

また、谷口善太郎文学の解説書として加藤則夫著『たにぜんの文学』（二〇一二年、ウインかもがわ）が出版されています。

谷口善太郎その人を知りたい読者には、谷口善太郎没後四〇年を記念して出版された『谷善と呼ばれた人』（二〇一四年、新日本出版社）が用意されています。

「年譜」の作品歴にもある通り、谷口善太郎が生み出した八〇近くの小説やシナリオなどの作品の大半は戦前、戦中に書かれています。戦後は京都選出の国会議員として一身を議会活動にささげたため、小説を残すことが出来ませんでした。

谷口善太郎最後の出版となった『つりのできぬ釣師』。その「あとがき」に右の経緯が本人の口から短く語られています。「あとがき」からの抜き書きです。

「題名を『つりのできぬ釣師』としたのは、篇中の一篇の題をそのまま用いたのだが、少し寓意がなかったわけでもない。やはり、ときにはペンが持てたらなァと思うことがある。代議士というものは国民の代理者なので、自分のひまなどありえないのである。そこのところをちょっとグチッたのである。」

本書が「谷口善太郎小説への入門書」としてだけでなく、「谷口善太郎その人への入門書」となることを願いながら、「補遺」として五つの小編を掲載しました。こちらもお楽しみ下さい。

谷口善太郎四回目の命日、一九七七年六月八日に石川能美市和気町にある生家跡に顕彰碑と文学碑が実行委員会によって建立されました。その除幕式には故人のご遺族はじめ民主団体や地元和気の人々総勢一七〇名が参加したとの記録が残っています。

それから一〇年後、一九八七年に「谷口善太郎を顕彰する石川の会」が発足しました。とくべつ広報活動を行うのでもなく、定期刊行の会誌会報を持つこともなく、こつこつと石碑と生家跡地の維持管理を続けながら、毎年命日に碑前祭と偲ぶ会を開催することを喜びとしてきた会です。

そんな会が『谷口善太郎小説集・もうひとつの加賀物語』を皆様にお届け出来るのは、谷口善太郎の著作使用に快諾いただいた長女・谷口佳子様、「はじめに」と「解説」を執筆いただいた日本民主主義文学会常任幹事・岩渕剛様、挿絵に用いた宮田耕二画伯のスケッチをご提供いただいたご子息・宮田順一様、切り絵「虚空蔵山を望む」の作者・広川昌弘様、七作品の底本の出版社の新日本出版社様、『谷善と呼ばれた人』からいくつかの引用をお許しいただいた京都「谷口善太郎を語る会」と会員・伊藤哲英様、そして本書の制作編集に助言をいただき、伴走をしていただいた大久保勝彦様をはじめとする能登印刷株式会社の皆様のご協力の賜物です。こころより感謝と御礼を申し上げます。

二〇二四年六月八日

谷口善太郎を顕彰する石川の会

著　者　**谷口善太郎**（たにぐち・ぜんたろう）
筆名：須井　一（すい・はじめ）、加賀耿二（かが・こうじ）

解　説　**岩渕　　剛**（いわぶち・つよし）
文芸評論家。1961年、千葉県生まれ。早稲田大学卒業。
日本民主主義文学会常任幹事。
『いまに生きる宮本百合子』『講座プロレタリア文学』『多喜二・百合子・プロレタリア文学』（いずれも共著）。

挿　絵　**宮田　耕二**（みやた・こうじ）
画家。1924年、石川県生まれ。27歳で日展初入選。翌年、二紀展初入選。
形象派美術協会の創立に参加、石川美術会創立会員。
1984年『宮田耕二水彩画集』、1995年『宮田耕二画集』出版。
2008年没。

谷口善太郎小説集
もうひとつの加賀物語

2024年６月８日　　第１刷発行

編　集　谷口善太郎を顕彰する石川の会
〒923-1212　石川県能美市大口町イ7　南口進市気付
TEL 0761-51-2879　FAX 0761-51-6126

発行所　能登印刷出版部
〒920-0855　石川県金沢市武蔵町７番10号
TEL 076-222-4595

印　刷　能登印刷株式会社

落丁・乱丁本は小社にてお取り替えします。
定価は表紙カバーに表示しています。
ISBN978-4-89010-835-0 C0093

⑩至Ｋ市・金沢市
石川郡
天狗山
舘谷川
⑤虚空蔵山
③和気小学校
⑪古宮の森
⑬能美郡
⑨T部落・寺畠
⑦観音山
銅山・遊泉寺銅山
巨大煙突
金沢電気軌道石川線
①至白山